DUKU

读库

2005—2015

对一件很小很小的事情
我知道得很多很多

讀庫偷走的時光

叔河題名

马国兴 著

度無量眾生
沙門一音

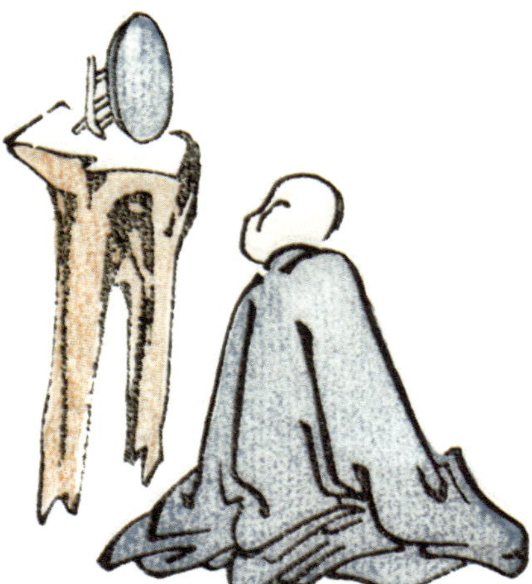

海峡出版发行集团
THE STRAITS PUBLISHING & DISTRIBUTING GROUP
鹭江出版社

Some books are to be tasted,
others to be swallowed, and some few
to be chewed and digested.
Francis Bacon
讀樂
13835

2006 年《读库》藏书票

2007 年《读库》藏书票

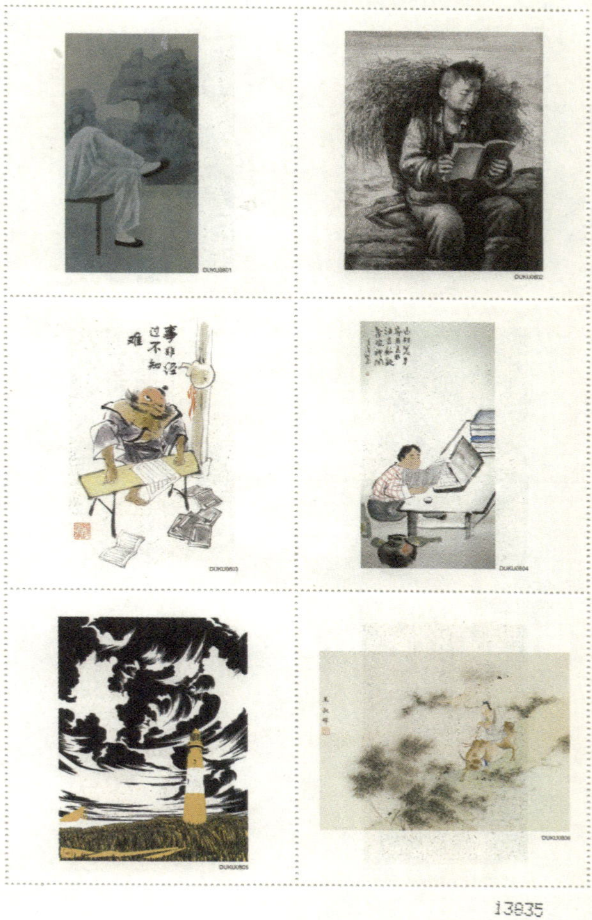

2008 年《读库》藏书票

2009 年《读库》藏书票 《书中岁月长》系列 _ 姬炤华绘制

2010 年《读库》藏书票 《民国人物及其文学作品》系列 _ 李晨绘制

2011 年《读库》藏书票　威廉·莫里斯《闪光平原》插图

目 录

上辑·心经

这个行业之所以令人热爱，就在于它既清晰又模糊，既温暖又残酷。而对于这个时代来说，读者欠看的好书太多，编者欠出的好书太多，作者有待去挖掘的世界级选题太多，生存空间和成长余地都大得惊人，无论如何不应该懈怠或绝望。

《读库》首届编辑魔鬼训练营学习笔记

“老六”张立宪等人酝酿已久的编辑魔鬼训练营开张了。第一届由老六本人主讲，主题为“从手稿到成稿——案头编辑的细部训练”，拟举行三次，时间分别为2011年4月9日、5月7日、6月11日，均为周六下午，每次时长三个小时，地点均在其母校中国人民大学的新闻学院。他说：

> 顾名思义，从拿到作者的手稿，到最后可以付印的刊稿之间，需要做什么工作，这是一个职业编辑的基本功。恰恰是这方面的训练，许多同行较少触及。本届训练营拟从实战角度出发，通过大量实例以及实际操作，让大家了解案头编辑的技术细节，并形成同行之间自由沟通交流的氛围。本讲座为自由交流，不收学费，也没有学历或证书。

拟招收四十人（包括新闻学院的同学十五人），对象为媒体从业人员，专业编辑。

我报名后，顺利被录取。

一

为什么要参加编辑魔鬼训练营？说起来，虽然早在五年前就取得出版专业技术人员职业资格证书（中级），但我的日常工作是期刊发行，并不参与编辑工作，似乎用不着学习那些东西。而且，如果参加了，得连续三个月忙于作业，占用业余爱好的时间，还要三赴千里之外的北京，花费精力和财力，划得来吗？

然而，账不是这么算的。结识《读库》已五年有余，深入阅读《读库》也近三年。这几年，我的阅读和写作多与《读库》有关。老六编辑的《读库》及笔记书、《青衣张火丁》《童年与故乡》等，我一一收罗，认真阅读，知之愈深，爱之愈切。其他过眼图书，《闪开，让我歌唱八十年代》《小话西游》《小麦的小人书》《寻路中国》等，皆与老六和《读库》有着千丝万缕的关系，读来受益匪浅。阅读之余，我有做笔记的习惯，2008 年，我将有关《读库》的笔记稍作整理，成文《流水行云：事关〈读库〉》，发于豆瓣网读库小组和读库官网，并随读随写随添，被老六先后收于《读库 0900》《读库 1000》。2010 年，我将近两年写的书店生活的文章投给《读库》，先后刊发于《读库 1005》《读库 1100》。这些无疑满足了自己的虚荣心。

拿到样书，对比原稿，我找到不同之处，暗自揣摩老六的编辑风格和标准，深受启发。2011 年 1 月，我赴北京出差，与他会面，并帮着校读《读库 1100》，惜乎大家都忙，也都内向，没有深入交流。后来，1 月 13 日，见他招兵买马，心动不已。再后来，3 月 24 日，又见他扯旗首届编辑魔鬼训练营，我确定，这正是自己想要的，不容错过。老六说："报名的人需从事报刊或出版编辑工作，有实战需求——因为我们探讨的是字斟句酌的细枝末节，不是美文欣赏，不是写作指南，也不是心灵鸡汤。"我以为，通过学习与训练，编辑水平提高的同时，写作水平也必会得到提升，至少文字会更干净更准确。没有学历或证书？人家还不收费呢，想想看，主讲人是老六啊！

二

在第一次上课之前，老六先后布置了两次作业。鉴于文章涉及作者版权以及隐私，他要求对作业内容严格保密，不要泄露给任何第三人，故在此就不提文章及作者名字了。

3月30日，发来一篇文章的初稿与定稿，要求将文章打印，按照“找不同”游戏的玩法，对比初稿与定稿的不同，将定稿中所做的修改，用标准编辑符号标注在初稿上（用红笔标注），认真琢磨一下为什么要这样修改，对有疑问的地方标注问号，对有异议的地方标注叹号。如果初稿中有自己认为需要修改而定稿中没有改出之处，用标准编辑符号标注在初稿上（用蓝笔标注）。统计自己比较、编辑后的初稿上有几处红色、几处问号、几处叹号、几处蓝色，并将相关数量通过电邮告知课代表（只汇报相关数目字即可，无需具体内容）。老六说，我们上课的内容，就是来解决这些红色和蓝色、问号和叹号。本次作业的完成时间为4月2日。经我比较、编辑与统计，共有544处红色（每对引号、书名号均按两处计算，下同）、9处问号、0处叹号、19处蓝色。

4月3日，发来《读库1003》中一篇文章的初稿，要求将文章打印，按照自己的理解和思路进行编辑，所做编辑符号用蓝笔标注，然后将文章再打印一遍，与《读库1003》中该文比照不同，将书稿中所做的修改，用红笔标注在初稿上，并对比两次编辑中的红色和蓝色，对有疑问的地方标注问号，对有异议的地方标注叹号。统计两次编辑中有几处蓝色、几处红色、几处问号、几处叹号，并将相关数量通过电邮告知课代表。本次作业的完成时间为 4 月 6 日。经我比较、编辑与统计，共有 304 处红色、11 处问号、14 处叹号、177 处蓝色。

三

4 月 9 日，下午两点至五点，中国人民大学明德法学楼 201 教室，首届编辑魔鬼训练营第一课。课前，我找到人大校园里的邮局，让工作人员在随身带的明信片上盖了邮戳，课后请老六在上面签名。我来自郑州，却不是最远的，老六说，同学里北至沈阳、西至乌鲁木齐、南至厦门。

老六首先阐述了自己的编辑理念。他认为，编辑如同传播学中的“把关人”，即便在网络时代，这个去粗存精的角色仍不可或缺，各种文字还需编辑的筛选与加工。他将编辑定位于生产者与项目管理人，而不是校对与读者——许多似是而非的问题，需要编辑做判断下决断，编辑要有一套取舍标准，并在实践中不断琢磨修正，而且需要拥有高出读者的警觉感。编辑面对稿件，负有无可推卸的责任，必须对任何一处问题“正面强攻”，要有稿件到你手上即是最后一关的意识，要有弥补环节漏洞的方法，要有发现、判断、决断的能力与呈现的办法，要有时间管理的能力与服务意识。他感叹，我们对外（如对读者）的服务还可以，可对内（如对下一环节）的服务则差劲儿。

随后，老六介绍了《读库》的编辑规范。《读库》稿件编辑完成后，存为纯文本文档，而非 Word 文档，而且段首不空两格，因为是苹果机排版，空两格等技术环节由美编来完成。他说，每篇稿件都要寻找合适的标题与导语，且尽力平实，这需要有抽绎的能力。他坦承，自己不仅有替换叹号强迫症，更有删除形容词强迫症——他以金庸武侠小说为例，认为金庸笔下乔峰的行为更符合他加给令狐冲的那些形容词（如“洒脱”之类），老六得出结论，作者强加给人物的形容词常常是无效的，故有此举。为避免对阅读的阻断，他编辑时尽量将稿件中的引号去掉。他认为，出处是一种阅读干扰，所以多将注释文字移除。因为未删《读库 0601》里《追我魂魄》中的“天真的和尚”，他一直耿耿于怀，此后但见作者抒情议论，必大刀阔斧删削。《读库》里的文章，年月日之所以还用阿拉伯数字，是因为汉字“〇”太难看了，否则他会一统数字为汉字。他说，稿件配置对编辑有更高的要求，必不可少的前提，得有充足的稿件储备，以及等好稿子到最后一刻的耐心。他说，即将刊发于《读库 1102》的一篇科普文章，述及专业术语“无血术野”，编辑的过程中，他本想让作者做进一步解释（自己打了问号），但读到后文，他已理解其意，便罢了此念，他深信《读库》的读者应该有这点能力，如果有读者因读不懂而放弃《读库》，他也只能接受这个结果——这是读者的筛选过程。老六提及，美国有媒体定义“特稿”为“有画面感的报道”，他希望《读库》的文章能有自己的风格与画面感。

互动交流环节由于涉及具体的文章，在此不便详述。同学里不少人比我认真，上穷碧落下黄泉的精神与成果让我汗颜，也让老六不时“哦是吗”。老六建议，书心不要用太白的纸，因为过于刺目，不适于长时间阅读；精装书封面尽量不要用特种纸，因为特种纸与纸板抽缩率不一，时间久了，封面容易翘起来（第一版的两本笔记书是教训）。对于引文的核实，他认为，没有更好的办法，但有更笨的办法——一一查证引文。他说，行文忌抖弄，露巧不如藏拙。他觉得编稿并不累，由于服务作者是编辑的本职工作、分内之事，故让作者风光面对读者，自己甘居幕后，不居功不表功，坚守编辑的德行。

课后，我建议老六在博客等地方发布《读库》的规范性要求，让作者投稿前自查修改，以减少编辑的工作量，而他却不认可，说是该编辑做的工作不能推给作者。但我认为，作者在投稿前，应该认真阅读《读库》，了解一下其整体风格，以便有的放矢，此外，对技术性环节也要留意，按照其规范将稿件整理一遍。这是对编者的尊重，也是对自己的尊重。

四

《我曾经侍弄过一家书店》发表于《读库1005》《读库1100》之后，我拿刊发的版本与自己的原稿比照，采纳部分删改之处，将稿件整理了一番。参加了魔鬼训练营，我认为有必要仔细对照二者，算是布置给自己的作业，便将原稿打印了一份，按刊发稿用红笔编辑一遍，经统计，红色为321处。现列举此文的删改情况，结合课上所得，分析老六的编辑思路与标准。

《书店的碎片》更名为《我曾经侍弄过一家书店》。

老六说，编辑要有抽绎的能力，从文章中提炼出合适的标题与导语，而且尽量平实。他无疑深具这种能力。我原来的标题比较含混，叙述者可为书店经营者也可为读者，而且前有柳桦的《非洲的碎片》，这种句式用多了会令人生厌。他拟的标题，清晰、全面，暗含深情。且录读者对此标题的反应："名字貌似戏仿电影《我曾伺候过英国国王》。"（人生不过破事儿）"小裴见了这个题目不可能没有触动。我见了也会撩起心底的痒来呢。"（大有）"文章题目好得让我都不记得文章的内容，光这十个字就够消磨数个小时，几支烟、几杯茶酒咖啡、很多段音乐。"（CoryZ）

再举个例子。诗人刘春近年以个人角度切入当代汉语诗歌，记录“一个人的诗歌史”，其中有三篇文章先后在《读库》发表，即刊载于《读库0902》的《海子的事》、刊载于《读库0903》的《走过的人说树枝低了，走过的人说树枝在长》、刊载于《读库0905》的《我走到那里在风起以后》。他对老六的抽绎能力也颇为佩服，在博客里说：“《读库0903》非常好看，除了其中一篇文章我不感兴趣之外，其他各文，均值得细读——包括本人写的标题最长的那篇。哈。我那文章，约三万字，写的是顾城，原标题为《我是一个悲哀的孩子，始终没有长大》，用的是顾城的一句诗，编辑改成了《走过的人说树枝低了，走过的人说树枝在长》，也是顾城的一句诗。两个标题，各有侧重，前者强调的是顾城的性格，后者注重的是顾城在世人心目中多变的形象。现在看来，后者的确要意味深长些。”

删除“‘都是浮云！都是垃圾！’老六的口头禅可以为它定性，而曾出现在排行榜上的那些图书，大都距此不远”。

老六在“第四年”里说：“我编《读库》的稿件，希望做到两个不删节，一个是除了必要的文法修改外，我对稿件宁可不发表也不做删节。但还有另一个不删节，我希望和作者达成一种沟通，让作者不要做自我删节。这可能也是作为写作者养成的习惯，他在写作的时候会自己设限，设定什么应该写，什么不应该写。有时候是政治敏感话题，但大多时候不是，是传统的观念和习惯使然。”当初翻看他编辑过的《我曾经侍弄过一家书店》，我首先找到有关盗版书的章节，发现储安平的那句话还在，不禁肃然起敬。同时，对他删除上列这句话以及有关张爱玲与乔叶的家庭“公案”，我心服口服，这或许是他在践行“写作一定要有很根本的原则，不要伤害任何人”。

如何在“不要做自我删节”与“不要伤害任何人”之间保持平衡，是一门艺术。我在整理书店生活时，确立了一些原则，其中即有避免涉及个人隐私和商业秘密。基于此，我没有以时间为序铺排，而是按专题用大量细节展现了郑州三联书店的方方面面，以及从业者的五味生活。不过百密一疏，我的某些文字依然有伤害他人的可能。《书市春秋》有这么一段话：“相对应的‘教训’也有，且举两例。1997 年，我们订了不少作家出版社的《邓小平》，不想却是罗高林的长诗，虽有邓公去世的背景，但依然走得很慢。还有一次，由于准备在书店设立音乐电影图书专架，我们单独订了某出版社某套书中的《名家道乐》，谁料那只是汇集了文化名人说‘乐（lè）’的文章，意思不大——我们认‘乐（lè）’为‘乐（yuè）’了。我想，如果看了样书，我们应该不会订这些书，至少也不会订那么多的。”起初，三处“我们”为书店经理的名字，有朋友看到后，认为不妥：“一般来说，总结经验教训都是针对自己的，而不是说别人怎么错了，你说是不是？”

想想也是，虽然我说的是事实，可让当事人看了，容易误解，从而影响我们的友谊。本想一删了之，但我又实在舍不得这两个例子，便做了微调。

“非份之想”改为“非分之想”，“选择权力”改为“选择权利”，“肯请”改为“恳请”，“恋爱轶事”改为“恋爱逸事”，等等。

这些都是错别字的更正。在课上，老六认为编辑不是校对，编辑要做没有标准答案的工作。之前，他说：“编辑更像一个工程师，不是个美容师。所谓工程师就是把这个作品升级成更好的产品，做更好的推广。”我的理解，这是他对编辑的更高要求，因为校对工作是编辑的入门功课，并非不重要。他还说过：“一个编辑的成才之路，首先是不干编辑，先干别的。”无疑，“别的”应该包含校对那些美容师般的工作。对于作者来说，错别字源自想当然或用输入法拼字时选择不当，如果成文后不做仔细检查，就将问题推给了编辑。本着负责任的态度，作者应购阅《咬文嚼字》等书刊，建立用输入法拼字时选择不当的案例，自查之外，请身边读者审阅文章，尽力减少其技术性失误。

“24.30 元”改为“二十四元三角”，“40 秒”改为“四十秒”，“第 2 期”改为“第二期”，“16 开”改为“十六开”，等等。

对于出版物上阿拉伯数字的泛滥，曾有人讥讽：这些编辑是不是“不管3721”，将汉字数字全部改掉，非要弄得读者心里“7上8下”不可？老六对此肯定也有意见，所以在《读库》的文章里，除了年月日，数字多为汉字。他在课上解释，年月日之所以还用阿拉伯数字，是因为汉字“〇”太难看了，否则他会一统数字为汉字。我以为，其实汉字“〇”并不难看，与汉字还算和谐（如“二〇一〇年”），而且用到的机会并不多，因为《读库》所刊文章多关注二十世纪的人和事，由此，年月日倒是可以用汉字表现。

删除“啊”“嘛”“呢”“了”等语气助词，删除“失之东隅，收之桑榆”“比学赶帮超”“古已有之，于今为烈”“诉苦会”等词语两边的引号，更换大部分叹号、破折号为逗号或句号。

虽然只是多了一个语气助词，却有抒情或议论的嫌疑，不符合《读库》的整体风格，在老六那里是通不过的。他倡导非学术、非虚构、非专栏的叙事文本，摆事实不讲道理，要细节，要故事，要人物，不要观点，不要结论，不要评判。这种文本是留白，是对读者参与其间的邀约。更换叹号的初衷，应与此类似。为避免对阅读的干扰，在投稿前，我删除了文中所有图书的版本信息，然而在他看来，这还远远不够，比如可用可不用的引号，尽须除去。他有一个编辑方针，“插图于不可不图，去图于可以不图”，也许唯有做到后者，才能凸显前者。引号的去留也是如此，读者碰到“不可不引”，一时停顿，正好可以细细品味。例如：

> 我一直疑心相关部门是在“选择性执法”，即便是有所选择，也是一阵风而已。他那张书单上的书，均为港版的“敏感词”们的传记，自然，在大陆流通的，肯定是盗版书。这是盗版商的一个“保留曲目”，不过，也许他们晓得了管理部门的脾气，那些书是不便碰的，为避其锋芒，即使有心“传播港台文化”，也多选择文艺书了。

不贤识其小。老六对我的文章的修改不止上列诸处，他的编辑思路与标准也不限于这些细枝末节，不过暂且先整理到此，好在来日方长，我还有学习的机会，届时再做笔记。

五

在第二次上课之前，老六先后布置了两次作业。

4 月 10 日，发来两篇文章，要求如下：首先，将文章打印，按照自己的理解和思路进行编辑，所做编辑符号用蓝笔标注，并统计蓝色数量标在页首（简称 A 件）；其次，直接在原电子文件上编辑操作，将不带编辑符号的编后稿出小样，并打印（简称 B 件）；最后，将 A 件和 B 件各复印一套，注明编者的姓名，在 4 月 15 日之前（以寄出时间为准）快递至课代表处。经我编辑与统计，A1 共有 498 处蓝色，A2 共有 411 处蓝色。

4 月 20 日，布置第四次作业：将第三次作业中的两篇文章，与《读库 1102》中相对应的文章对照阅读，将自己在第三次作业中标注的蓝色，与《读库 1102》中的刊发稿相比照，对有疑问的地方标注问号，对有异议的地方标注叹号，于 5 月 3 日前将问号和叹号的数量告知课代表，并挑选自己认为最重要的问号和叹号（每个同学限二十个以内），将其具体内容以邮件方式回传。第二次上课，将选择这些问号和叹号来解决（不再课堂提问）。如没有问号和叹号，就选择零申报回复。经我对照与统计，共有 4 处问号、8 处叹号，总计 12 处。具体内容从略。

除此之外，我还将这两篇文章打印，依照《读库 1102》中的刊发稿用红笔编辑了一遍（简称 C 件），经统计，C1 共有 277 处红色，C2 共有 528 处红色。

六

5 月 7 日，下午两点至五点，中国人民大学明德法学楼 302 教室，魔鬼训练营第二课。

上课伊始，老六强调，他在课上讲的，既不系统，也不根本，均基于与同学们强大的共识。潜台词是，脱离了这个语境，某些话难免会让人误解，陷入口舌之争。的确如此，某同学将老六在第一课上的论断发布后，引来网友众说纷纭，有人不同意“精装书封面不宜用特种纸”，有人不赞同“编辑不是读者”，有人认为有些意见不具有普适性，等等。鉴于此，我特别说明，由于抽出了案例，加上学习笔记是以自己的语言复述的，一些观点或有突兀之感，敬请留意与谅解。

随后，老六描述了理想中的编辑要做的工作：校对、编辑修改、补足环节缺失、选择与判断、稿件配置、视觉呈现、编务，以及成本核算、宣传推广、产品设计、品牌维护、发展规划。除了校对，其他都是没有标准答案的。其中，编辑修改的原则是不可逆；选择与判断不仅体现在面对几百篇稿子时的披沙沥金，也体现在拟用稿件刊发时机的把握；稿件配置主要运用于报刊及杂志书，稿件的长短软硬远近有图无图等，须整体把握调配得当；视觉呈现需要责编与美编密切合作，责编应该最了解稿件，向美编描述自己的想法，由其呈现出来；产品设计不限于单一出版物的生产线，也要考虑到本公司其他相关产品；品牌维护应兼顾机构与个人，不可偏废。

为培养语感，老六建议，多读好文章之外，还应多做编辑体操。所谓编辑体操，即对刊发文章的再加工。他说，没有不能再编的文章。不过他又提醒，对文章别编辑过度，别事儿妈。他推荐同学们阅读蒂姆·哈洛维的《报刊装帧设计手册》，中文版2006年1月由中国财政经济出版社出版。他提及，《纽约客》并非对每篇文章的成本平均用力，不会都是投入上万美元花费好几个月时间换来的稿件，而是以丰补歉，比如刊登的专栏文字，成本就相对较小，而我们的报刊恰恰相反，在专栏上投入过大，顾此失彼。

老六希望《读库》给人以散漫洒脱的感觉，而不是紧绷神经。作为编者，他与作者是相互默认的关系，在编辑的过程中，如果作者的气场大，那就顺从作者，反之则是作者顺从他。他以为，没有不能用的稿子，对于扁平化与二元化（标签化）的稿子，若有可取之处，他必对其打磨处理，以凸显其优势。他坦承，相比较而言，自己对文艺范儿十足的稿子更挠头。但凡是媒体，总免不了固化的趋势，暮气弥漫。为避免《读库》有类似的命运，他一方面延请海外作者写稿，另一方面，拟于下半年开办非虚构写作班来培养作者，以补充新鲜血液。编辑《读库》六年，他发现我们的思维习惯、写作习惯是有问题的，而且对当下的时代缺少记录，如此下去，所写文章难有突破。前一段他招库管员，有七八十人应聘，每一份简历就是一个人的求职血泪史，但惜乎没人将其记述下来。

课上，老六展示了一张照片，上面是同学们的第三次作业，厚厚的一摞，足有一米高。他感叹，从来没有哪篇文章享受过这种待遇，一百多人同时对其进行编辑修改。结合第三次与第四次作业中同学们的疑问与异议之处，老六谈了自己的看法。一篇文章的标题不是独立的，所以他在拟题时，会通盘考虑本辑及往辑文章标题，注意呼应与规避。对于一万字以下的稿件，他均删除小标题，因为《读库》一页的容量是九百字左右，带小标题的短章节会显得单薄。《读库》是通俗读物，而非学术刊物，故一般不加注释不列出处，当然，这个规范有个渐进的过程。行文中的引号，除了直接引语或讽刺，一律删去。“天才”“著名”等形容词，以及作者的抒情与议论，都是对读者的伤害，都是要不得的，他希望给读者以空间，让其做出判断。对于漏网之鱼，他表示，是缘于自己改疲劳了，解决的办法唯有换眼换手，将来若形成编辑小组，或可改进。在国外，编辑有修改人、改写人之称，对作者的线性叙述，高明的编辑往往会将其打散，穿插组织，而他对某些文章并没有做到这一点。如今，留用的稿子已能排到明年，但他不会一口气将今年的《读库》全部出完，逍遥自在，而是以两个月为周期匀速推出，在此期间，等待更好的稿子，以替换一般的。他说，编辑部不是法庭，编辑不做有罪推断，针对作者涉嫌侵权的情况，他会将读者的反应告知，让作者自处。

课后，老六布置了第五次作业：本着“没有不能再编的文章”的精神，任选一篇《读库》（非“00”辑）已刊发的文章，复印下来进行编辑，所做编辑符号用蓝笔标注，把统计数量标在页首，将编辑好的稿件复印一份，在 5 月 20 日之前（不含 20 日，以寄出时间为准）快递至课代表处；找某一辑《读库》（非“00”辑），分析稿件配置情况，文章如此搭配有什么意义，或者有什么问题，列出说明（简称文件 A），对“成本核算、宣传推广、产品设计、品牌维护、发展规划”有什么心得，或写成一篇小文章，或写几句话，或提出几个问题（简称文件 B），于 5 月 27 日上午十点之前将文件 A 和文件 B 以附件形式发电邮给课代表。

七

5 月 8 日，我赴北京市朝阳区 798 艺术区，在映画廊参观任曙林摄影展《八十年代中学生》，在百雅轩参观《冷冰川艺术展》。这两位艺术家均是我偏爱的，也都和老六及《读库》有着千丝万缕的关系，任曙林的专题《中学生》曾刊发于《读库 1101》，而冷冰川的作品，2008 年被老六编辑成一本笔记书《冷冰川：一个冬夜的词根》。

“原作，一定要看原作啊。”面对冷冰川的原作，想到老六的感慨。我先后购阅了数种冷冰川的画册，知道他那些墨刻不是在黑纸上用白色的笔描画出来的，而是在纸板上用刻刀锲刻而成，可走近原作，看着细密繁复的线条，还是惊叹不已。锋利坚硬的刻刀，圆润雅致的画面，经他的手紧密地联系在一起。他的布上雕塑作品是另一种风格，极简而粗犷，与墨刻相映成趣。这些布面综合材料作品，是他创造的另一种艺术样式，他将画布用茶水反复地浸染，并伴随反复打磨，在布上以积淡墨色为深浑的厚色，然后再将麻丝、药材渣、茶叶末、枯草屑等多种材料拌和在油画颜料中，成为综合媒材进行塑造，产生类似浅浮雕的空间效应。凑近作品，依稀有淡淡的植物香气，令人浮想联翩，这也是经由印刷品体会不到的。

八

为保持行文的连贯，在记录老六课堂上的观点时，我省略了不少他列举的事例。回看课堂笔记，有些舍弃的地方实在可惜，现补记于此。

第二次讲课，说到共识的重要，老六举了两个例子。某次在饭店点菜，翻了一遍菜单，他对朋友说，自己要那个“报眉肉”——这话怕只有出身新闻学院的人方能说得出来，非媒体从业者恐难解其意。大学校园流行一个段子，说是理科生到食堂买大饼，请师傅给切一块“锐角饼”，对方并不讶异，询问需要多少度的——所谓心领神会不过如此，避免了无谓的口舌。

程长庚演出版《文昭关》，出场词为“勒马停蹄威风涌，那旁坐定一老翁”，其弟子汪桂芬后改为“伍员马上怒气冲，跳出龙潭虎穴中”。老六认为后者改得好，更加符合人物的心情。由此，他推导出编辑修改的原则是不可逆。

老六说，每家媒体都有自己的风格，拟题亦如是。《三联生活周刊》封面报道的标题爱用“×× 的 ××”，如总第 624 期《红茶的性格》、总第 628 期《苹果的颜色》；《知音》的标题以煽情为能事，曾有网友按“知音体”，戏拟《西游记》为《我那狠心的人啊，不要红颜美眷，偏要伴三丑男上西天》，戏拟《白雪公主》为《苦命的妹子啊，七个义薄云天的哥哥为你撑起小小的一片天》；《读库》文章的标题，长短不一，大都平实。他回忆之前就职于某报时，某年策划一天报道一位劳模，到最后一看，三百多篇文章里，就有十篇以“梅花香自苦寒来”为题。因此，他如今在拟题时，会通盘考虑本辑及往辑文章标题，注意呼应与规避。他以《读库 1102》里的《阅卷》为例，由于本辑四字标题过多，加上之前刊发过《图画 1958》等文章，所以就放弃了原来拟用的《阅卷 1977》。

第一次讲课，老六提及几年前自己担任《森林之歌》文字统筹的经历，分享了其中的甘苦。他说，所谓文字统筹，其实就是编辑，对解说词做减法之外，还将每集末尾调整为声调是第一声或第二声的字。他认为，解说词最后一字声调若是第四声，会很别扭。他的经验是换词后默念，选取最具音韵和谐感的字词。转引他的博文《森林六歌》相关段落于此：

> 鼓捣起解说词来，才知道这与惯常的写作是很不一样的。像我这样新闻专业出身的写手，往往喜欢开门见山先声夺人的写法，而电视解说，则要求服从于画面，无论是叙述顺序、主宾语安排，还是文字节奏、内在逻辑，都不能闹独立。一直到第二遍，和陈晓卿一起搞过几个彻夜之后，我也慢慢明白过味儿来。
>
> 不过有一点，我与组里的战士们达成了共识，那就是解说词尽量不要对观众形成干扰，更不要让观众反感。陈晓卿说自己最推崇雅克·贝汉老师鼓捣《迁徙的鸟》时的做法，据说雅老师先是写了好多好多字，然后凝结成一句话："鸟的迁徙是一次关于承诺的飞行"，至于别的，都是废话了。如果《森林之歌》也能归结到一句话上，就可以徘徊在牛 A 和牛 C 之间了。
>
> 我们没能做到这一点，但也并没有像陈晓卿事先说的"加营养液"，而是减了不少营养。每次鼓捣一遍，都是一个往下删字的过程。不过这样做，也许才能让有价

值的营养不至于被废话稀释，算是“加营养液”的另一种理解吧。陈晓卿对组里的战士们说的最多的一句话是“做减法”，心诚则灵，如今他上小学二年级的儿子最擅长做的就是减法。

我们对文章的要求是“可读性”，而可读性对于电视解说词来说，就是另一种解释：可朗读性，以及可听性。我和编导一遍遍地过，就是找那种读起来舒服、听起来舒服的感觉，包括句末是不是双音节词、是平声还是去声……真的是奥妙无穷。如果上天能再给我一次机会的话，我愿意怀着莫大的兴趣来好好研究之。

现在回想起来，我做的一项比较重要的工作是翻译，将一些像科教片解说词的文字转化成比较浅显直白的语言。这项工作最后的成效还需要观众来评价，但我确是知道了个中难度，以后再也不随便鄙视别人了——真的是不容易。

另一项工作对我来说，简直就是收获。为了搞清楚自己要做的事儿，我办了一个国家图书馆的读者卡，在里面泡了几天。尽管临阵磨枪得到的一些知识并没有多少用在片子中，但我自己却学到了许多林业学知识。“即使写一个人五百字，也要了解他一辈子”，这是新闻教科书里的箴言。每设身处地地操练一回，我便对这些箴言多了一层真切的认知。

还有一档事儿，就是将这九集捏成一个整体，而不是各行其是。其中最重要的，就是去掉那些重复出现的画面和字句。日出日落、云卷云舒，这样的画面是陈晓卿让各集编导删掉最多的，因为每集都出现，就连最漂亮的南迦巴瓦峰的瀑布云，也能把人看吐。而九集解说词中，也有一些大家不约而同的常用语，像“山里的雨来得快，去得也快”啦，像“为了生存，它必须如何如何”啦，像“对于什么什么来说”啦，像“它有足够的运气”啦，而出现频率最高的，就是“如果一切顺利的话”。确实如此，像海南岛的热带雨林，每年每公顷土地有十五万棵幼苗生根发芽。最后，仅仅有不到百分之一的幼苗才会长成大树，而它们长成大树的时间是几十年甚至上百年。问题是，所有的生命都关乎“如果一切顺利的话”，这个症结被发现后，这句话也成为森林组的口头禅，做饭的湖南妹子对大家说：“如果一切顺利的话，你们能在六点钟吃到晚饭”；我匆匆往办公室赶，会给晓东打个电话：“如果一切顺利的话，我一点钟能赶到”；李太山的 MSN 签名是对小女儿的预测：“如果一切顺利的话，她将长成一个胖瓜”；陈晓卿到上海电视节当评委，第一天就发回短信：“当评委，上午看了两个片子。第一个是《地球脉动·两极之间》。第二个是韩国《自然的边界》，结尾处是小野羚羊被放归自然，解说是：如果一切顺利的话……”

九

魔鬼训练营我的第五次作业：

《读库0805》共刊发十一篇作品，分别为《歌者夜行》《周云蓬的诗和文》《小九儿，杨丽坤》《再访河流》《"把音唱准了我们再谈感情"》《沙滩北大二年》《爱因斯坦不在家——科学松鼠会文章选》《方寸之间》《奥巴马胜选演说（文言版）》《敦煌（十集电视纪录片）》《敦煌在路上》。

六年来，《读库》已形成独特的风格。除了一些固定动作，如每年第一辑的《甲子》系列文案、每年最后一辑的《声音》，从文章题材上说，大致可分为民间立场的个人历史、音乐电影的大千世界、连环画的台前幕后、深入浅出的科普文章，等等。这些在《读库0805》里多有表现，《小九儿，杨丽坤》《"把音唱准了我们再谈感情"》聚焦电影人与音乐人，《沙滩北大二年》书写民间历史，《爱因斯坦不在家——科学松鼠会文章选》把玩科学生活……

这便是杂志书（MOOK）的特点与优势。一本书，不可能这么杂的，多集中于某一方面，篇目调配上相对简单。《读库》版权页标着“文学作品综合集”，在我看来，其中文章的价值，恰恰不在文学。虽然题材不一，但各篇文章均透着认真劲儿，记录了当下时代的不同侧面。

篇幅占全书三分之一的稿子，无论如何是不能放在中间的，那样对全书是一种割裂。《这是湖南。1937—1945。》是《读库 0903》的开篇，《一站一坐一生》是《读库 1002》的开篇，而《敦煌》与《敦煌在路上》之所以放在最后，一方面是《读库》有用“文本”压轴的传统（如《读库 0606》的《安东尼奥尼与〈中国〉》），另一方面或因《歌者夜行》与《周云蓬的诗和文》篇幅的“压迫”。

《歌者夜行》是继《读库 0601》的《非著名相声演员郭德纲》之后，又一篇主动出击之作。这类稿子为数不多，但在“成本没有上限，时间没有下限”的宽松条件下，采写都很扎实，不列头题就可惜了。采写此文成就了一对情侣，可谓一段佳话。若绿妖如今再写周云蓬，恐难现此文风采。

《小九儿，杨丽坤》与《“把音唱准了我们再谈感情”》没有排在一起，或缘于二者主人公（访谈对象）均为女性，一为电影人一为音乐人，文艺味儿过浓，以《再访河流》隔开，作为调剂。同理，虽撬动记忆之门的支点不同，一为求学经历一为集邮生涯，但《沙滩北大二年》与《方寸之间》都是个人述史，以科普文字《爱因斯坦不在家——科学松鼠会文章选》作调剂。

《读库 0805》配图的文章很多，其中，《歌者夜行》插图四色印刷。个人认为，《敦煌》插图单色印刷是个遗憾，比如第 236 页插图，让人难以领略那神奇而美丽的光芒，看着和沙尘暴没什么区别。

从某个角度看，《再访河流》早刊发了三年，或许等今年年底《江城》简体中文版出版后，更能引发读者的感觉？此文与何伟的其他文章不同，它和《江城》有着千丝万缕的关系，不读此书，难以深入领会其意。做作业之前，又读了一遍《再访河流》，还是隔着一层。如今在网上可以读到此书电子版，但我不习惯，二十多万字呢，只好等着纸书出来。（以上为文件 A）

品牌维护，细节见精神。工作无大事，工作也无小事，正所谓事事皆生活、事事皆事业。百花园杂志社杨晓敏总编曾说："不要忽视小事，要做好每一件小事，因为你干不了大事——你能决定什么时间'神七'上天吗？你能导演北京奥运会开幕式吗？大事干不了，小事再不去干好，你还能干什么？"品牌维护的工作平凡而琐碎。如果编辑疏懒于给作者回信，可能就会错失一位极具潜力的作家；如果工作人员敷衍于接听读者电话，可能就会流失不止一位忠实的读者。他还说："人和人要互相比优点，不要比缺点，缺点人人相似，贪财、好色、嗜酒等，优点各各不同，而正是优点成就了一个人。"同事们的优点绝不只是在工作上，而这些优点也决非朝夕可就，仍是小事的修炼、细节的累积。互相学习的结果，自然带来了各自工作和生活的提升。

宣传推广，自媒体与传统媒体并举，并侧重前者。如今，许多出版商以赠书为手段，开始通过微博宣传新书，一般是这样操作的：1. 请读友关注自己的微博，成为自己的粉丝；2. 请读友转发图书信息给好友，@ 三个或五个以上；3. 请读友发表评论；4. 定期不定期抽取读友赠书。有一位朋友，见此活动必参加，无论那书是文艺是生活还是少儿，多次 @ 我，令人哭笑不得。（以上为文件 B）

十

在魔鬼训练营课堂上，老六推荐大家阅读《报刊装帧设计手册》。随后，我购阅了蒂姆·哈洛维的这本书。

此书版权页上方，有一幅饼状图，列出"仅（谨）以本书献给"的对象比例：罗宾为百分之七十，老妈和老爸为百分之十，帕特为百分之五，各位朋友和宠物为百分之十五——很符合此书风格，新人耳目。类似的手段，如第 87 页讲到"跳页新闻”时，先表明自己的看法，“只要新闻能吸引人，你就是跳到哪一页读者都会跟着读下去。如果新闻很无趣，读者就会以跳页太麻烦为借口，不再读下去”，然后将余下的内容“下接第146页”，而非随后的第88页，机智而调皮。

此书书名虽为“报刊装帧设计手册”，其实更侧重报纸，将图片的调理置于报纸操作的中心地位，从整体的视觉系统来把握报纸版面技术，其中有大量的素材与实例，颇具实用性。我的日常工作与此无关，但是业余办有一份手抄报《我》，翻阅此书，启发连连。

转引此书两句话：

> 要想愚弄某个人最有效的办法，就是引用他说过的话。（美国幽默作家、演员罗伯特·本奇利）
>
> 在收集民意的时候，你只需要三种意见：一种是赞成的态度，一种是反对的态度，还有一种就是幽默的态度。（美国广播公司前总裁鲁尼·阿里基）

十一

6月11日，下午两点至五点，中国人民大学明德法学楼502教室，魔鬼训练营第三课。

一开始，老六感叹，这三个月下来，受益最多的是他，仅就同学们的作业而言，就使自己眼界大开，颇受启发。由此他想，有没有可能通过什么办法展示作业，让大家互相学习，共同提高。

接下来，就成本核算、宣传推广、产品设计、品牌维护、发展规划等编辑工作，老六谈了自己的认识。他大致将成本分为内容成本、生产成本、管理成本、仓储成本、配送成本、销售成本，以及机会成本。内容成本即稿费，编者须避免“会哭的孩子有奶吃”，要替不在乎的作者争取利益；生产成本即产品的物理成本，而成本与品质并非成正比例关系，就看我们愿不愿意为提高百分之四的品质，付出多出百分之四十乃至百分之四百的成本了；管理成本在现实中远高于其他成本，如请客吃饭与作者稿费、一线工作人员收入的对比，存在分配不合理的情况；仓储成本方面，他的经验是少印勤添，每个品种少于一千或两千册时即加印，每次加印四五千册，合理控制其仓储成本，正因如此，销售过程和仓储成本同步，售价先低后高，不欺负忠诚客户，以此提高动销率；如果说，仓储成本是要保证产品时时得有的成本，那么，配送成本则是怎么让读者安全收到的成本，对于网络直销量占据整个销量四分之三的《读库》来说，以何种物理形态与之相配套，用什么方法提高它的视觉效果，均需认真考虑，而这些也属于配送成本；销售成本的提法，他以为并不确切，指的是销售商回款安全问题，限于市场大环境，他也一筹莫展；相对于前几项，机会成本比较虚，他以同学们为例，选择在此学习交流，而不是做其他事情，就是付出了机会成本，不过总体来说，所得即所失。

在宣传推广方面，老六相信并尊重自己的读者，乐见信息自然与自由的流动。基于此，他极力避免权力的滥用，尽量不动用媒体资源，并谨慎对待读者的信任。他以为，相对于媒体，用户个人的推荐更有效。他强调，事实与观点分开，内容与广告分开，公益与经营分开，不要用公益作道德榜样来促进产品的销售。在产品设计方面，要寻找或培养审美共识，分清产品的可读性与必读性，具备成品意识。在品牌维护方面，他判断，好品牌一定是骄傲的，或筛选有骄傲感的用户，或培养用户的骄傲感。在发展规划方面，他建议，要做到规模控制，降低金钱与权力的权重，针对一个项目一本书组建微型股份制团队，而他的发展规划是，做几本能养老的书，通过做事找到符合自己的行业标准，以及做一本画句号的书。

随后，老六讲述了自己新近获得缪哲翻译的《塞耳彭自然史》版权的历程。正如牟森所言，创新并非无中生有，而是旧元素的新运用。“生态圣经”之誉、周作人偏爱、叶灵凤提及其很难翻译、缪哲译得很好等先后得来的信息，在老六那儿形成影响力的链接与嫁接，打通了任督二脉，促使他出手。和译者原来心仪的商务印书馆相比，他似乎并不占优势，可因为有多人盛赞的“爱仑本”为标杆，加之《童年与故乡》《多雷插图·拉封丹寓言诗》保媒，最终促成此事。

在回答了同学们的问题后，老六以王小峰博客转的一则逸事，为魔鬼训练营挽结：

> 徐复观初见熊十力，问：该读什么书？熊答：王夫之《读通鉴论》。徐说：已读。熊说：你没读懂，再读。一段时间后，徐复观再见熊十力：已读完《读通鉴论》。熊问：有何心得？徐说：好多地方写得不好。熊怒斥：你这个东西，怎么会读得进去书！任何书都有好的地方，也有坏的地方。你为何不先看好的地方，却专门去挑坏的；这样读书就是读了百部千部，也不会受到书的什么益处。
>
> 后来徐复观回忆：此乃起死回生的一骂。

十二

《读库》首届编辑魔鬼训练营已经落幕，这份学习笔记也将告一段落。

“我原想收获一缕春风，你却给了我整个春天。”汪国真说出了我的心声。魔鬼训练营三次课，课堂楼层节节高，与之相对应，作业层层递进，讲课次次深入，所得远超预期。然而，说“谢谢”显得太轻，还是借用老六的话，让我们一起熬到老之将至吧。

我知道你今年春天干了些什么。

整理学习笔记，是为深入理解老六的编辑理念。这个过程一点儿也不轻松：要核实许多信息，比如《读库 0601》里《追我魂魄》中老六未删的那句话，经查，并非他在课堂上说的“可怜的和尚”，而是“天真的和尚”；要考虑一些话是否适合发布，因此，这份笔记前几节专门请老六过目；要保持行文的干净准确，总不能光学不练吧。因此，所用时间远超做作业的。然而，并不感觉太累，很值得。又贱又疯又简单，就是这样。如果文中有什么疏漏，责任在我，如果同好从中得到什么启示，感谢老六吧。

一段经历的结束，一段回忆的开始。

转引老六的话，为这个春天挽结：

编辑工作的真正考验，是对那些没有标准答案的问题的解决能力。不是非对即错、非此即彼的二元选择，那么何以提高这部分的业务能力？唯多学多看多练耳。

这个行业之所以令人热爱，就在于它既清晰又模糊，既温暖又残酷。而对于这个时代来说，读者欠看的好书太多，编者欠出的好书太多，作者有待去挖掘的世界级选题太多，生存空间和成长余地都大得惊人，无论如何不应该懈怠或绝望。

一个人，如果还没有傻到自以为是的地步，就多学学别人的长处吧。即使对方给予你的，是提醒“不应该这样做”。

2011 年 4 月至 6 月整理

《读库》的编辑经

十八世纪以前，一个画家要生存，就至少必须具备工匠、素描家、设计师、建筑师，以及工程投标、合同谈判的技能。几个项目做下来，干得不错，就能开自己的作坊，成为“师傅”（master），也就是后世所谓大师。大师肩负作坊的兴衰，他对内是人力资源（挑选好的徒弟）、艺术总监（指导徒弟山寨自己的作品）、财务总监，对外是市场推广、公关专员（拓展新的地区甚至国际市场）。勤奋加运气以及人脉建设几方面都修炼到高值后，艺术家也许能在朝廷混得一官半职，从此活跃在外交、宫廷仪式以及国家地标工程的舞台上。许多青史留名的艺术家是精力过人、没有短板的全才，一点也不奇怪。

当年在《读库1202》里读李树波的《生死记：蒙克》，移目至此，我不由得会心一笑：这说的可不是老六嘛。

《读库》前期，最突出的特点，就是其组稿、编辑、印制乃至发行，皆由老六一人操持。他曾在出版社与报刊社工作过，对传统的组织结构与管理弊端感受深刻，基于此，他选择了这种模式，为的就是减少决策的损耗和犹疑，将自己的编辑理念贯彻得更加坚决。

当然，从一开始，老六就并非一个人在做这件事。多年的出版经历，让他累积了不少人脉，编辑过程中也得到了周围高端人物的信任和支持，吸纳了他们的智商，使得《读库》更像是一本同仁读物。而且由于是连续性出版，有改进的机会，许多读者也会提出建设性的意见，参与其完善进程。有感于此，他认为《读库》是有组织的，不过这个组织是隐性的，开放式的，不是固定的，绝非说是他一个人在做。在九周年读者现场会上，他说：

> 出版不是一个手工作坊，当然它有很多手工的成分，有很多个人化的色彩，但是所有的这种手工的成分、个性化的色彩、智力活动的部分，都是建立在工业基础上的，而不是相反。它建立在一个高度分工、高度专业化、高度技能化之上，再有一点小小的个人发挥，一点所谓

手工的东西。不知道从哪儿来的自信或者自卑，似乎我们特别抗拒工业化。我觉得这个不对。中国发展这么多年，差的就是工业化，最欠缺的也是工业化。如果说《读库》做得稍微好一点儿，恰恰是因为我们工业化做得好。并且最近这几年，我也一直着力于组织这方面的稿件，向大家呈现工业化的复杂和美感。它并不全是负面的东西，冰冷的，污染环境的，反人性的。

在《读库》之外，老六还做了六十余种笔记书，策划编辑了《青衣张火丁》《童年与故乡》《共和国教科书》《传家》等多种图书。在传统销售渠道之外，他一直致力于搭建直营平台。随着业务的开展，他组建了相对稳定的团队。他将包括自己在内的专职人员，定位于维护与服务上下游的作者、编者与读者。在此基础上，他又提出了专题作者及开放式编辑部计划，召唤专业人士加入，共同建设良好的出版生态环境。

坊间杂志书不少，《读库》的不同，其中之一，在于对作者与文本的选择。创刊之初，老六发现媒体空间被少数精英人士占据，于是，他着眼于那些谷歌、百度上搜索不出来或是没有多少搜索结果的人，确定他们更应该成为资讯的源头，而不只是信息的下一级传递者。

老六采用排除法，规划了《读库》的选稿方向。在篇幅上，他放弃了在报刊上能够发表的五千字以下的文章，以及能够单独出书的五万字以上的稿件，给五千字到五万字的中篇读本以发表平台。在题材上，他绕开目前许多图书和人文杂志的三大母题——民国掌故、“反右”风雨、“文革”控诉，关注改革开放后中国的现在进行时，为当下这个时代留下记忆的文字标本。在体裁上，他倡导非学术、非虚构、非专栏的叙事文本，摆事实不讲道理，要细节，要故事，要人物，不要观点，不要结论，不要评判。在文本趣味上，他推崇把一件事情琢磨个底儿掉的重度发烧友，期待他们创作发烧文本，与读友分享。

在2014年的“采菜”座谈会及九周年读者现场会上，老六先后谈及《读库》的选稿标准。综合整理如下：

> 其实我觉得不管是写民国、写“文革”、写当下，也不仅仅是《读库》，还有其他的书，也包括你（白岩松）的节目，我觉得它的核心是什么呢？就是人和空间、人和时间的关系，这是它的核心。人和空间的关系，就是它和周围的人和事物之间发生的事件；人和时间的关系，就是拉长到某一个时间刻度之下，你看到的变化。从这个角度来说，我并没有太刻意地去选择什么，只要这个时间和空间的关系呈现得足够丰富，我就会来做它。那

么选择它的标准是什么呢？人的眼睛关注更多的是变数，而不是常态。我想，《读库》选择稿子，也是从变数和异态上来找，来做文章。《读库》希望呈现复杂，呈现冲突，呈现没有绝对对错的是非，呈现没有简单结果的结果，呈现让你不可能用一种结论来概括的结论。

十年来，老六实践了自己的编辑理念，《读库》的作者群与读者群渐渐扩大，成为出版界一道别致的风景。解析其发展历程，有不少值得出版从业人员学习之处，试述如下。

尽可能接近核心信息源。

在编辑工作中，总会遇到一些图片或文章的作者难以联系的问题，有些编辑懒省事儿，照用不误，只是在书上注明“尽管多方努力，仍有部分作者未能取得联系”云云。老六原来在出版社编书时，也做过类似先斩后奏的事情，等到作者找上门来，被动而尴尬。他深知这种做法的毛病，不仅侵犯了别人的版权，而且也只能得到被转来转去的二手图像和信息。主编《读库》之后，他就给自己确定了一条规矩，如果一部作品得不到原作者的授权，那就宁肯不用。当然，他还有不达目的不罢休、办法总比困难多的编辑风格，对于一部优秀作品，竭尽全力寻找作者或版权继承人，尽可能接近核心信息源。

这种态度与努力，为老六也为读者不断带来惊喜。在网上见到有关连环画大师王叔晖的文章后，他几经周折，联系到作者蒋力，才知道网上流传的只是删节本，全文有三万余字，而蒋先生与王先生渊源颇深，作为徒孙辈，几乎是掌握她事迹最多而又能将其诉诸纸上的唯一人选。随后，蒋先生加入新的信息，认真修订了一遍，成就了鲜活而丰富的《丹青赋——王叔晖传略》。老六又费尽心力，得到王叔晖作品的版权继承人王维澄先生授权，收获了大量珍贵的资料，编发于《读库 0806》，全面展现了王叔晖的艺术世界。此后，他又陆续推出多种王叔晖绘画作品出版物，如工笔重彩仕女图挂历《十二花神》、笔记书《画西厢》等，可谓水到渠成。

多年以后，我校读重排版《读库 0900》，阅毕老六记述此事的《漫漫〈丹青赋〉》，一时想哭。掩卷慨叹，当年选择《读库》，对了。

三分之一的时间编稿，三分之一的时间学习，三分之一的时间交际。

这是老六所谓的“三三制”，原先在出版社时仅仅是憧憬，编辑《读库》后实现了。之前，他经常痛感“两头找不着”，编辑们彼此都不知道对方的状态，各自的心得体会、经验教训也缺乏交流。他建议，编辑在案头工作之外，应该多去书店看别人的书是怎么编的，这个世界上这个时间里出了什么书，且需广交朋友，结识作者，去别的出版社的“后厨”看看。他说：“我经常告诉自己，有些东西我自己做不到最好，但是我要有这个眼界，知道在这个行业里什么是最好，如果你连什么是最好都没有看过，就不要谈什么我要做到最好。”

在九周年读者现场会上，谈到刊发于《读库1404》的《生而有罪》，老六说，这个选题源自黄集伟的推荐。他去各个出版社串门时，特别喜欢问同行这个问题：假如让你这一辈子的职业生涯中只做一本书，你会做哪本？黄先生回答的就是这本薄薄的小书。后来，他找到这本书的译者贾辉丰，最终得以刊发。他觉得它属于大家应知而未知、该读而没读的东西，它貌似是一个几十年前在遥远的东、西德发生的故事，但它跟我们的当下也有关系，大家耐心读下来，也许就会有不一样的感受。

学习使人谦卑与进步，思考亦然。老六判定，一个编辑如果对自己的工作没有检讨，没有反省，一副自鸣得意、固执己见的样子，肯定不是一个好编辑。在九周年读者现场会上，他说：“我往往提醒自己，不要让经验蒙蔽了自己。我觉得最不能容忍的就是自己那种心智的停滞，脑袋已经不想事了，视野狭窄得无比宽广，觉得什么都看透了，什么都不新鲜了。我希望自己能够摆脱这个，有一定的反思能力，有自我检讨的能力，自我纠正的能力。”

一个编辑需要一专多能，编书的同时，买书、读书、写书、卖书、印书皆要历练。

老六认为，一个编辑的成才之路，首先是不干编辑，先干别的。

老六知道在日本出版界，书开印时，编辑必须在印厂吃住，他问过北京的几家印厂，均没有安排客房给编辑用，而我们的编辑也不会在那儿盯着。他觉得兹事体大，因为传统出版作为内容产业，总是以物质形态为载体的，而这也是给读者更直观的第一印象，在电子出版风起云涌的今天，其质量更是不可掉以轻心。缘于此，《读库》及其他出版物开印之时，他要求美术编辑和图片编辑必须到印厂监印，力求完美呈现。

老六对商业化经营一直劳心劳力。他说："商业是一件很伟大的事情，也是一件很好玩的事情。所谓的人文精神、普世价值、终极关怀，最终还是要靠商业来传播，而不可能摆出一副精英嘴脸，以说服别人为己任，通过这种方式灌输给人民。中国的媒体从业人员在编辑业务方面能力不足，在商业经营方面已经不只是不足，而是近乎为零的状态。偏偏大家又摆出一副清高模样，这种心理毒害尤深。管理效率的低下，沟通成本的高昂，生产流程的不严密，组织营销的不得力，全被这副清高嘴脸掩盖过去，成为无人问责的无主之地。"

2012 年 5 月 20 日，对于我提出的邮局发行的建议，老六回应：“从我的考虑来说，《读库》的制作成本太高，给发行商没有更多的折扣余地，而且受渠道的欺负太多，做得很辛苦，所以还是致力发展自己的直销渠道。”

十年来，随着多个直营平台的建立与成熟，老六营造了新的业务模块、生态环境。这为他实施“小册子复活”计划奠定了基础。在九周年读者现场会上，他说：“从根本上来说，我们是绕过中间商，直接面对消费者。这就意味着，在整体的成本结构中，我可以不用预留给中间商的利润，那就可以把这一部分钱释放给读者的消费体验，或者书的品相，让读者买到性价比更高的书。”

当然，老六的商业化经营，立足点仍在编辑环节。他的编辑方针之一是“插图于不可不图，去图于可以不图”，对于“不可不图”的插图，他觉得有必要四色印刷的，不计成本、不惜篇幅、不留遗憾。以《读库 1005》为例，他为编发《图画 1958》里的画作，以七个印张四色印刷，占全书三分之一有余。如此，每辑单是印制成本往往就占定价的百分之二十三以上，达到行内一本书的稿费、印刷、管理等所有成本与定价的比例。读者买到这样一本书，无疑是物有所值的。有此精心经营，之前出版的各辑先后加印，也在情理之中了。

自媒体传播信息与理念。

与一般图书策划、编辑、出版过程中的闭门造车不同，创办初期，老六为这个连续性读物专门建立了一个博客，生产过程基本是在博客上全程直播，一本书的出版成为现在进行时，一些进展、一些心得、一些难题、一些收获，全都与读者共享。在即时与互动中，构建出一个独特的平台。

此后，为顺应时代变化，老六又先后开设官方微博与微信，承担先前博客的功能。读者在这些自媒体关注一本书的诞生和成长，产生了强烈的情感关系，他们对《读库》的支持、溺爱、包容、期待、批评，其中蕴含的善意和倾注的心血，都远远超出传统图书出版模式中的编读关系。他感叹，作为编辑，自己得到的情感上的温暖和慰藉，远远超出了同行。

老六说："相对于大众媒体，则是自媒体或者泛媒体的发达，在这个网络时代，每个人都是一个信息中心，既是信息的消费者，也是信息的制造者和传播者。他们传播的有效性往往更加强大。"

不过，对于读者设立管理的与《读库》有关的豆瓣小组、百度贴吧、QQ群、微信群，以及读者组织的线下活动，老六在八周年读者现场会上说："我们尽量不去策划、策动什么事情，我们靠的是，让大家的意见、信息自然、自由地流动。我们不去引导大家来做什么。让属于读者的归于读者。如果我们介入太多，就显得太刻意了。"

《读库》的编辑理念与实践，自然不止于此，以上梳理难免挂一漏万。出版行业博大精深，易学难精，编辑工作实战性很强，从业者可取其精神，结合自身实际，经由自己的工作，为读者奉献优质的精神食粮。

转引老六的话，挽结此文，并与同道共勉："在这个越来越安静不下来的时代，读书的人越来越少，兼之网络和电子读物的冲击，传统出版业举步维艰，前路渺茫。但从另一个角度来说，中国欠出的好书太多，大家欠看的好书太多，又是这个行业存在的坚实理由。"

《读库》的标题风

文章可以显示作者的艺术高度，主编的办刊理念，也能直接支撑刊物的标高。一篇文章，对作者来说是成品，对刊物编者来说只是其中一种原材料。一份刊物的编辑、调配、插图、装帧、印刷、发行，乃至策划、管理、经营等诸多环节，创意性与复合性兼具，无不深深烙上主编的印记，而将不同作品组合成有机整体的刊物，便是新的产品。从这个角度来说，文章是作者的作品，刊物是主编的作品，作者与编者是一种互为红花绿叶的关系，关键在于各自从事的工作能否做到极致。

在刊物编者的诸多工作里，必不可少的，便是提炼文章的标题，它是“一瞥的艺术”，体现了编辑的抽绎能力，而架构恰切的标题，对文章有画龙点睛之效。

《读库》文章的标题，长短不一，简单平实。和导语一样，标题多源于文章词句，看似信手拈来，却凝练妥帖。

2014 年 10 月 25 日，在“采菜”座谈会上，老六在回答关于标题的提问时，谈到自己的编辑思路源自职业习惯：“我大学学的是新闻专业，不是中文专业。如果是中文系的话，可能对标题的追求没有新闻系这么强烈。我在报社工作过六年，一言以蔽之，每一天都在做标题，编辑部还会评选标题做得好的‘标题王’，遇到什么难起的标题，都会找他。那时候讲，减一个字功德无量，这个标题本来十二个字，你给它减成十一个字，就非常了不起。当你把十一个字又减成九个字的时候，哪怕你是一个实习生，如果能干得这么漂亮，总编辑都会给你敬一根烟。业务部门没有尊卑高下，你能把这个想出来，就是最厉害的。在那种环境下，对标题的训练，对标题的在乎，就变成一种本能一样的东西。”

2013 年 4 月 26 日，在“把一本书做对”座谈会上，老六说，拟题的风格，和每个人的审美经验有关系：“我个人喜欢 19 世纪文学，用的全是笨办法，相当于全是用萝卜白菜在做饭，不像 20 世纪文学会有鲍鱼、海星、海胆、转基因和各种新的东西。我们用萝卜白菜来做着尽量能走入人心的东西，我们都用最常见的字眼来排列组合成一个标题，并且这个标题是处在一个生态系统中的，而不是说就这一个标题，它会和其他满满一个书店的书、网络书店里几十万种书放在一起，这个标题怎么能让人记住，怎么不混同于其他书的书名，这是一种特别复杂的考虑。”

对老六来说，雕琢标题仅仅是文章编辑的一环，是水到渠成的事情。

《读库 1002》刊发的《一站一坐一生》，主体是一个普通中国人连续 62 年的留影，从 1907 年到 1968 年，福州的叶景吕先生从 27 岁到 88 岁，每年一张，一张不少，整整 62 张。每张照片下面或上面都有他亲笔写的拍摄时间、当年的年龄，及家庭、国家大事等。从第一张清朝的长发蓄辫到民国的长袍马褂，一直到新中国的列宁装，照片的主人公也从英姿勃发的青年变成了矍铄老者。一张张照片，忠实记录了这位同胞从风华正茂走向人生暮年的完整过程。

几年后，提及此文编辑内幕，老六说：“一年一照，是人生的仪式。一站一坐，年度交替，是主人公的生活方式。在民间发现这套照片，并做出详尽考证工作的收藏家仝冰雪是我的大学同学。当他向我展示这套照片时，已有上海一家出版社计划出版，我建议，可由《读库》先行刊发，算是对这一‘冷僻’题材的热身。在编辑过程中，我拟的题目《一站一坐一生》也成为后来单行本的书名。我并不敢对这一书名自鸣得意，也可能会另有同行起出更好的名字，但这恰恰是编辑工作的魅力：没有标准答案，一棵植物在成长过程中，交给不同的园丁，便有不同的灌溉和料理方式，最终形成截然不同的生长轨迹和果实。这个行业之所以令人热爱，就在于它既清晰又模糊，既温暖又残酷。”

《读库1201》刊发的《故事》，是老六根据吴念真先生2011年8月在广州、上海、南京、北京四地讲座内容整理而成。2012年11月11日，在《读库》七周年读者现场会上，针对主持人柴静的疑问，“吴念真先生写了不少很好的东西，为什么选择了这个？这篇就是一个很口语化的讲述，而不是他平常的文字，那些文字看上去更规整”，他说：“吴念真是天生讲故事的人，他一说出来就自然是一个非常完整又好听的故事。我不知道大家有没有对比过《读库1201》里那篇《故事》和他书里文章的差别，前者相当于是他讲座现场的笔录，是我根据他四场演讲的笔录，整合成的一篇文章。就像李安老师喜欢做难题一样，编辑那篇文章对我来说是一个挑战，把四篇笔录整理成一篇文章，我喜欢干这种高难度的事情。”

自然，相对于整合文章，此文的命名就显得容易多了。在《台湾念真情》简体中文版出版后，老六又将吴念真先生2012年8月14日在北京讲座内容整理而成《念真情》，刊发于《读库1303》。

在编辑魔鬼训练营课堂上，老六回忆，之前就职于某报时，某年策划一天报道一位劳模，到最后一看，三百多篇文章里，就有十篇以“梅花香自苦寒来”为题。一篇文章的标题不是孤立的，因此，他如今在拟题时，会通盘考虑《读库》此辑及往辑文章标题，注意呼应与规避。

在推介《读库 0604》时，老六说：“杨葵先生的《老楼的老人》一文，写的是一群中国文人的生活片段。这篇文章的编辑，让我留下了极大的遗憾。一直等到《读库 0604》出版，我才意识到，应该加上副标题，《老楼的老人——虎坊路甲 15 号》，这样才好。加上《读库 0601》中的《名剧的儿女们——东棉花胡同 39 号》，以及已经约人在写的‘朝内大街 166 号’、‘帽儿胡同 45 号’等等，写的全是侧影、侧面、侧记，等积攒得多了，岂不也是另一种文化地图？”

的确如此。仅就标题而言，老六的设想是一种呼应。不过，其后也仅《读库 0702》刊发了杨葵的《农展馆南里 10 号》，截至目前，其他“门牌号”诸文尚未得见。呼应之外，尚需规避。在编辑魔鬼训练营课堂上，他以《读库 1102》里的《阅卷》为例，由于此辑四字标题过多，加上之前刊发过《图画 1958》等文章，所以就放弃了原来拟用的《阅卷 1977》。

对同样的文章，在不同形式的出版物里呈现时，老六对其标题也会做相应调整。这是另一种形式的规避。2015 年 4 月，读库出品的《绘画当为奇迹》面世。此书收入李树波的八篇文章，皆曾刊于《读库》，不过标题全部更新，按照传主出生年份排序：《空旷原野》即“0803”的《佛朗切斯卡：心之形状》，《不可知》即“0904”的《大地上的恬美与危机》，《血肉丰盈》即“0705”的《卡拉瓦乔的欲望》，《非日常》即“0801”的《割裂的真实》，《病世界》即“1202”的《生死记：蒙克》，《深度影像》即“0706”的《科柯施卡的世界碎片》，《意识深处》即“0901”的《罗斯科：绘画当为奇迹》，《梦醒时》即“1001”的《人要从梦中醒来看自己的梦》。

对读者来说，《读库》文章的标题似乎浑然天成，然而对一些作者来说，并非如此。而对老六的抽绎能力与水平，最有发言权的，还是这些作者。

2011年4月26日，熊药在天涯博客“望月者的空房间”发表博文，其中说：

> 上个月，老六在邮件里说：“俺终于把‘书事回忆’编好啦，准备刊发在新一期上。这篇文字我非常喜欢，但感觉你写的时候情绪过于饱满，我从字里行间，做了些删减工作，可以吗？”
>
> 我的回复是：“老六，是以前寄给您的那些吗？您说得没错，几年前写的，现在看来，连我都很不满意，‘青春言情小说’的味道太浓，这大概也是写东西无法避免

且忌讳的：沉溺过深。不过那些记忆都是不可磨灭的，相信经过您的删减，能改善许多。”

老六不愧是非常有经验的资深编辑，一眼看出这个系列存在的毛病，感谢他没有放弃，相反还费心修改，留在记忆深处的个体经历才有机会变成铅字，成为大众体验的一部分。

今天一早起来，沈熹微告诉我，《读库1102》她已收到，我那篇把她给看哭了。她还拍了照片，我这才得知老六把文章的标题改为《在书中，我老了》，而我原来的标题被用作题记：雾重烟轻，不见来时伴。

说实话，老六两次改我的标题，都让我心服口服。一次“去庸俗化”，一次“去言情化”。

熊莳所说的“去言情化”，指的就是老六将《雾重烟轻，不见来时伴》改为《在书中，我老了》，而“去庸俗化”，说的是此前刊发于《读库0803》的《“哥斯达黎加时代”》。2010年9月1日，她在博文里说：

犹记得《录像机时代的幸福生活》一文下面，西娅留言说，我这种彻底的写作风格特别适合《读库》。某天心血来潮，把这篇文章寄给了老六，之后便出门旅行，好一段时间没上网。旅行回来打开邮箱，老六的几封邮件静静躺着，以“官人我要”的招牌式语录开场，逐渐“升级”为加急电报：书将付印，文章的作者却不见了踪影，老六不得不对着茫茫比特海大声疾呼。说起来，他完全不用征得我的再次同意，因为是我主动把文章寄去，一句“官人我要”就算达成了协议，老六的谨慎及对作者的尊重由此可见一斑。

不光如此，联系上后，老六又来邮件跟我商榷把《录像机时代的幸福生活》改为《“哥斯达黎加时代”》，这名字出自文中我引用的一句电影台词：“哥斯达黎加，听上去那么遥远。”我微微有些吃惊：一般而言，编辑们害怕不知所云的标题吓退潜在读者，都倾向于通俗易懂甚至媚俗的名字，按理说，我原先的名字正符合这一原则；老六反其道而行之，一方面说明其艺高人胆大，另一方面说明他对《读库》潜在读者的领悟力有信心，这后一点尤其让我倾心——先是作为作者被尊重了一把，后又作为读者被尊重了一把，这才有点明白《读库》为何能保持品质，为何能网罗如此多文坛外的“无名高手”纷纷出山，在出版物泛滥的当下以一种奇峻而笃定的姿态一枝独秀的原因。

编辑在出版环节中的作用，当然不局限于概括标题等这些具体的工作。在《还需要编辑吗？》一文里，老六说："在海量信息充斥的当下，编辑对选题的筛选和推荐，才是对作者、读者的更大价值。由若干编辑组成的编辑部、出版社，经过自己皓首穷经又热情敏感、耐心细致又充满灵气的工作，完成口碑的积累，品牌的建设，使作者乐于把自己心血结晶的作品放心地托付给他，使读者对这家出版社的平台产生不由分说的信任和超越功利的忠诚。果能如此，我们当然有理由相信，编辑会存在下去，比任何介质、任何形态的书更久远。"

此言不虚。

《读库》的藏书票

藏书票属于版画创作的一个分支，是一门舶来的艺术。从功能上来说，中国的藏书印章与之类似，均表明“某书曾在我家曾过我手曾经我眼”之意。

随着时代的发展，藏书票的制作方式与作用也呈多元化。个人收藏把玩之外，如今一些出版物里的藏书票，多为一种装帧元素，可谓锦上添花。《读库》即如此。

《读库》每辑环衬第三页，均附有藏书票。提及设置藏书票的缘起，老六说：“今年（2005 年）热销的《查令十字街 84 号》给我了灵感，是不是也应该在《读库》中贴个藏书票搞搞意境？我把电话打到了台湾的蔡志忠老师处，讨要一幅漫画。六天后，我收到了蔡老师寄自祖国宝岛的信函。老头善解人意，听说要先有一期试刊再正式出书，就直接给画了两幅。就这样，《读库 0600》完全按照设想中的制作工艺演习了一遍，藏书票呈现在第三页环衬上。”

十年来，《读库》声誉日隆，缘于其间的作品长短有错落之美，作者新老搭配呈梯次结构，题材不同兼顾各界读者，写法各异尽显造化之功，也缘于老六执意致力于“一本书本来该有的样子”，其中，藏书票是不可忽视的一环。

《读库》每年的“00”辑也有藏书票，除了《读库 0600》，其他各辑绘制者皆为老六的夫人张蕾。她的构思与设计颇有意趣，多从当年面世的电影里寻找素材，比如《读库 0900》之于《功夫熊猫》,《读库 1300》之于《少年派的奇幻漂流》,《读库 1400》之于《地心引力》,《读库 1500》之于《星际穿越》，当然,《读库》也是其中不可或缺的道具。

2011 年末，老六与北京邮票厂合作推出《读库·藏书票纪念张（2006—2011）》，以邮票的形式，集中展示了那六年正式出版的三十六辑《读库》里的藏书票作品。

《读库》前三年正式出版的各辑藏书票，多以阅读为主题，每辑更换一位作者。这些藏书票并无拉丁文“EX-LIBRIS”（我的藏书）字样，只是将画作印刷在纸上，裁切后粘贴于环衬而已。不过，执着于皮相似无必要，关键在于其方寸之间的内容能给人以艺术化的遐思即可。老六说：“如果按照严格的说法，贴在《读库》上的每张卡通化十足的小画片，也许不能称为藏书票。但，管它呢，这是一个自定义的年代，我们说它是，它就是。”

从2009年开始，《读库》每年六辑里的藏书票，选用同一作者的作品，自然，不同作者的作品，主题与风格各异。2009年，是姬炤华绘制的《书中岁月长》系列；2010年，是插图师李晨绘制的《民国人物及其文学作品》系列，分别为《沈从文与〈边城〉》《鲁迅与他笔下的人物》《曹禺与他笔下的人物》《老舍与他笔下的人物》《茅盾与他笔下的人物》《巴金与他笔下的人物》；2011年，是威廉·莫里斯（William Morris，1834—1896）为自己的幻想小说《闪光平原》（*The Story of the Glittering Plain, or the Land of Living Men*）创作的插图；2012年，是客居美国的木刻家杨以磊创作的《民间中国》系列（这一系列更符合藏书票的概念）；2013年，是芒果绘制的《佛陀的世界——吴哥六景》系列；2014年，是插图师赵梦姣绘制的《绿皮火车》系列，分别为《离别》《夜行列车》《告别山川》《车厢里》《不是终点》《被遗忘》……

其中，姬炤华绘制的《书中岁月长》系列，是我的至爱。老六说，上世纪末，他在某杂志社供职时，就请姬炤华画过不少插图。多年以后，老六操持着《读库》，姬炤华及其夫人徐萃致力于儿童早期阅读。再次联系上，老六邀其绘制藏书票：

“他发来一批现成的作品，风格各异，我挑选了一幅，用在《读库 0803》中，就是那幅《事非经过不知难》。那期《读库》，也确实遭遇了诸多波折才迟迟得以出版，与这幅小画颇为相通。2009 年元旦刚过，我接到姬炤华的邮件，是他为我们新绘的藏书票。一位寒门书生，搬书时不小心将书散落。翻开的书页透明，映射出书生的衣袖，书中的衣袖崭新，并爬满了华美的纹饰。既古典，又魔幻。绘画方法是传统的工笔技法，材料却是水彩，纸用英国的手工水彩纸。按照他的说法，‘也算是中西结合吧，纸面凹凸不平，质感漂亮极了，画成后有一种壁画的味道’。我喜欢得不得了，给他打电话，可否将其画成一个系列？今年的六期《读库》，全用它。他答应下来。”

那幅《事非经过不知难》，我印象不深，而 2009 年六辑《读库》里既古典又魔幻的藏书票，我一见倾心。后来，老六将其做成了一套明信片，又放大精印于《图鉴 2009》。我一一收罗，玩味不已。爱屋及乌，其后，我还请来姬炤华与徐萃创作的第一本图画书《天啊！错啦！》，细细品味。

姬炤华曾说：“说到美育普及，可能是我们的访客们最关心的话题。我们真是刻骨铭心地感到中国美育普及的落后，才不得不做这样一件事……我觉得真正的出路，就是把‘艺术’交到大众的手中，使其不再是某些‘专家’和收藏家的晋身之阶和私有财产。对于西方国家的艺术普及状况和艺术家的幸福生活，我是艳羡已久的。有位西哲——忘了是哪位——曾说过类似这样的话：真正的幸福之道，并不通往别人的国家，而是通向你自己的花园，努力让你的花园变得更美吧。几年之后，我们以为找到了自己的幸福之道——图画书阅读推广和以此为契机进行艺术普及。我们希望有更多的人走在这条羊肠小道上，将来有朝一日能走出一条通衢来。”

——对藏书票艺术而言，亦应如是。

《读库》历年各辑藏书票作者如下：

《读库0600》《读库0601》，蔡志忠；《读库0602》，麦家碧；《读库0603》，萧言中；《读库0604》，朱德庸；《读库0605》，敖幼祥；《读库0606》，老琼；《读库0700》，张蕾；《读库0701》，张守义；《读库0702》，丁聪；《读库0703》，王弘力；《读库0704》，缪印堂；《读库0705》，冷冰川；《读库0706》，王绪阳；《读库0800》，张蕾；《读库0801》，徐累；《读库0802》，王增延；《读库0803》，姬炤华；《读库0804》，沐斋；《读库0805》，芒果；《读库0806》，王叔晖；《读库0900》，张蕾；《读库0901》至《读库0906》，姬炤华；《读库1000》，张蕾；《读库1001》至《读库1006》，李晨；《读库1100》，张蕾；《读库1101》至《读库1106》，威廉·莫里斯；《读库1200》，张蕾；《读库1201》至《读库1206》，杨以磊；《读库1300》，张蕾；《读库1301》至《读库1306》，芒果；《读库1400》，张蕾；《读库1401》至《读库1406》，赵梦姣；《读库1500》，张蕾；《读库1501》至《读库1506》，月光。

中辑·流年

每个人都渴望找到的穿越平凡现实的力量和勇气，也许就蕴含在庸庸碌碌的生活中，而不是超越在现实之外。

通往读库的一条道路

读库是张立宪先生主编的一本杂志书。

对我而言，通往《读库》的道路，是由冉云飞先生指引的。

2005年12月22日，冉先生在天涯博客发表博文《有理想的人终将蒙福》。摘引于此：

> 昨天我收到许多书，每一种都有自己的故事，但我只想说其中的一本。这是一本内部印刷的读物，名叫《读库0600》。
>
> 一不小心浏览王小山的博客，看他正在介绍一本老六张立宪编的《读库0600》，然后顺藤而去，便看到老六正在介绍他的编辑理念，从美术到选文，到他即将出的《读库》系列，娓娓道来，有种难得的理想蕴藏其间。特

别是他关于在书籍设计方面，要摁住美术设计过于炫才的设计理念，真是深得我心。……

因为《读库0600》是内部印刷，不能公开发行，于是决定花四十一块大洋邮购（其实这书连邮费就四十元，我想在他银行账号上搞个特殊识别，让他一下就知道是我打的款）。……

到最后看张立宪采访费马大定理的终结者安德鲁·怀尔斯，以及他所写的《费马大定理》的书评时，我理解了老六为何要独自做这样逆潮流而动的书。因为他是个有理想的人。在书籍泛滥的今天，《读库0600》素朴的封面，以及扉页上蔡志忠精美的藏书票，于我，在当下的阅读经验中都是个纪念。这让我想起读民国书和线装书的愉快经历来，真是快何如哉！

年过不惑，看到太多的虚妄放佚，舍本逐末，汲汲于实利，并视此为无上荣光的蜗角。但我也看到很多有理想的执着者，他们是那样的可爱有趣，即便穷困也不失风度，处颠踬之中而无太多的忧戚。“有理想的人终将蒙福”，这是读了张立宪所写关于费马大定理及数学家的文章后，立刻蹦出的一句话，比我当初读蔡天新的《数字与玫瑰》中谈数学家的文章更让我感动而忘情。

其后，“见招拆招”当日评论：“云飞兄谬赞。正在编辑《读库0601》，希望不负所望。”

“见招拆招”就是老六，就是张立宪先生。

2006年3月15日，我赴浙江出差，在杭州文化商城邂逅《读库0601》，当即购阅。从此，我与《读库》正式结缘。随后两年多，我一路走来一路买，郑州三联书店、郑州城市之光书店、呼和浩特成功书店等，皆有所得。

说实话，那时在我眼里，《读库》不过是自己的万千种读物之一，并无特别之处。我一时没有向老六订购《读库0600》《读库0700》，甚至，公开发行的各辑也没有搜罗齐全。对到手的，我也只是挑自己喜欢的文章来读，比如《读库0602》里刘勃的《小话西游》，《读库0702》里杨葵的《农展馆南里10号》，《读库0704》里何伟的《遍走长城》。

2008年7月，我赴内蒙古出差。闲暇时，我通读了新购的《读库0802》。除了自己偏爱的马宏杰的《耍猴人江湖行》，其他诸文皆有令我心动之处。我意识到，应该将已出版的各辑《读库》过目一遍，以了旧账。

回到郑州后，我请回借出的《读库》，并查漏补缺，用了两个月，攻读当时已面世的十七辑。此后，在等待《读库0803》期间，我的心里没着没落的。当年国庆节前，我终于在郑州从文书店购得此辑，解除了自己的精神饥渴。

2008 年 11 月 4 日，我收到老六寄来的《读库 0804》，以及特意为读库官网开通而制作的读库卡。12 月 18 日，我给他汇款二百七十元，订购 2009 年《读库》《读库 0805》《读库 0806》，以及补《读库 0804》欠款……

读库是老六旗下的一个出版团队。

通往这个团队的道路，是由一本本读物搭建的。

读友信任读库，选择读库出品的图书，源自其背后的那份认真。

2011 年 4 月至 6 月，我三赴北京，参加《读库》首届编辑魔鬼训练营。在那期间，我整理了一份学习笔记，经老六审阅后，发布于网络。《读库》作者熊药看到后，经我许可，将此文转发于她的天涯博客，并附言如下：

> 看完马先生参加魔鬼训练营的学习笔记，感慨的同时内心直冒冷汗。说实话，要早知道《读库》背后是老六如此严格的编辑准则，我是怎么都不敢给《读库》供稿，所以说无知者无畏。文中提到编辑需修正的各种毛病、枝杈，甚至错误，都是自己爱犯的，害编辑付出大量的劳动，信马由缰的比特符号才变成沉静庄重的纸上铅字。
>
> 我在马先生的文后这样留言：看过这篇，真是受教

了。原来一本《读库》背后，是这样繁琐细致的编辑工作。也正因为如此，《读库》使作者放心。老六来邮件说对我的文字做了必要的删改，我的反应不是不快而是松了一口气，仿佛有一个好的核心但外形上毛病多多的花木得到一位优秀的园艺师修剪。

难怪周围《读库》的读者越来越多，口碑都是这样一点一滴踏踏实实做出来的。

没有人喜欢犯错误，也没人能不犯错误，既然如此，人与人在智力、良知、人格上的差异，也就主要体现为他们对待自己所犯错误的态度与方式上了。

2009 年 6 月，发出《读库 0903》后，老六在网上发帖："本期发生了一个莫名其妙的错误。一张图片，在各次审校过程中均好好的，但最后出菲林时，将人家原本的竖片，先给拉扁成了横片，再竖起放在原来的位置，不知道是不是被即将入侵的绿坝吓成这样的。这个错误不是太明显，印厂的工作人员可能看多了王家卫老师的艺术电影，以为照片拍得这样变形又虚幻，也是正常创作，于是放了过去。等俺发现的时候，书已经全部印装完毕，只好临时赶制了一张书签，将那张照片重印在上面，夹在出错处。唉，向作者及广大读者隆重致歉。"

老六此举，让我联想到二十世纪八十年代某些图书夹带的勘误表。

那时我还很小，偏居乡村，成长的历程与太多的好书无缘。多年以后，我游走于不同的城市，寻访当地的旧书市场，买些心仪的旧书来读，算是补课。

相对而言，我对八十年代的出版颇为信任，其时，出版界渐渐摆脱极左意识形态的束缚，媚俗的市场化还不是主流，编辑的认真态度也让人放心。那时一本书的出版，至少需要一年半载，这一点，对比序跋写作时间和出版时间可知。其间自然有制版印刷还是“铅与火”误时，编辑的严于审校也是重要原因。即便如此，失误终是难免。在我淘书的经历里，不时可见那个年代的出版物中夹着勘误表，那当是书印成后，又发现了校对失误所采取的补救措施。及此，虽然也有吃到沙子之感，但还是为出版者的认真而感动。

后来，印刷业告别了铅字排版，迎来了“光与电”，相应的，出版周期大大缩短。出版的速度加快，品种增多，而书里却再也没有勘误表了。错误当然会有，或许编校者身在庐山，看不出来，或许发现了，觉得过于麻烦，要牵扯诸多部门，而列出勘误表就是打自己脸，还影响自己的奖金，况且，这书又不参加评奖，或许读者还看不出来呢，就这么的吧。那么，等到再版重印时再改正吧，可市面上的书，大多只是几个月的店售寿命，那些失误，也绝无机会修正。我在郑州三联书店工作时，曾有读者来退书，理由就是错误太多，有盗版之嫌。

不是每本有错误的书都要退的，于是累月经年，每位书友心中便都有了一张勘误表，不断增加内容的勘误表。

2007年，老六在《被认真对待的感觉》一文中说："一些人不认真，是因为他不敢认真，他怕自己的认真反倒成为一个笑话，所以就做出一副不屑认真的样子，其实是一种逃避。相对认真来说，不认真更像是一种作秀，一个为自己预设的理由——别怪我没干好啊，因为我本来就没想好好干。问题是，他可能自己都清楚，他几乎没有好好干的能力，于是就摆出一副不好好干的态度。廉耻并不廉，许多人维持它不起。这是钱锺书先生说的。认真也很较真，许多人认真不起。"

说实在的，当初就冲他这番话，我便对《读库》多了几分信任。他说的是某些作者，可又何尝不是刻画了如今某些编校者的形象？出版人真的"认真不起"了吗？如果意识到自己还不够认真，那么就从现在做起，从手里的那本书稿做起吧。毫无疑问，读者就是消费者，现在是吃了哑巴亏，不和你计较，等到消费意识增强，要告你召回那些书，校正重印后再投放市场，可如何是好？市场经济下，用脚投票的读者渐多，最终会踢掉你的饭碗踢倒你的牌子。

"认真"，老六是这么说的，也是这么做的。那枚勘误书签，那份认真，成就了一次理想的“危机公关”。收到夹有勘误书签的《读库0903》后，读友纷纷表达自己的看法：

“萝卜丝儿”：勘误也整得跟书签一样精致，这恐怕也只有六哥才有此闲情，怪不得上半年那么忙呢。你仔细看，这勘误小卡片应该不是随随便便印的。图片四周加了白色的边框，精致又精神，配字和图片的宽度是对齐的。三种字体大小都是不一样的。虽然简单，版面也是精心设计过的。卡片质感细腻薄厚适中，也可能是精心挑选过的。

“Lei”：而且我比画过大小，为了把原图片等大小印成书签，书签的大小不是标准的。也就是说，印这张不标准的书签需要更多的纸张和切割。因此更看好《读库》。

“midori”：还细心地夹在所勘误的第22页里了。

“沉默的大多数”：就是欣赏六哥这么讲究的为人和做事。从来不出垃圾。

“殳奕”：邪恶地想：以后每期都有类似的错误。

“麦兜”：更加邪恶地期盼：以后每期都有别具特色的书签……

“已为人父”：复印一下，贴到书上去了。

读库是饭局内外的一位位读友。

通往读友们的道路，是由一次次活动铺就的。

老六在京组织的讲座，截至目前，我均未参与，而一年一度的读者现场会，自己是迟至读库八周年时才前往。在此之前，除了“纸上做戏”“我的抗战”，值得一说的，还有“首届读库·彼岸朗读活动”。

这次活动，是读库北京饭局群成员的一次雅集。2010 年 3 月 1 日，读友“维子”在豆瓣网给我发豆邮，“吃货众人渣在饭局上都有谈过您，尤其是您细腻的《读库》读书笔记，也看过您留在漂流本上的隽语，也看过您本人的头像，但是都没有听过您的声音”，邀请我通过电话朗读。

3 月 13 日，下午两点半，我将电话打到北京彼岸书店，用时十六分钟，朗读了自己的《爷爷语录及学习体会》，以纪念刚刚远行的爷爷。当晚，我将此文发到豆瓣网读库小组。那天，我们一家三口到郑州金鹭鸵鸟园游玩，其间，我跑到一个角落，对着一个土坑朗读。一些游客循声而来，探视土坑，诧异不已。

“我们都在此岸，寻找着彼岸。这次我们来到彼岸，在别人朗读的书本中，打开一扇门。”据读友贴出的报道，当日先后朗读的读友如下：“维子”、“舞风”、“刺猬”、“农具”、“腊肠”、马国兴、“灯泡”、“筑室”、“黄葛渡”、“三三”、“烂牛奶”、

"Sara7"、"有风吹过"、"向左走"、"黍黍"、"失忆"、"冉冉"、"水车"、"小六甲"、"莫莫"、"樱宁"、"咖啡"、"点点草"、"鬼鬼"、"屋顶上的猫"、"鱼见缸"、"仙树"、"璐贼"、"狐狸发呆"。此外，"小米""罗嗦"等也参与了活动。

据说，我是第一个电话朗读的。事后，众读友纷纷发表对我的声音与文字的印象：

> "小米"：平稳厚重，声音很赞，感谢分享。
>
> "向左走"：马老师的声音好像是从很遥远很遥远的地方传来，需要屏住呼吸，全神贯注，使得他在电话中朗读的每一个字都进到了心里。一边听，一边想远方的爷爷，我们已经三年没有见面了。
>
> "樱宁"：今天听到逛庙会的时候，也想起我小时候，牵着姥爷的手，在庙会上穿行，一走到有各种神奇表演的大棚子前就走不动。不过，人都长大了，到现在我还没进去过一次呢，不知道里面是不是真的有美女蛇。
>
> "维子"：今天有时间认认真真地看了您纪念爷爷的文章，耳朵里还伴着您温润又有力量的朗读声。当时我们都很安静地听着，像听广播里小说的某个章节似的，热烈的掌声不知道您听得到没。爷爷的治家格言很是不失老礼儿，现而今还中用。我小时候也在农村姥姥家呆

过，姥爷也是一套“朱子家训”：黎明即起洒扫庭除要内外整洁，既昏便息关锁门户必亲自检点。谢谢！

时隔将近一年，2011 年 1 月 9 日，我在北京方家胡同 12 号“方家壹贰”，才见到读库北京饭局群部分成员。那天老六也在，没有唱罗大佑的《现象七十二变》，而是换作郑智化的《别哭，我最爱的人》。

醉眼迷离之际，我想到了“狐狸发呆”的话：“《读库》的读者中，也许有那么一两个人，让你以为遇见了世上的另一个自己。在吃饭的时候他能够谈兴大发，每一句都深合你心，你连连点头称是，手中筷子不停。而说起某本书、某部电影，两人更是只需对望一眼，便异口同声说到同一点上，又或者一个不停评论，另一个则连声附和：是啊是啊是啊！”

《读库》的一种读法

如何才算读完一本书？

对我而言，不是一目十行略读一遍就完了。阅读时，我的手边备着一支铅笔，不时勾画精妙语段，标注读后感。阅毕，在扉页罗列书中要点，权作索引。对有疑问处，翻查工具书或上网搜索，核实求解后，在书上相应位置标记。然后，我会整理一份系统一些的笔记，有感想有摘引有挑错。偶尔，对刻骨铭心的书，我也会写一篇像样点的书评。

不止于此。倾心《读库》之后，尤其是参加《读库》首届编辑魔鬼训练营之后，为学习老六的编辑理念，我会对比手头相关文章原稿与刊发版本的不同。比如自己的《我曾经侍弄过一家书店》，姜淑梅的《穷时候》，易卫东的《成长课》。在加入《读库》第一读者团之后，我在正式阅读各辑成书版之前，将当初自己的校读笔记与之核对，看看哪些建议未被采用，想想究竟有何道理。

阅读是一种链接，几无穷尽。比如读了《读库 1501》里的《戈尔迪翁之结》，我随后购阅中文版《守望者》，又观看同名电影，并参阅《读库 0905》里的《挖挖〈守望者〉的蛋》，对照之后，觉得洪韵所言非虚，还是漫画原著更有味道，隐喻、互文、对称比比皆是，值得再读……

2008 年 7 月，受读友刘学文启发，我开始按月整理发布访书翻书日志《流水行云》。那也是我全面而深入阅读《读库》之际，所以其中颇多相关内容。我将其挑出来，成文《流水行云：事关〈读库〉》，发给老六。8 月 5 日，他回复："来信收悉，一一读过，感动莫名，也惭愧不已。来日方长。"

"流水行云"系列，后来陆续在每年的《读库》"00"辑刊发，截至目前，"0600—0804"刊发于《读库 0900》，"0805—0905"刊发于《读库 1000》，"0906—1106"刊发于《读库 1200》，"1200—1206"刊发于《读库 1300》，"1300—1306"刊发于《读库 1400》，"1400—1406"刊发于《读库 1500》，总计五万字左右。

这些文字刊发之前，连载于豆瓣网读库小组与读库官网"砖拍读库"，均被组长或版主置顶。后者与刊发版无异，前者为日志版，更为原始与芜杂。2008 年 10 月，百度贴吧"老六张立宪吧”与“读库吧”吧主黄葛渡，征得我同意后，将前者转发至“读库吧”。数年后，当我发愿写一本关于读库的书，着手搜集资料时，才发现自己多年以来积累的文字的重要性，庆幸不已。

可以看出来，前期刊发版“流水行云”，我并没有说到上一年度最后一辑，而是将其延后。这缘于投稿时那些辑尚未上市，我无从得见。

2009 年 11 月 19 日，在收到“0805—0905”多日后，老六回复：“马兄：来信早已收悉，本想等《读库 0906》的编辑有一定下落后，再看看有没有可能请您一并看过，结果就拖到了现在。客气话就不说啦，来日方长。期待有机会喝酒。”

其实我也有心等《读库 0906》出来，以成全璧之美，可据说这一辑要到 2010 年 1 月才出版，故先行发去之前各辑的。这个问题，在我 2011 年 6 月成为第一读者之后，迎刃而解。

每到年底，稿件往来之外，我与老六都要感慨一番：时间过得真快，“流水行云”又一年。

此前，我也做过类似的活儿：2000 年，为《城市早报》每周评点郑州三联书店销售排行榜；2004 年，为《小小说选刊》每期评点一篇小小说。不过，那些皆是工作行为，持续时间也均未超过一年。

“流水行云”却不一样。之所以坚持这么久，更多的缘于乐趣，而非毅力。写到后来，我愈发不满足面面俱到，以及总结中心思想般就文说文，而是仅就每辑一两篇心动文字展开，融入自己的阅历，试图与作者在精神上对话，形成张力。即便对偏爱的文章，与当节主题无关的细节与印象，我也只得放弃。

《读库 1204》诸文，其实都符合我的口味，但最终，为避免影响整体氛围，我没去说《庚子年的民族英雄》《舌染红尘》等，只涉笔前三题。陈一鸣的《人穷智不短》，我之前在《南方周末》上看过，那时关注更多的是宋冬的“天问”，而过目此辑附录的海量照片，对“物尽其用”体会更深。王小妮的《“孩纸们”》，有两点我印象深刻，一是邓伯超献血后，摸了摸装血的塑料袋，说，“那么暖和，我的血”；一是王老师感慨，“享用垃圾食品也是要有经济实力的”。不过，对于上述二文的这些读后感，毕竟与我设定的主题“沟通”相去甚远，便未提及。

《读库 1401》阅毕，我确定只说《祖父的新屋》。那时在《中国好歌曲》上听到赵雷的《画》，分外喜欢：

> 为寂寞的夜空画上一个月亮，把我画在那月亮下面歌唱。
>
> 为冷清的房子画上一扇大窗，再画上一张床。

画一个姑娘陪着我，再画个花边的被窝。

画上灶炉与柴火，我们一起生来一起活。

画一群鸟儿围着我，再画上绿岭和青坡。

画上宁静与祥和，雨点儿在稻田上飘落。

画上有你能用手触到的彩虹，画中有我决定不灭的星空。

画上弯曲无尽平坦的小路，尽头的人家梦已入。

画上母亲安详的姿势，还有橡皮能擦去的争执。

画上四季都不愁的粮食，悠闲的人从没心事。

我没有擦去争吵的橡皮，只有一支画着孤独的笔。

那夜空的月也不再亮，只有个忧郁的孩子在唱——

为寂寞的夜空画上一个月亮。

写此辑“流水行云”时，我本想将歌词用在其中，不过细想想，歌里表达的是由无到“有”又到无，与法殷洁写的不一样，还是舍弃了。

我的取舍，还缘于篇幅所限。虽说无一定之规，但几年下来，在评说每辑时，我自觉控制在五百至七百字。反过来说，其实一些辑的观感，是可以铺排成千言万语的文章的。事实上，在《下乡养儿》单行本上市前，应新星出版社刘松之约，我便以《读库 1304》的“流水行云”为基础，写了一篇书评《走路的人》。

观感之外，在“流水行云”里，我也不时摘引一些语段，或文眼，或引子，或对我而言富含新鲜信息。对此，读友刘永平曾如是评论：

> 马国兴的“流水行云”，绝无水的轻柔和云的飘忽，在我看来，他看得透彻，看得深沉，看得准确，撷精集萃。看到一个笑话说：“一学医女生男友劈腿，男的拉着新欢天天在女生面前高调炫耀。女生实在受不了，终于在食堂和他们吵起来，拿餐刀捅了男生二十多刀，刀刀避开重要器官。男生受到极大创伤但仍被判定为轻伤。此学姐光荣事迹成为年年解剖课必讲，美其名曰：知识就是力量。”马老师不是这样的，他刀刀击中要害，特别是从《读库》中拈出的文字，都是重要器官。

2013年底，得知《读库0900》要重排加印，自己将担任校读工作，我建议助理编辑杨雪将《流水行云：事关〈读库〉》里的挑错部分删去，因为各辑重印时或已做了相应修正，再保留它没什么意义，还会让读者误解。她回复：“哦，那倒不必，会影响页面的。”

校书如秋风扫落叶，旋扫旋落。校读《读库》后，如履薄冰之余，我渐渐感觉自己当初是多么轻慢：将每辑初版编校失误记录于“流水行云”，发布于网络，又白纸黑字展现于前期“00”辑。

从“0906—1106”开始，我不再公布各辑编校失误。2010年2月11日，在评点《读库1000》时，我曾提及其原因：“检视一遍自己的《流水行云：事关〈读库〉(续)》，那些挑错的段落很容易让人分神，鉴于已开通了《读库》的维客空间，为避免影响读者注意力，此后我将把《读库》勘误明细调整到那里，以供老六重印时参考——《读库0601》已经加印了，相信以后每一辑《读库》都会如此。”后来，由于维客空间无法登陆，我便将相关内容直接发给杨雪。

2010年11月5日傍晚，我与惠继超驱车前往新郑国际机场，迎接参加《我的抗战》全国巡映郑州站活动的总导演曾海若、制片人胡小鹿。见了面，彼此介绍之后，胡老师对我说：“嗯，我知道你，就是经常给《读库》挑刺儿的。”当时《我曾经侍弄过一家书店》刚刚在《读库1005》刊发，她大约不及细看。我居然给人以如此印象，汗颜不已。然而，就在那之前，我与惠老师等候之际，转到机场书店，发现在译林版卜劳恩漫画《父与子》封底，洪佩奇在编后记里提到了自己，却是颇为惊喜与得意的：

其实，我编的《父与子》全集问世二十多年以来，我曾收到过无数热情洋溢的读者来信，有的称赞，有的提出改进的建议。例如，郑州的一位名叫马国兴的读者，年轻时便是《父与子》的热情读者，现在有了孩子，父子俩又常常在一道饶有兴味地读《父与子》，发现了《父与子》画集中的一些不足之处，便一一记下，并给我寄来。其认真，绝不逊色于一位仔细的校对员，令我感动不已……

说到底，我的阅读习惯，不过是《读库》万千种读法之一。读书实在是一件私事，选择什么书，选择怎么读，更多缘于各人的经历和气质。所以，我的“流水行云”，只是一孔之见一面之词，对其他读友而言，或许只是一腔废话，聊博一笑而已。

“纸上做戏”：这是集结的消息

“纸上做戏”是读库2008年出品的一款笔记书的名字，也是《读库》读者全国性参与的一个漂流本的活动。第一季漂流本活动重要的道具，便是那款有老六签名的笔记书。

读库出品的笔记书（Notebook），被读友昵称为NB。纸上做戏活动全称为“纸上做戏NB传递”，第一季从2008年12月30日苏州开始，到2010年1月22日北京结束，历时一年有余，途经国内四十四个城市，行程数万里，经手数百人。这个随性的活动，由苏州的“小米”发起，由保定的“重剑无锋”命名，由佛山的“KK”与上海的“来叔”组织。谈及活动的缘起，“小米”说：

纸上做戏，《读库》读者之间的漂流本活动，是读库

QQ 群较早的那拨人所有天马行空的想法中，落地最实的一个。

2008 年的某一天，“重剑无锋”大哥突发奇想建了个库娃 QQ 群，陆续聚来些敏感得要命又骄傲得要死的家伙。这群人白天挂网黄昏加班深夜失眠，天南海北地扯闲话，惊奇地发现在《读库》之外聊起更多共同的话题，惊奇地发现从没群时的睡不着过渡到有群后的不想睡。

然后某一个下午，从新 NB（当时新 NB 指的是“纸上做戏”和“冷冰川”）讲到了漂流本，然后又一个下午，从线上聊天讲到了线下聚会。

总是有新加群的同学愤愤地说，库群不该是这样的库娃不该是这样的……库娃该是什么样的？我们总是打着招牌说，世界上最后一件蠢事就是把库娃作为标签给贴脑门上，如同贱兮兮的同类聚会时当然不存在的我们的感激。

所以，一起来吧，以孤独的名义、文艺的理由、浮云并垃圾的借口，行饭局酒局犯贱的实在。

2009 年 2 月 23 日，在豆瓣网读库小组看到这个消息，我觉得这活动挺有意思，可谓网络时代的行为艺术。由于没见公布传递路线图，我问：“来郑州吗？”“来叔”当日回应：“来。”

当时我以为，组织者已安排好郑州站漂流本持有人，届时听招呼即可。不料，过了将近半年，8 月 9 日，洛阳读友“雪藏雾隐”给我发豆邮，说是下一站传到郑州，并询问我的联系方式。我回复后，连忙在读库小组广而告之，又给小组成员里的所有郑州官人发豆邮提醒。

8 月 14 日中午，我收到纸上做戏活动的道具：两册漂流本，一份中国地图。对于道具的使用，“小米”转述“来叔”的话：“NB 里有很多白纸，大家可以随意写画，字数不限，内容不限，形式不限。同时会有一张纸质中国地图，希望大家能画上两个城市的连线，至于连线的式样我觉得可以随意，但最好不是那种经过了罗马、开罗、纽约又回来的那种大曲线。”

我翻阅之前各地读友在漂流本上的文字与图画，胸中升腾起吾道不孤的温暖。

上海的“米老虎”建议：让“有一个东西，每两个月来一次”这句话，成为读书人的接头暗号——十足幽默，你知道的，《读库》正是两月一辑；

重庆的“易水寒天”如是向别人介绍《读库》：“讲故事的，讲我们已经或即将遗忘、未曾或很少关注的好故事”——虽非全面，却也明了；

西安的“在路上的胡子”说：“《读库》走过的路，让我看到在现实苍白的生活中，有人在为理想活着，并且乐此不疲，用自己的方式扩散感染。这是一种人文的力量，让我们一起用我们还正敏感的心，纸上做戏，无中生有，然后自圆其说”——其言深深地打动了我；

洛阳的“雪藏雾隐”写了一首藏头诗：“祝酒凭案歌风雅/读书摘句月复年/库容千秋锦绣文/更鸣三鼓青竹寒/上市新卷谈经史/一册在手夜难眠/层轩书友月旦论/楼台深处尽开颜”——藏头一句“祝读库更上一层楼”，用心良苦……

阅毕，我提笔抄录了老六的三段话，并在其后签字画押。为与读友共勉，特转引于此：

> 当实在走不下去的时候，就想想自己的初衷，想想自己刚出发的时候想走到哪里，想要什么。
>
> 每个人都渴望找到的穿越平凡现实的力量和勇气，也许就蕴含在庸庸碌碌的生活中，而不是超越在现实之外。
>
> 一些人不认真，是因为他不敢认真，他怕自己的认真反倒成为一个笑话，所以就做出一副不屑认真的样子，其实是一种逃避。相对认真来说，不认真更像是一种作秀，一个为自己预设的理由……认真也很较真，许多人认真不起。

有读友看到漂流本巡游各地的图片，感叹："这本 NB 去过的地方比我去过的多多了。"受此启发，8 月 16 日上午，我先到二七广场，为漂流本与郑州标志性建筑二七纪念塔、亚细亚商场合影。随后，我又到郑州城市之光书店，等待读友。全天，共有"AK_不言"（惠继超）、"tosea"（林霖）、"孤云独闲"（黄俊岭）、"Run"（张一）、李承、"小开"（张俊鹏）等六位读友参与活动，纯爷们儿，且大多是"80 后"——坐在他们中间，我感觉自己老了。其后两天，又有"我，老怪，太热"（高杨）、"艰苦大师傅"（马继良）、"三一"（王彦艳）等三位书友单独前来题签。

读友们一见如故，话题自然不限于《读库》。兴犹未尽，转移战场，把酒言欢。还不尽兴，该当如何？那就加入惠继超创建的读书交流群（群号：22821234），网上做戏。

不过，由于其后多在群里思考人生、怀疑人生，一时没有再见，读友的面孔渐渐模糊。2010 年 1 月 28 日上午，我去郑州殡仪馆送别一位同事的母亲，被一人喊住，我一怔，细看，眼熟，可是谁呢？"我是惠继超啊！"对上号了。他来这里也是为别人送行——这不是废话吗？人生何处不相逢。对了，我那天背着读库包，黑色，挺应景。

一年以后，在承办《我的抗战》全国巡映郑州站活动时，忙前忙后的，多为"纸上做戏"的战友。我忽然意识到，就像

“来叔”在第二季开始时征兵公告上所说的，“这不只是 NB，这是集结的消息”，第一季郑州站原来是一次集结与练兵。

第一季结束后，道具最终送到老六手中。为了让大家分享各地读友的心声，他召集义工，将两册漂流本扫描后，制成 PDF 格式的电子书，放在读库官网上。

与此同时，第二季活动大幕拉开，分为明暗两线：明线预先征集全国六十六个城市六十六位持有人，然后排出传递路线图与时间表；暗线与明线同时开始，起始人为老六，不报名、不公布进程、不曝光内容，参与者之间上下单线联系，每一任参与者由上一任一对一指定，并同时拥有指定下一任参与者的权利，不论传递到哪里，以一册漂流本写完为止，最后一位负责将其寄回给老六。

第二季所用的漂流本，是老六当年为了尝试不同封面质感而制作的笔记书样本，内芯为《守义·图》或《瓦尔登湖》的，封面用各种颜色试做，每种颜色只有一册。根据“小米”的建议，老六请姬炤华、徐萃夫妇在空白封面上做画。徐萃绘的主题是“漂流瓶”，而姬炤华则延续了《书中岁月长》系列中西合璧的魔幻风格：一尊青花瓷瓶上，一位母亲揪着儿子的耳朵，手指瓶破之处，犹在厉声责问，儿子大哭不止，几欲挣逃，手里还死攥着弹弓，瓶外地上，碎片无言——让人忍俊不禁。

第一季时，由于形势有变，乌鲁木齐站未能成行，因此，“小米”将第二季首站定在了乌鲁木齐。此后，漂流本沿着丝绸之路一路向东，2011 年 6 月 27 日到达郑州。时值盛夏，读友靳浩便带漂流本去郑州花园口视察黄河防汛工作。随后，我又携其先后去郑州三联书店、河南博物院留影。

为保护漂流本，因陋就简，我将笔记书《两相惜》《两相随》的牛皮纸包装袋剪裁后，为其做了一个护封。7 月 3 日傍晚，我与郑州读友惠继超、马继良、林霖、石义金、靳浩等人，在一景酒楼大石桥店聚会，签写留言，交流读书感受。饭局前，我拐到东风路邮政所，请工作人员在漂流本上加盖了个邮戳。郑州站题签者，除了上述六人，前后还有王彦艳、高杨。

第二季的道具，除了漂流本，还有一张《乡愁别册》自制光碟与一个 4G 的 U 盘，供读友复制欣赏或储存活动照片。此外，一路走来，也集聚了各站读友附赠的礼物：一顶维吾尔族帽子、一条敦煌丝巾、一套四张嘉峪关明信片、一把转经筒、一尊陶器、一幅刘玉璞先生的书法作品、一个西安世界园艺博览会吉祥物。为避免喧宾夺主，也为避免舟车劳顿受损，我将它们先行寄给了老六。

按原来的计划，漂流本到郑州是在 2011 年 2 月，但不知何故耽误了四个月。在那段时间里，漂流本经历的故事不得而知，而我则三赴北京，参加《读库》首届编辑魔鬼训练营，并于其后作为第一读者校读了《读库 1103》。我将相关图片及魔鬼训练营学习笔记拷到 U 盘里，将自己的藏书票“我手写我心”贴于漂流本扉页，在其上摘录了自己的学习笔记，并抄了老六的两段话。

将道具发给下一站徐州的读友单树贤之后，“纸上做戏”慢慢淡出了我的视野。2013 年 5 月 15 日，我忽然收到黑龙江读友林乐君的微博私信，说是第二季漂流本已到达哈尔滨，他是联络人，读了《读库 1302》里的《穷时候》及相关文章，得知我与姜淑梅老人的女儿相熟，请我方便的话联系接洽，他想和其他读友前往绥化拜访姜奶奶。我说没问题，天下《读库》读者是一家……

5 月 18 日，我在他的微博上看到了姜淑梅的题词照片，内容为：“祝愿《读库》越办越好。谢谢《读库》对我帮助。没想到拿我鸭子也能上架。哈哈。”真幽默。这让人想到她当年题给女儿的话：“本是乌鸦娘，抱出金凤凰。根是苦菜花，发出甘蔗芽。”不由得感叹网络时代的便捷与神奇。

第二季原定两年结束，但实际上，从 2010 年 10 月 26 日在乌鲁木齐启动，到 2014 年 12 月 18 日抵达北京，历时将近五年。在此期间，太多读友的生活发生了改变：有的从校园走向社会，有的换了工作岗位，有的步入婚姻殿堂，有的升级荣任爹娘——“小米”即在其间结婚并有了小库娃，为此于 2013 年 5 月将“纸上做戏”总舵主一职交给“冒烟儿的小茶壶”。

“NB 经过很多人的手，每一位见过它的人，都因 NB 而悄悄发生改变。”正如天水读友汪彤所言，“纸上做戏”将散落各地的《读库》读者串联了起来，给读友以归属感，同时促进了各地读友线上线下沟通，由虚拟的交往发展为现实的朋友。这自然要感谢两季活动的历任组织者，更要感谢老六与《读库》。

转引在第二季漂流本上我抄录老六的话，挽结此文：

> 这世界上没有任何一件事情是靠生气、骂人、诉苦、抱怨而得到解决的。我们不要满足于到最后只是说“我付出了，我尽力了，我问心无愧”，而应该致力于最终能够说出“我做到了，我做成了”。
>
> 我们读书不是为了让自己有这种优越感，不是自己读书别人不读，就觉得别人活得天理难容，那样的话，书就真的白读了。读书就是为了自己。中国人随身都带着焚尸炉，看到和自己不一样的人，就想把他们扔进去烧掉。我们读书的原因，就是要把随身携带的那座焚尸炉扔掉。

“我的抗战”：我们做成一件事

《我的抗战》全国巡映活动结束近一年时，2011 年 10 月 16 日，因《读库》结缘的济南站的两位舵主，步入婚姻殿堂。老六主持了两人的婚礼。

事前，全国巡映活动总舵主“小米”将此信息发到微博。老六转发并如是评论：“俺的心里，不是不失落的。原来两个人订两份《读库》，如今合为一家，销量锐减一半。”

这引得读友热议：

“oceaneagle”：不要失落，也许很快，您那里的《中国童话》啊《共和国教科书》什么的，会增加订单了……

“我不是阿来”：失之东隅而已。广大的光棍群体通过这个事件参透了《读库》的红娘玄机，而且对方姑娘绝对有质保。

“随手写随手摘”：哈哈，再办个儿童版《读库》，给他家孩子看。

“崖暖”：可以把《读库》出成伴侣、朋友……对照版，一人看一半，销量加倍。

“juliaqian”：六哥已经到了文艺的最高境界——矫情。送上祝福！！！

“十月十日巴”：祝志同道合，合床合体合《读库》！

“小肉松滴娘亲 bencat”：这个秋天最美好的事情……

《我的抗战》是由崔永元策划制作的三十二集纪录片。他说：

一位失去一只眼睛的老兵，一位打断一只胳膊的战士，一个满脑子救死扶伤的女兵，一段刻骨铭心的爱情，一支烟，一杯茶，一场戏，一盏灯……都可在宏大叙事中被镶嵌在一个恰如其分的位置，可惜的是，常常被忽略到没有。

这个“没有”，就成了亲历者一生的心结。对他们来说，战略、战局、口号、形势都可以不存在，存在的是枪声、奔跑、跋涉、爆炸、昏迷、疼痛、仇恨、爱意。

我们试图复原单独个体的战争记忆，有的人为那个时代而生，有的人与那个时代格格不入，这恰恰就是那个时代，也是这个时代。

写历史可以用《史记》的方式，也可以用《本草纲目》的方式。

《我的抗战》就是后者。

2010 年 8 月，《我的抗战》在搜狐视频独家首播后，引起全国网民关注，并引发对于抗战历史的热烈讨论。很多网友表示“非常震撼”，并认为崔永元和他的团队“一直在执着地做着一个电视人真正有价值的事情，肩负着历史的重任，使物质生活丰富的人们能够时刻铭记历史”。

在此之前，5 月 15 日，崔永元口述历史团队，与老六一起组织了《我的抗战》北京看片会。在回答现场观众提问时，崔永元说：“我们想让这个时代变化，挺难。我们等着这个时代变化，我们也等不起。我们可以选择的是，时代在进步，我们自己在发展。”老六最后总结：“在中国，有太多的事没人干，有太多的人不干事。所幸我们今天见到了做实事的人。”

“有时候我们节目统计收视率，说有三亿人看，四亿人看，我用三个字来概括这个事：瞎扯淡。”在那次看片会上，崔永元说：“《我的抗战》两集样片，今天至少有三百个观众看了。这个是真的，我特别高兴。”

老六听后深受触动，又得知《我的抗战》在电视台播出暂时受阻，随后与崔永元口述历史团队联合策划主办了在全国十三个城市巡回点映交流的地面活动。此活动由《读库》读者承办，从9月4日开始，持续两个多月，除了在各地播映部分剧集，其主创人员全程参与，与观众沟通。

全国巡映在招募各地组织者时，老六与大家约法六章，首要一点是："参与各方，都不许提钱。场地方不要收钱，主创人员自费前来，工作人员义务劳动，看片同学自由参加。""小米"的解读为："本着既不是商业的也不是文艺的初衷，《我的抗战》是什么性格，巡映活动就是什么性格。"

《我的抗战》全国巡映各站的时间、城市及分舵主为：9月4日上海，"火舞""妖灵妖""小武"；9月11日重庆，"小四"；9月12日南京，"书僮"；9月18日沈阳，"小陌""阿迪"；9月18日上午广州，"听风""小过"；9月18日下午深圳，"麦兜""xixiqiao""坚果兄弟"；10月16日西安，"八排"；10月23日武汉，"老沈"；10月24日长沙，王来扶；10月30日济南，"海岸""大鲲"；10月31日青岛，"裳"；11月6日郑州，马国兴；11月7日天津，"灯泡"。

我相信，每一站舵主背后，都有无数《读库》读者在默默支持。就拿郑州站来说，虽然我是牵头者，但惠继超付出更多，可谓执行舵主；连子、马继良、刘秀成、李建新、李建东等读友，或联络媒体，或接送嘉宾，或提供鲜花，或摄影摄像，或服务现场，奉献良多；建业集团的关健、宋晓鸣、刘伟等朋友接力配合，让活动得以圆满完成。

当时各舵主的据点在豆瓣网读库小组，以及“小米”组建的舵主QQ群。她先是发布了组织注意事项，涉及观众组织、义工征募、海报制作、现场布置、流程设计、现场维护、媒体联络等环节，面面俱到。随后，又结合已完成活动各站的反馈，不断提醒即将开展活动的舵主相关事宜。有条不紊地推进过程中，她也会轻松一下：“嗯，上次黄葛渡还开玩笑问，天津站站长是余则成吗？”

郑州站活动在后期举行，此前，各站舵主发布的信息，事无巨细，对我很有教益。比如“书僮”在布置现场前所发帖子里的这句话：“别穿得太干净过来，可能要搞卫生和搬东西，最好是长裤加运动鞋，如果家里有劳保手套也准备一副。”

“可以携带摄录设备，在互动环节拍照摄像，镜头中尽量不出现产品广告（如矿泉水标签等，《读库》及衍生品不在此列，嗯哼），但请暂时不要先嘚瑟照片和影像（由主办方汇总各地影像后统一发布哈），活动结束后请发一份电邮给俺。”郑州站观影须知，我汲取众人的智慧，基本上是复制粘贴相关文本而就。

不过，也有创新。10 月 16 日，在《我的抗战》巡映西安当天，包括西安、郑州在内的一些城市，皆有群众游行，主题是“反日”，有的地方甚至发生打砸抢烧的事件。我担心此事对接下来的巡映有影响，特意在观影须知里加了要求：“认同《我的抗战》，理性、建设性面对世事。拒绝那些将脑袋别在裤腰带上的人。”

11 月 6 日下午，《我的抗战》全国巡映郑州站在建业城市花园会所顺利举行。郑州站播映了《八百孤军》《永远的微笑》《松山之战》三集纪录片，总导演曾海若、制片人胡小鹿随后介绍了创作初衷与影片特点，并与现场两百余名观众互动交流。

记些郑州站的花絮。

“同学”：“请报名成功的同学不要爽约，准时到场，谢谢大家。”在老六的博客里，在我发起的同城活动的帖子里，都有这么一句话。圈里人应该明白“老师”“同学”的别样意义，但并非所有人都能理解。话说某一天，有位观众发来电邮：“你好。只能是学生才能参加吗？我很佩服崔永元及《我的抗战》的团队，拍连续剧大家都会，可他们做的是别人没做过的，更显其价值。我更想从这个有价值的实录中看到没有政治色彩的历史。如果可以的话，我和我的新婚妻子想报名……”

“三级（集）片”：“根据以前经验，最好是先放三集，这样大家的观感会更丰富些。如果这样的话，时间可否提前一些？”郑州站原定是下午两点开始，放映两集纪录片，经老六建议，提前至下午一点半，放映三集。郑州站报名方式是发电子邮件，不过还是有观众没注意到这一点，给我打电话报名，我除了登记其资料，还提醒其开始时间提前了，并简介活动流程：“先放三集片，然后主创与观众互动交流……”一旁的同事大笑。

“一‘抗’各表”：“一些朋友本身就在媒体工作，请这些同学尽量以个人身份参加，不要为自己所在的媒体垄断采访资源。”当初看到老六这条要求，觉得和自己没有什么关系，郑州站不会存在这个问题。孰料，距活动日很近时，河南电视台横插一杠，说是已经和片方达成了《我的抗战》省内独家播映协议，非要将郑州站的活动和他们的首映礼合二为一，并且举办地移至其演播厅。老六料想他们会一本正经地操办此事，给否了。后来，电视台请片方从中协调，活动地点不变，不过由他们派主持人，给他们组织的观众预留一百个座位。这倒没什么，可是，他们居然拉上同是河南省广电厅下属的某报作为“主办单位”，大张旗鼓地征集起观众来。到了活动那天，省内纸媒也只是到了此报一家。我忙调动关系，采取补救措施，给其他纸媒发通稿。结果，除了此报有报道（说这活动是河南电视台与其“联合主办”的）之外，也只是《郑州晚报》刊登了简讯而已。没办法，只好“一个‘抗战’，各自表述”了。

11 月 10 日，老六发帖《落幕，来日方长》。“小米”回应：“俺的收获是，更深地了解了各地同学不同的行事风格，或细致，或浩荡，或血性，或低调。没有苏州，曾经是俺的遗憾，随着巡映不断推进，从各地舵主身上学到的，渐渐地叫俺忘了最初的遗憾。谢谢六哥，这两个月，也教俺成长。”

摘引老六文字，挽结此文：

> 11 月 7 日下午，天津青年宫，是《我的抗战》全国巡映的最后一站。至此，各地的朋友和抗战组已经走过了十三个城市。由于大家都是在一个松散的组织下，业余选手用业余时间来做，所以每一站几乎都有些小小的波折或意外，乃至济南站活动结束后，胡小鹿老师给我发短信说，顺利得有点儿不适应。其实她并不知道，济南站当时遇到了莫大的难处：事到临头，场地方要求更改放映时间，两位舵主硬是一个个电话、一条条短信地通知了三百个报名人，无一遗漏。
>
> 其他各站，诸如音响失灵、播放磕绊、衔接不畅、接应不周、流程遗漏、说话结巴等等，全都有过。天津站也不例外……
>
> 但是，比这些更重要的是，我们把这件事儿做成了。

十几座城市，几千名观众，分享了一个团队的劳动成果，也分享了对待历史和现实的一种态度。

即使用挑剔的眼光来看，这次“史上最省钱全国巡映”，其投入、热情、秩序各项，细致、顺利、圆满程度，甚至高于那些用钱铺路的商业推广活动。

让那些报名前先问一句“小崔来吗”，得到否定回答后回复一句“我知道了”的朋友失望了。参与的各个志愿者，都认为没有人比这部片子更重要。不用崔永元老师那张忧思难忘的坛子脸招客，大家依然平静地赴约。……

是大家自己帮助自己，自己管理自己，自己教育自己的能力，促成了这件事儿。

11 月 15 日起，这部三十二集的纪录片在全国八十余家电视台播出。明年，小崔和他的战友们，会制作《我的抗战》之二,五十集。

现场的背景幕布，是南京站制作的，传到青岛，又来到天津，上面已经写满了名字。胡小鹿老师当场就要拿走，不让灯泡同学给她寄发过去。拎着十几斤重的包裹，我们一行四人，于当晚九点半回到北京南站。狂风怒号，据说当天刮倒了好几棵马路上的大树，但我们一点儿也没感觉到冷。

《我曾经侍弄过一家书店》诞生记

促使我沉下心来，系统而深入地开掘自己书店生活的直接原因，缘于两个人的先后远行。

一个是香港青文书屋的罗志华。2008 年 2 月 4 日，他疑于仓库清理书籍时，被塌下的书箱压住，意外辞世，终年四十四岁。“罗志华之死比艳照门事件更让俺心惊。”郑州三联书店前同事王磊给我发短信，如是表述。随后，《读库 0804》刊发了唐峥的《“二楼书店”辗转二十年》，此文由一个人写到一个行业再到一个时代，搅动我的记忆。

另一个是郑州三联书店名誉店员訾向彤。2009 年 3 月 5 日，他因病去世，年仅三十八岁。得知此事是在多日以后，其时，我正在阅读王磊寄来的香港花千树版《活在书堆下——我们怀念罗志华》。我放下书，搜寻与訾向彤相关的物件：他题写对联的手抄报，他当年翻拍冲洗的近代学人的照片……

随后，我作文《纪念訾向彤君》，谨愿他一路走好。节录几段：

> “五十年生活读书新知甘苦万千，半世纪读者作者编者相濡以沫。”1998 年，三联书店成立五十周年，我办的手抄报《我》，准备出一期纪念专号。我拿了王鸿良拟的这副对联，请你题写，你欣然提笔……如今，你的墨宝依然遒劲鲜活，而你，却走了。
>
> 在我对郑州三联书店的第一印象里，最突出的是那些镶着镜框的照片。几年以后，我加盟郑州三联书店，随后在农业路店做店长，这才得知，那些照片都是喜欢摄影的你翻拍冲洗的。我至今还保留着一幅你翻拍冲洗的弘一法师的照片，再次取出观看，不禁“悲欣交集”。
>
> 我没有与你交流过对新时代的看法，不知道你的认识。对传统民营书店感情深厚的你，是不会看到更为惨烈的战况了，从这个意义上说，你是幸运的。博尔赫斯说：“我心里一直在暗暗设想，天堂应该是图书馆的模样。”你呢？如果设想过，应该是书店的模样吧。天堂里的书店，谈笑皆鸿儒，往来无白丁，而且，应该不存在进销存的压力。对了，你还会翻拍冲洗那些学人的照片吗？

为写作此文，我搬出那些年的日记寻找素材。翻阅时，思绪纷飞，感叹不已。遂决定：一段时间内，不再买书读书了，将历年日记好好阅读整理一下。

我从1988年开始记日记，当时已经积累了二十余册。整理日记无疑是一个浩大而复杂的工程，首要的问题是：从哪一年开始着手呢？我最终决定由1996年起头，因为那一年我进入郑州三联书店工作。在内容选择上，我偏重与书、书店、书人相关的，尽量保持原貌，辅以背景介绍和今日观感，立体化呈现一个读书人的成长，以及书业发展的脉络。

在此之前，从2008年开始，我按月整理访书读书日记，命名为《流水行云》，发布于博客，与同好交流。对于整理后的从1996年到2007年的日记，我将其命名为《往日志》，可谓“《流水行云》前传”。那十二年，恰好数了一轮生肖，于是，我便以十二地支对应命名。

整理过后，从1996年到2001年的日记，合计五万六千余字，基本将我在书店工作时的生活提炼出来了。2001年之后的，大都是粘贴现成的读书笔记《如是我闻》而就，无趣许多，再难见前几年那成长的痛感与快感。总体来看，前期没有一本书的读后感，尽是翻阅人生大书的经历与感受；后期却倒了个个儿，尽是纸书观感，工作和生活波澜不惊，几乎不足挂齿，大都没有录入。

2009 年 11 月 19 日，延续了两个多月的《往日志》整理告一段落。右手握住左手，我用力地祝贺了自己一下。

说起来，在书店工作时，我就写过有关书店的文字。比如1998年7月16日写的《情结三联》，曾在三联书店主办的《三联人》总第 17 期发表。不过，或许缘于那时身在庐山，此文细节少，抒情多。

还有一篇《阅读书店》值得一提。文章不长，转引于此：

其一：旧书

没有旧书的书店是没有味道的，如同漂亮的女孩没有内涵，仅仅止于漂亮。旧书也是商品，由于没有完成那惊险的一跃，难得体现自己的价值，往往处于书架的角落，或被束之高阁，给后来者让位。旧书见证了书店的历史，也目击了书业的兴衰，更体会了读者的亲疏。它的存在，本身就是一种沧桑。

我曾经风光过的。我的价值也总会被发现的。百无聊赖之际，旧书们也许会懒洋洋地想。

其二：新书

新书到来之前，书店里已经有过许多前辈，它们以拓荒者的姿态，凭借自己的实力，将这片田园经营得繁花似锦。自然，这片田园也拥有稳定的客人。新书到来的时候，心里不免忐忑不安，它情知书店并非自己的归宿，自己应该在某个高贵的书柜中，或者在触手可及的床头柜上，可那么多前辈都没走出书店，自己凭什么就出人头地？“洞房昨夜停红烛，待晓堂前拜舅姑。妆罢低眉问夫婿，画眉深浅入时无？”真还有点不自信呢。新书总是占据着书店极好的位置，有时也会被无意安排在偏远地带，对自己的前途更是心灰意冷。然而老顾客来到书店，巡视一周，居然将新书从“冷宫”里解救出来，满心欢喜地带回了家——在他的眼里，其他成千上万种书，是不存在的。新书在书店里待了一段时间，位置便开始动摇，因为，比它更新的图书又要来到了……

新书是书店的新鲜血液，没有新书的书店，是一脸的苍白。

同事李义读了，指出我以旧书自况，此文是我当时内心的写照。这是我没有意识到的，细想想，此话在理。其时，书店开进酒店商场有年，我负责采购人文社科类图书，填写订单时，单品种数量多在十册左右，随后添货寥寥。而负责采购生活少儿类图书的新进同事，往往大笔挥舞，添货不断。相应的，在造汇款计划时，经理也侧重后者。我屡屡不知所措。

书店经理原先有个想法，下架退书时，留存有价值的品种，设专架展销，如此经年累积，蔚为大观，可谓镇店之宝。这个设想假使付诸实施，必卓然于同仁书店，当然这需要很大一笔资金作为支撑，最终没有实现。进货量、销售量、存货量、周转率，这些冰冷的数字抽打着经营者，决定着架上图书的命运。结果，图书市场不是优胜劣汰，而是新胜旧汰，新书一到，旧书下岗，谁还辨认你有没有价值？于是，书店里永远是全新的面孔，“泯然众人矣”。

后来，我离开了书店，爱人小牛依然在那儿工作。2003年5月，因为郑州市政府推行“拆墙透绿”工程，郑州九中拆除了大部分门面房，已营业十三年的郑州三联书店农业路门市，只得另迁他处。得知消息，我心绪难平，提笔作文《农业路21号附2号》。此文散文范儿十足，被小牛批为写得太虚，被李义批为行文浮躁。

其后，在又一次出差之前，准备资料时，我忽然发现，以后那些明信片不知该寄往何处了。在此之前，我每次出游，或者随身带着明信片，或者在当地买一些，每天顺手写两句话，贴了邮票，丢进邮筒，寄给小牛。这才觉察到，原来我对“农业路21号附2号”的依恋，还有这层感情在里面。

2004年，王磊在天涯社区“闲闲书话”发帖，介绍有关书店的书。我一时兴起，跟贴了旧作《阅读书店》，并戏言也要写本这样的书。不料，他及别的读友信以为真，随后不断催促。我汗颜之余，也自觉地开始梳理书生活。

当然，那时写的文章，浮光掠影的居多，而且并非全然与书店有关。其中，《“异乡”的先锋书店》一文，2005 年 10 月，入选钱晓华主编的广西师大版《先锋书店：大地上的异乡者》；《封面是书，封底是生活》系列，《无辜的轻型纸》《〈舞动白蛇传〉与繁体字》《万科的〈万科〉》《那个有文化的书店》《命名：“鱼素”或“札记”》五题，2006 年 1 月，入选冉云飞主编的春风文艺版《21 世纪中国文学大系·2005 年网络写作》。

和王磊一样，在我的阅读地图里，有关书店的书也占据着重要的位置。钟芳玲的《书店风景》《书天堂》，海莲·汉芙的《查令十字街 84 号》，刘易斯·布兹比的《书店的灯光》，等等，皆为我的至爱。

2005 年 6 月，我赴江苏、安徽出差。在长途车上，阅毕《查令十字街 84 号》正文，我唏嘘不已，及至读完其后附录的老六的《爱情的另外一种译法》，再也控制不住自己，涕泪俱下，旁若无人。其后，我另买了若干册，赠予同好，又提笔作文《寓言：事关远方》，向读者力荐此书。

2008 年 11 月，我赴河南地市出差。其时，我的伴手读物是《书店的灯光》。从此书字里行间，我依稀可见自己的过去、现在，乃至未来。随后一段时间，我心神不宁，索性写了篇《不同的书店，一样的灯光》。此文穿插着此书的文字和自己的经历与感受，一定意义上，是我与作者在对话，很畅快。

那时候，翻阅行业报刊，我也格外留意关于书店的报道。比如《出版人》总第 115 期封面报道记录当当、卓越的竞争史，便引我关注。“在这场网店发动的渠道竞争中，民营批发商正在被逼向死角。”报道提及，许多零售店抛弃了批发商，直接从网店进货，因为一些小批发商的进货折扣比网店的零售折扣还要高。

零售店的做法似乎无可厚非，但许多读者也和其一样，跳过了中间商，直接到网店买书了。如此，可以预见的是，很多传统书店会因为读者的流失而关门。反观自己，新时代降临，我很快转换角色，融入其中，如鱼得水。虽然我钟情传统书店，但在那里找书的成本太大了，往往不能满足需求，而且没有折扣，所以除了去郑州图书城的批发店，我也选择了网络书店。

只是，毕竟曾经在书店工作，我也不时自责。恰如《书店的灯光》作者所言：“电子商务将人们困在计算机前而不再光顾商店。所有我们这些曾在‘普林特斯’工作过的书虫都参与构建了这个将‘普林特斯’抛弃了的未来，我们大家留下的是一片空旷。”

“看到书店倒闭的消息，人们总会貌似很惋惜的样子表示，书店是城市的精神支柱，希望能坚持下去。可希望归希望，希望过后，他们照样想不起来到书店买书。既然如此，凭什么要求书店一定要活着？如果没人来买书，干脆趁早倒掉。”

在报上读到这段话，我羞愧不已。话是我在书店工作时的经理说的，一定程度上，他描摹了我的形象。如今的单位距其后来创办的书店不过四站地，我前往的次数却屈指可数，即便去了，也很少买书。还有郑州三联书店，当我以读者的身份徜徉其中，无论如何也难以安置记忆，一切似乎都与自己的青春岁月无关了，倒不如翻阅过往的日记来得亲近，每每失落而归……

《往日志》整理出来后，我先是将其发布于博客，随后精选书店那五年的日记，命之为《贩书者日记（1996—2001）》，在《天涯》杂志《民间语文》栏目发表。不过，那些文字毕竟只是资料与素材，失之于杂乱。在此基础上作文，才有意义。我用了一年多的时间，完成了书店生活系列文章。

写作之前，我确立了一些原则，其中关键点是避免涉及个人隐私与商业秘密。体例上，我选择了纪传体。因为如果以时间为序流水账似的记述，突出不了重点，不易说透对象。而以专题分别来讲，就显得条理清晰、脉络分明，举凡出入书店的读者、作者、同事等人物，书店的营业、邮购、签售等服务细节，书业的排行榜、书评、订货会等元素，让人一目了然。

2010 年 10 月,《我曾经侍弄过一家书店》刊发于《读库 1005》。

2011 年 1 月,《我曾经侍弄过一家书店(增补)》刊发于《读库 1100》。

2012 年 6 月,《我曾经侍弄过一家书店》单行本由江西高校出版社出版。

《我曾经侍弄过一家书店》因缘录

2010 年 12 月 3 日，邱小石发了一条微博："最新一期《读库》里面作者马国兴的一篇文章，引用我一段文字——这件事情本身就是这段文字的印证。"

的确如此。那段文字为："崇尚自娱的快乐，自娱之余得到一些回应，也没有理由拒绝这样的内心满足。一些东西用一种物质的手段把它保留下来是有价值的，这种东西流转于这个世界的某一个角落，不知道会在哪个时间，让你突如其来地来一个幸福的喷嚏。正好，今天我取回了 *To Son*，美其名曰为儿子办的杂志，其实是自己内心活动的里程碑，因为我知道，即使百年后，不知道自己会待在哪个未知或者还很孤独的角落，但依然会有幸降临幸福的喷嚏。"

《我曾经侍弄过一家书店》发表后，我喷嚏连连，幸福连连，温暖连连。

在这一系列文章还未刊发时，2010 年 10 月 31 日，我收到龙希成的电子邮件："马国兴老友：你成了名作家，祝贺！很羡慕你。网络把我们曾在人海中匆匆一见的老朋友，连起来了。期待我们能在北京或郑州见面，当以酒助兴！"

查《往日志》，1998 年 5 月 30 日，我有如下记录：

> 三联书店发展部的龙希成到达郑州，这两天由我全程陪同调研。我与他一见如故，不仅探讨各地分销店的历史沿革和发展前景，而且还交流了对爱情、婚姻、家庭的认识。我陪他先后去了农业路门市、紫百支店、丹尼斯支店、越秀支店、郑百支店，并在"越秀"聆听了唐振常的讲座《蔡元培与北大精神》。唐说，北大精神乃是自由主义的传统，而非爱国主义或者别的什么，这个传统已被人为割断，现在也无它生存的土壤。龙认为唐的讲演效果很好，但身为陈寅恪的学生，其演讲内容并无特别之处。
>
> 从龙口中得知，三联书店成立发展部，是想改变原来和各地分销店仅仅是业务往来的消极局面，通过整合渠道，发展壮大三联书店的事业。这个思路很好。想想看，三联书店各地的分销店性质不一，成立时间各异，总店

与分销店之间缺乏联系和沟通，支持更是谈不上，仅凭各地分销店在当地折腾，如同没娘管的孩子，近乎不负责任了。现在三联书店要各地分销店上报年销本版书的目标，但进书折扣和结算账期如果不做改变，那就很成问题。由于各分销店经营者认真做事，反而赢得其他出版社的信赖，成了一些灵活一点的出版社的销售大客户，如此，三联书店的分销店渠道，最终却为他人做嫁衣裳了。怎么办？我们的建议是，三联书店应为分销店全品种配货，上架展示的样书（单品种数量再定）免于结算，在此基础上，结算折扣和账期予以特别政策。

其后，我如是批注：

你也许猜出了这件事的结局：不了了之。三联书店发展部徒有形式，没有实权来协调三联书店发行部与各分销店的关系，龙希成便难施拳脚。发展部成立于1998年，其时正是三联书店成立五十周年暨生活书店成立六十六周年。我在郑州三联书店的五年里，也只是在那一年感受到了来自总店的温暖，看到三联书店发来的纪念招贴画、纪念销售印章、纪念书刊，以及设计雅致的书签，我才意识到自己那些琐碎工作的意义，深感吾道不孤。

由于气质相近，其后我和龙希成保持了一段时间的联系。2000 年 2 月 18 日，我收到龙寄来的三份《三联人》（总第 22 期），他特意在信封上注明：“请马国兴同志阅一份。”同年 4 月 30 日，我收到龙的回信，得知他已经离开北京，到某处静地潜心读书了。他说：“到时候希望有机会到郑州做学术报告，我是有信心的。”不久，我便在《中国青年报》上见到龙的《读一本“难书”》，看来他已经开始修炼了。2003 年 7 月 3 日，我在《南方周末》上看到丁学良的《酒瓶金字塔》，文后注明记录者的名字居然是“龙希成”，便想：他是跟随丁学良先生在潜心研究吗？

龙希成的邮件末尾，附有他的电子名片，其中他的头衔是“哥伦比亚大学全球中心东亚区助理主任”。我次日回复：“龙兄：冬安。当初在网上发布《往日志》时，就期望包括你在内的三联曾经的同事或读者看到，和我联系，共话昔日情谊。果然。感谢网络。想来你已循着自己的梦想不断前行，也祝贺你！我于 2001 年离开郑州三联书店，加盟百花园杂志社，做发行工作。闲时写点小东西，不值一提。”

随后一日，龙希成回复：

你记得我，你才会期望我能从网络看到你的日志。感谢你。

我也记得你，也记得你“亲爱的小牛”。

我是一个不安分的人，走了好多地方。离开三联书店后，就到银川自个儿读书，背罗素的英文；之后，到南方报业传媒集团，本来要进《南方周末》，当时（2000年底）新办报纸《21世纪经济报道》，我当了这张大报的评论部主任；2005年我入清华大学读博士；2009年7月获得博士学位；2009年11月到桂林广西师范大学当大学教师，教“毛泽东思想和中国特色社会主义理论体系概论”，没有人喜欢的课，我用自己的知识和思想启发了很多学生；2010年9月，我进入哥伦比亚大学全球中心（北京）工作。

感谢你在日志里说了理解和支持我的话。真的期待能到郑州那个中原大地跟你喝酒说话。

《读库1005》面世后，2011年4月2日，我收到读友“xygh”的豆邮：“跟你说个有意思的事。不知道龙希成有没有告诉你。我看到你写的《我曾经侍弄过一家书店》，觉得挺有意思，就搜了一下你，找到你的博客，看到龙希成在哥伦比亚大学北京中心，接着就搜这个中心，发现它在招聘，就投简历了。到了那里谈过之后才发现不合适。龙问我怎么知道他们中心的，我就跟他说因为你。有点意思吧？”

此前，2010年12月23日，龙希成发来短信：“国兴，有一位朋友，不认识你我，一个偶然的机会看到你文章提到我和我现在的单位，今天就来我们单位应聘了。他现有工作其实很不错。”

我当日回复读友：“说过。他说你原来的单位也是不错的。看来你也是性情中人，想到即做到。的确很有意思。这就是网络的神奇。”

世界真小。这是我那两年最深切的感受。

2010年12月12日，北京航空航天大学公共管理学院的涂晓芳发来电子邮件：

> 马先生，刚在《读库1005》读到你的文章《我曾经侍弄过一家书店》，读后感慨颇多。我1992年至2000年在郑州读书，很多次到过郑州三联书店，也去过几次越秀讲座，也许我们曾经擦肩而过。读你的文章，让我回想起很多当年或激情或温馨的往事。谢谢！
>
> 我是老师，没有什么别的爱好，没事时就是读书。读你这篇文章感觉特别亲切，里边提到的很多人很多书，以及很多那个时期的事，都使我陷入回忆。那个小小的

门店，满架的书，还有河南省图书馆，还有《读书》的书目推介。当时郑州大学附近也有一些书店，但我们还是更喜欢穿过一个城市跑去郑州三联——当然，河南农业大学和河南财政税务高等专科学校有我们的同学，顺便访友。

好几年没回郑州了，你文中说郑州三联搬家了，搬哪儿去了？唉，即使没搬家，估计也找不到往日寻书的乐趣与期待了。毕竟现在买书的途径太多了。你文中也提到万圣书园，我离开郑州的原因就是来北京大学读博士，万圣就是几步路，所以也常常沉醉在那里。万圣的环境和场地是比郑州三联好多了也大多了。但郑州三联在我从一个少年走向青年的关键时期，给予了我很多知识的滋养。那年，一个同学结婚，我本来准备给两百块礼钱的，到得早，顺便逛了郑州三联，看上了几本书，几经犹豫和斗争，还是选择了买书——理由是同学也许不在乎这一百块钱，但我如果错过这几本书，可能后悔很久。这几本书现在还在我的书架上，也许，那天就是你或者你的“亲爱的小牛”给这几本书盖的销售戳？

还真有这个可能。我当日回复：“我是1993年到郑州读书，1996年至2001年在郑州三联书店工作，和你是‘同期’的。

俯拾书店的碎片，纪念我们的青春。文字真是奇妙，在现实世界之外可以构建一个精神世界，而且可以和别人分享。”

在《读者种种》一文里，我写道：“我和爱人在郑州三联书店结缘，又先后离开了那里，由于有共同的工作经历，生活中不时说起书店的事儿，其中就有对读者的追忆和品评：……开封通许的陈国光老先生如今该七十多岁了，他还坚持长跑和编印手抄报《长跑报》吗？”

2012 年 7 月 1 日下午，郑州三联书店农业路店时任店长陈烨来电，说是刚读了《我曾经侍弄过一家书店》，而我文中提及的读者陈国光先生，就是他的父亲。他说，父亲已经七十七岁了，身体已不如从前……

那时我的单行本已经出版，得知陈烨不久将返乡，我题签了一册，专门送到书店，托他带回，并代我向其父问好。

当然，《我曾经侍弄过一家书店》更多的读者，与我以及郑州三联书店并无交集。读友“Franz”的观感具有一定的代表性：“文中所及的这些经历，在书店人的眼里，或许已为他们所谙熟。但对像我这样，只是念想而不曾行动过的人来说，既可解惑，亦可解痴，还能解馋。不过，归根结底，还是好好读书更重要。”

在诸多的回应里，一些读友游离于我的文字，记述了自己的书生活。一个人的阅读经历并不仅限于读书本身，还涵括了与之相关的一切。比如曾是小镇少年的“古尔浪洼”的购书体验：

《读库1005》，马国兴在《我曾经侍弄过一家书店》中，曾讲到自己偷书的“光荣”历史。而我，当年也想偷书，却因为种种原因，未偷成。

我读书的小镇，有一家新华书店。那时，似乎还不流行开架售书。所有的书，都摆在玻璃柜台后的书架上或者玻璃柜里。要看某书，得请柜台后的店员拿出来。所以，偷，是没有机会的。有好几次，我要了书看，店员跑到后面解决“三急”。这是个相当难得的机会，我很想夹着书，一跑了之。可是，那个镇实在不大，能读书和买书的店，就此一家，别无分号。此一跑，除非往后永远不去书店。思之再三，无法做到，只好放弃了偷书的念头。

另外一个没动手的原因，大概是店员对我很好吧。我常常站在柜台外面看书，有时候一看一两个小时，整本书差不多看完了，店员也不催我。还记得有一次，我刚进去，她就对我说：“我给你留了一本打折的书，挺好看的，才一块钱。”我一看，是梁羽生的随笔集《笔·剑·书》。此前只知梁羽生写武侠，不知他还写随笔，于是欣喜地拿走了。这本书，我一直带在身边，不知道读了多少遍。后来，在深圳打工的时候，书放在宿舍里，被别人偷走了。为此，还心痛了很久。

“一切事物只要掺杂了记忆，就会在心里产生双倍的效果。”克尔凯郭尔所言非虚。读友阅历各异，面对相同的文字，犹如面对同一面镜子，却看到不同的人生。从这个意义上说，阅读使文字得以重生，甚或不朽。比如同样过目《偷书记》，读友“Benben”眼中呈现的却是另一番景象：

正在读《读库》这本杂志书，马国兴有一篇文章，讲他因为爱看书而偷书，后来他偏偏到了书店工作，因工作需要又去抓读者偷书的心情。这勾起了我几乎忘记的一件事情。

应该是二十年前了，一个休息日，我到新城路新华书店闲逛。正当我在书架间寻觅时，听到有人叫嚷，是一个书店店员抓住了一个偷书的人。近前一看，偷书的是个孩子，十六七岁的样子，穿的什么衣服现在记不清了，穿着不寒酸但也不怎么太好，他偷的书是在一个黄书包里被发现的。店员呵斥他的时候，他一言不发，呆呆地站着。我上去拿起那几本书看了看，不是教科书，是三四本闲书。我好像问了他的年龄，是不是学生，就没有再问，替他把钱付了。他看了看我，也没说谢谢之类的话就走掉了。完事我对店员说，对偷书的孩子，不要过于责备，毕竟他偷的是书，只有想读书的孩子，才可能干这样的事情。

我之所以有此“善举”，是因为我从读中学起就喜欢看书，每每我在学校图书馆和别人家里看到我喜欢的书，不但想看，还想占有，甚至动过偷的念头。那个年代，太穷了，不只是物资匮乏，能满足精神需求的东西也是太少太少了。可以借到书看，就很幸福了，占有一本书只能想想而已。所以我工作以后，无论走到哪里都爱逛书店，以至逛书店买书成了我生活的一部分。推己及人，我对喜欢读书的人始终抱有一份尊重，对没钱买书的人，怀有一份同情。

现在没钱买书的人也许还有，但应该很少了。就整个社会而言，功利世俗的人，早就把读书当作垫脚石了，人们不屑于读书，何来偷书的事情。

第一读者的前因后果

《读库》首届编辑魔鬼训练营第三课，老六提出开放式编辑部与第一读者团的设想。课后，他给坚守到最后的近八十位同学分发了读库留言板，请大家表达意愿。“第一读者”即“特约审校”，二者皆为他创造的词语。他在常规审校之外，又引来一些啄木鸟，只为将差错降至最少。我报名加入了第一读者团。

Dear guys：嗯哼，《读库》第一读者团这就开团了。由于众所周知的原因，但凡在留言里流露出一丝想跟我们来日方长、继续搞一搞念头的同学，都被俺点到了；万一，万一俺会错了意，或者您有任何不方便的，请毫不犹豫地回绝俺，但请仍然收下俺诚挚的谢意。

2011 年 6 月 13 日，课代表杨雪发来魔鬼训练营后的第一次作业。老六后来在《魔鬼训练营》里说：“一篇稿子，能够被一二百个编辑精耕细作，这得是什么待遇啊。我收到的打印作业，堆在书房，将近一米高。课程结束，又有三十多头自告奋勇的傻大个被抓了壮丁——参与《读库 1103》的三校。一本书，被几十个编辑鼓捣，这也得是什么待遇啊。”

在此之前，2011 年 1 月，我就曾担任《读库 1100》的第一读者。1 月 5 日，老六发微博：“马国兴老师来京公干。本着‘贼不走空’的原则，延请他审看《读库 1100》。我们的‘特约审校’名单上就会出现一个郑州人了。”

魔鬼训练营之后，第一读者团里，又出现了济南人与南京人。十年来，《读库》特约审校先后共有十六位，即：张钧、潘艳、李东、吴晨光、陶澜、黄英、邓盛新、丁杨、王立、于珍珍、朱朝晖、朱秀亮、马国兴、王慧、刘亚、吴肸。读库出品的其他纸质出版物，除了上述诸人，马骞、杨遐贵、杨运洋、田巍、杨葵、马丹妮、王南、汪剑、徐龙华、安俊、张玥等十一位，也参与了审校。

《读库》之外，我担任第一读者的第一种图书，是简体版《传家》。缘于此，我先后获赠两份老六转来的任祥设计的礼物，珍藏至今。

2012 年新年收到的是“2012 REST IN YOUR PALM”魔

戒。任祥如是表述设计理念："为了破除玛雅历法预言 2012 年是毁灭年，我设计了'魔戒'圣诞礼物，戒指在你掌中，意味着自己可以掌握一切的意思。这戒指板面上的'2012'数字可以拿下来，顿时可以变成一个绑围巾的扣环。一物多用是我最喜欢用的手法。"

此前，2011 年中秋节收到的是台湾"生计"月饼。相比于月饼，我对任祥自制的包装更感兴趣，算是见识了她在书里一以贯之的优雅与用心。她附函如下：

亲爱的《传家》编辑团队秋安：

听张主编诉说团队制作《传家》遇到各种要克服的困难，让我回忆起繁体版印制的作战现场，心生不忍与感动，在此感谢大伙辛劳的付出。

繁体版在台湾销售刚满一年，我们在没有销售渠道与广告的窘境下，卖出了六千多万台币。虽然销售的价位与性质跟简体版不一样，市场大小更是有巨大的差异，但有台湾的经验后，我相信简体版《传家》将会有一样的好成绩。

先不去管商业上的成绩，《传家》所宣导的良善动机与美丽优雅都将会逐步发酵的，透过各位所坚持出来的质感，让读者手上触摸的、眼睛享受的，都将是完美追求的结果，也一定会感动业界与有灵性的群众的。我想说的是，各位现在努力争取的、斤斤计较的，都是痕迹，都是做好一件影响长远、有意义的出版品的痕迹。

谢谢你们！

送上中秋节的小礼物，祈请笑纳。来北京再会面了。

第一读者团日常联系人为杨雪。除了技术性探讨，我与她也交流一些作品的观感。校读《传家》时，我对《齐家心语》一辑印象深刻，对她说，其实任祥某些叙事性文章完全可以刊发于《读库》，比如写父母的。她回复：

我第一次看《传家·秋》里任祥怀念父亲的文章就特别感动，《传家·夏》里写给女儿的信也特别好。

《传家》讲的是中国人的生活智慧，任老师想做成百科全书式的东西，搜集更多更全的东西，但毕竟收录的总是不及散落各处的多，不可能包罗万象。论工艺技术确实不如汉声做得好做得专。

我觉得此书最动人之处在于任老师对她的家庭和家族投入的感情，情感的纽带才是可以传承的东西，各家都会有各家的传家。翻看各卷的时候最一开始发出的最多感慨是，真的有人这么生活么？那是有钱有闲人的活法啊。再看下去，都是一个“情”字。

这些文字可谓知己之言，我以为，杨雪是真正读懂了《传家》。

读库出品的图书，多为再版的经典。当年我在书店工作时，都曾经手销售过其他版本，而今却有幸以审校身份服侍读库版，这是多么奇妙的事情。比如《永玉六记·珍藏版》。

“我喜欢格言，因为它一点用也没有却非常好玩。”黄永玉先生说出了我的心里话。一定程度上，《永玉六记》里的大部分文字，亦可视为格言。关于童年与故乡的短句，大约是长篇小说《无愁河上的浪荡汉子》写作之前的练笔，留白极大，多有俳句之风。

相比于绘画，文字更能直接展现作者的性情与识见。可以看出，黄先生对“老爷子”颇有怨气，对体制与世风多感无奈。

阅毕这套书，我挑了一些偏爱的言语，与十六年前在文摘卡上做的笔记相比，差别挺大。这或许缘于自己的成长。再过十六年呢？转引一些于此：

蛾：人们！记住我的教训，别把一盏小油灯当作太阳。

笑：哪个时代成为奢侈品，哪个时代就危险了。

家猪遇野猪于山林，颇羡其隐逸境界，诉与人相处苦况，且云不日将重返林莽，觅回自由。野猪笑曰："人若不将尔喂饱，绝无气力说此清高话也。"

由猪带头的羊群，怎能不散?

不敢骂风，只好骂草。

世上写历史的永远是两个人。比如，秦始皇写一部，孟姜女写另一部。

作为第一读者，最大的收获，就是抢先阅读到兴趣与视野之外的作品。这和我在书店工作时的经验类似，身为普通读者，尽管挑选自己偏爱的来读，但店员则必须对书店里每一个成员有所了解。

《读库》里的文章按下不表，单说《钓客清话》。虽不至于将其视为垂钓指南，但若非校读，我恐无缘拜读此书，只因其超出了自己关注的领域。耐心阅毕，颇有所得。比如作者艾萨克·沃尔顿下面两段话，由术及道，自然不限于钓鱼一事:

许多有益的事，固可求之于书本，而学剑术，则靠实践，不以言辞。钓术与此理同。垂钓是艺术，不练，不下功夫看、想，是学不到的，学而时习之，才能掌握。

听人说的终觉浅，事非经过，成不了钓手；做钓手，要手勤、眼勤、身勤，“三勤”之外，尚须有大志，不甘于人后。钓鱼，是近于作诗的，得生来有禀赋，就是说，投脾气才成，谈话、练习，对二者固然有济助，可做一名好钓手，则不单是好学、善察了，还得多希望，多忍耐，对艺术本身，要爱，要钟情。可一旦学到手，操行起来，则垂钓之乐，真堪以德行作譬，它本身就报偿啊。

我说这一番话，无非是觉得我的灵魂精进有得，想裁一枝来，栽到你的方寸地：这就是一颗温柔、感恩的心。道理我已讲过，空有财富，却无这样的心，人万万不能幸福。有此心者，财富则可以消恐惧，去忧愁。故我的建议是：富要正派，穷则恬淡；财要取之有道。否则，生活中的一切就都毁了。

正如译者缪哲所言，《钓客清话》写的是垂钓，但不是钓鱼人的技术指南，而是垂钓的哲学，垂钓中体现的做人的理想、生活的理想，即简单、忍耐、厚道、知足等。

缪哲半文半白的译笔，我还能适应，而且对话体行文我也不陌生，学生时代还试着以此形式写过日记，校读时，不时为作者自言自语式的吹捧而会心一笑。不过，我对钓鱼一窍不通，只好从文字本身着手编校。

值得一提的是《钓客清话》的插图与成品形态。书中源自 1840 年约翰·梅杰版的内页插图，颇见自然史黄金时代插图的细腻、准确与情致，不负图书之名，而且成品轻巧便携，颇为趁手。安德鲁·朗的导言，着实可作读库版广告语："这个小开本，本来就是要在垂钓者那鼓囊囊的口袋里栖身的，为此设计得很合用。读《钓客清话》，书签当取花、驴蹄草、贝母草和黄蝴蝶花瓣，双美辐辏，才可逗起我们的满足心，并把那门徒的话，悄声送进我们耳朵里：习静。"

后来，或为《我的一生》做试验，读库制作了少量《钓客清话》精装版，内附缪哲私印及编号藏书票——我选择了第四十号（共一百五十号），因为自己那年四十岁。一个高端大气上档次的生日礼物，让我觉得电子书不过是一个遥远的传说。细想想，老六也是钓客，而我就是那一枚上钩的愿者。

海桑诗集的前世今生

海桑，王海桑，河南省辉县常村乡万桑村人，先后就读于辉县一中、湘潭机电专科学校。大一的暑假，在学校图书馆，他突然对诗歌着了迷，大学期间曾自印诗集《我怎么了》。

为了诗歌，当年海桑放弃分配的工作，到北京漂泊，计划用三到五年的时间，写出中国一流的诗歌，并持续近十年时间，卖血三四十次，为诗歌献祭。

诸般疯狂的举动，换来的是两手空空。父母相继辞世之后，女朋友也离他远去。海桑骄傲的世界轰然倒塌。他冲进一座山中三十多天，独自一人，椎心泣血。再下山来，他已是另外一人。自那之后，他不再把生活与诗歌对立起来，而是将爱与责任融入其中。

2002 年，中央电视台主持人张越有缘读到海桑的诗，深受感动。她认为："在这个人喊马叫、人仰马翻、人困马乏的世界里，海桑是个异类，他从不说大话，但他的心很宽大；他从不谈大事，但他对世事很明了；他写诗从不用大词，但他的诗很豁达。他的悲伤里透着喜悦，他的柔软里藏着坚强，与其说那是诗，不如说那是他的自言自语。对那些被这个世界忽悠晕了的人来说，这样的言语毫无用处，可事实上，这样的言语，才是一个个体生命曾经丰富地、有尊严地存在过的证据。"

缘于此，张越奔赴安阳，与海桑会面交流，并将谈话制作成了一期节目，名叫《张越访谈·生命如歌》。2010年6月，她又筹了一笔钱，在新世界出版社为他出版诗集《我是你流浪过的一个地方》。这一版诗集为精装，配有一张光盘，是她拉几个主持人朋友搞的诗朗诵。

2010年5月的一天，在一个朋友的婚礼上，黄集伟代表大家向新人致辞，在台上朗诵了一首诗《男人和女人》。老六在现场听了，觉得很好，也记住了诗人的名字：王海桑。婚礼过后，他给黄集伟打电话，把那首诗（原诗题为《我喜欢女人》）讨来。

其后不久，老六收到海桑诗集，并得知印了一千本，多被作者送人，不禁感叹："书不应该总是白送啊，白送的书，还是诗集，有谁看呢？书只有卖出去，才能成其为书。诗只有更多的人读出来，才能成其为诗。”

为此，老六辗转联系上作者，将海桑家里尚存的四百本书搜刮了过来，在读库网店上架。结果，这批书很快就销售一空。绝版后，一直有读者打听这本诗集，并建议老六重新出版。

2012 年 3 月 4 日晚上，老六给我打电话，说是准备把海桑诗集再次编辑出版，让我按照《读库》的编辑规范将其顺一遍。

说实在的，在接到这个活儿之前，我并没有关注过海桑的诗。在修正原版诗集瑕疵的过程中，我总是被他的诗句所吸引，而忘了自己的任务，不得不反过头来挑刺儿。

海桑的诗安静从容，犹如朋友的耳语，让人心里十分熨帖。转引几句：

> 今天是今天的，让明天自己来找我（《一个朋友说》）
>
> 你呀你别再关心灵魂了，那是神明的大事／你所能做的，是些小事情／诸如热爱时间，思念母亲／静悄悄地做人，像早晨一样清白（《你自己来吧》）
>
> 就是那个你老想回去／却总也回不去的地方／就是那个你纵然回去／却把你当客人的地方／就是那个你老了死了／去变回一棵树的地方（《故乡》）

或许由于自己有了孩子，我对海桑写给女儿的诗更感兴趣。这些诗真实生动，道出了人人心中皆有却笔下皆无的情愫，令我不时莞尔一笑：

你第一次见我／就面似老人，就满脸皱纹／你究竟走了多长的时间多少的路／才从生命的源头／跌进我的手中（《写给女儿的诗 · 出生了》）

就跟恋爱时一样／我又开始说些可笑的话／比如说大高楼很高／比如说大苹果很大／上一回是你妈妈笑了／这一回是我笑了／你只是瞪着两只大眼／仿佛看我（《写给女儿的诗 · 透明娃娃》）

你姥爷喝多了酒／然后打来电话／说是要你给他哭一个／然后他好去睡觉（《写给女儿的诗 · 你是我心中最软的地方》）

海桑的诗，有一些下笔很险，换作别人，很容易写得不堪入目，而他的和善与单纯，却使得这些诗句意趣纯洁而典雅：

我从女人那里来，我知道／我和女人之间／有一件最清白无邪的事／所以我看见一百个一千个女人美好地生长／只抱住其中一个，亲亲她，娶她为妻／这件事啊，

如此浪漫／只想一想，就是幸福（《我喜欢女人》）

我拿你怎么办呢／我亲你的脸蛋亲你的肚皮／亲你的臭脚丫亲你的小屁股／如果你是个小男孩／我还会亲你腿间的那个小宝贝／可你是个女孩，你是我两岁的女儿／你的宝贝更加奇妙／我看着它，我不敢动／一想到自己也从它而来／心中便一阵惭愧／那地方地形复杂，山峦起伏／我一定迷路了千百次／才变成现在这样的人（《写给女儿的诗·你是个两岁的大女孩》）

在《爷爷是个老头》里，海桑写道："他的一生我也知道的很少／他说过一些，我记不大起来／就像他爱我很多，我只是喊他声爷爷"——说出了我的遗憾；

《奶奶》："奶奶死了，我并不怎样难过／我觉得自己应该难过／于是我假装哭了几声／就把她埋了"——描摹了我当年的状态；

《那些至亲的人》："我和他们只是相互爱着，关心着／却无法走进对方的心／等他们其中有人病了有人死了／我也不过伤一伤心而已"——揭示了生活的真相……

2012 年 6 月，读库出品的《我是你流浪过的一个地方》由新星出版社出版。编辑团队成员如下：

特约编辑：马国兴。责任编辑：汪欣。图片编辑：黎亮。

美术编辑：艾莉。助理编辑：杨雪。责任印制：田歌。特约审校：潘艳、朱秀亮、吴晨光、刘亚、王慧。特别鸣谢：张越、黄集伟。

这一版海桑诗集，读库进行了全新的编排与设计。其中设计思路是：把一本书做得尽量小、尽量轻。全书内文用轻型纸，看起来很厚，拿起来很轻；装帧上用了西方绘画的设计素材，让这本诗集有些典雅味道；装订上是先锁线后胶装，不会翻得散页。如此，小小的开本，雅致的装帧，与诗歌的气质相得益彰。

新版海桑诗集，读库没有制作附赠朗诵光盘。不过，在诗集上市后，老六邀请上海电影译制厂老中青三代配音演员，计十二位，走进录音棚，朗诵《我是你流浪过的一个地方》部分篇章。录制整理后，他陆续在网上贴出来，与大家分享声音的盛宴。其中有赵慎之演绎的《树葬》，童自荣演绎的《乡下的姐姐》，曹雷演绎的《今夜，去看看月亮吧》，黄雷演绎的《如果你来看我》，狄菲菲演绎的《月亮在说我说你》。此外，老六还发布了他在上译厂录音棚里演绎的那首《我喜欢女人》。他说："狄菲菲老师总是说人人都可以朗诵。这真的是跟每个人都有关系的事儿，欢迎大家动起嘴皮子，把自己的声音录下来，拿出来分享。"

2012 年 7 月 21 日，北京雨灾，刚刚入库的初版海桑诗集，便被山洪裹挟而去一多半，青龙湖水库成为它流浪过的一个地方。得知此事，我给杨雪发去电邮："山洪袭来，读库库存受损，对此我深感痛心。挺住，我们都在呢。爱书之人，水火虫鼠不可不防，对于仓库保管尤其如此。建议在加强管理的同时，为宝贝们买一份财产保险，以备不测。"

"诗不属于诗人，属于需要诗的人。"电影《邮差》里，聂鲁达如是说。新版海桑诗集在那一年夏季上架，是读库第一次尝试"全直销"模式。不到两年，此书在读库网店销售即超过一万册。2014 年 5 月 4 日，老六发微博提及此事，感慨道："不经其他渠道，且是一本诗集，已经送到了一万个读者的手中。取得这样的成绩，意义非凡。"

在这一万个读者里，有一个是邬宏。2012 年初，我与她因缘际会，代表各自的单位，议定合作编选出版一套评点版小小说作品集。公务之余，我们聊到老六与《读库》，十分投机。2013 年 7 月 11 日，一早，她发来短信："《我是你流浪过的一个地方》在读……读的人问候你。"我会心一笑，随即回复："心里有，眼里就有。这是书的传奇。夏安。"

还有一个是王彦艳。她是我的同事与书友，受我影响，也成为《读库》全年订户。看了读库出品的海桑诗集，她认为其形式是一本诗集应该有的，与内容相辅相成。她托我向老六推荐张子选的诗，看能否与海桑诗集那样出版单行本，形成系列。

2006年，王彦艳无意间发现张子选的诗，分外喜欢，联系上作者，在《百花园·中外读点》先后编发了他的一些诗文。值得一提的是，她那时也担任责编，在2006年第9期《百花园·中外读点》上，编发了王海桑的《比如我看见一只蝴蝶》。

2013年2月3日，老六回复："抱歉拖了这么些天才回复您的邮件，这不单单是这本书的问题，而涉及我们大的出版方向，所以思考许久。我个人对诗歌的理解不够，缺乏准确判断，决定此类选题不再碰，还是专心做我们的社科图书。"

在张子选的《花儿花》之后，王彦艳当年如是评论："张子选，著名藏地诗人。这是个隆重的标签，让我转而想说点别的。是谁说过，我们的罪孽和德行都不能促进诗歌，它们自生自灭。这话读来让我无比的放松，再没有哪句话比它更让我能体会和诗歌没有肌肤之隔的亲近，直接融入其里。套用一下文中的句子：诗歌花儿花，开了谢了不由人啊。张子选的诗里，自有他的密码：西北民歌、藏地文化、禅宗的意境，这些密码让他自如地用文字营造一片片琉璃光的世界。是的，是琉璃光的世界。让人在阅读中飞翔，没有起点，没有终点，阔大清明，悠然穿越时空，穿越人与佛的两相期待。"

转引张子选的几首诗歌，挽结此文：

佛来自印度是受人拜的／你活在世上是让我疼的／疼不好，瞎疼／像木头疼火，鱼儿疼水／两双短藏靴疼一次后悔

世人都在呢，你去了哪里／诸佛都在呢，你去了哪里／所谓悲欣交集，通常只限于／黄昏被一匹病马的身体压得很低

藏式土掌房，一花一天堂／山羊绵羊都是羊，菩萨心肠／抬头仰望，别浪费了月亮

柴达木没柴万里沙／迎送生涯／野马滩无马十枝花／枉开一夏

挖井挖出半个泉／想你想疼肚脐眼／把一天过成了三年／割麦割了苜蓿田／想你想到手发软／在夏天割倒一片秋天

天使不一定全都长着翅膀／王子也有可能骑匹黑马赶来人间／好马不吃回头草，草于是回头饿死了马的全家／死是短暂的，生存却漫长／你如果没在世上，我来人间岂不白跑一趟

下辑·人间

我们读书不是为了让自己有这种优越感，不是自己读书别人不读，就觉得别人活得天理难容，那样的话，书就真的白读了。读书就是为了自己。中国人随身都带着焚尸炉，看到和自己不一样的人，就想把他们扔进去烧掉。我们读书的原因，就是要把随身携带的那座焚尸炉扔掉。

刘勃：西游先秦

《读库 0600》:《“无微不至地描写了男性的自私”》《风清扬》

《读库 0602》:《小话西游》

《读库 0603》:《几个皇帝》

《读库 0605》:《石勒载记》

《读库 0702》:《攻墨》

《读库 0704》:《野兽的叹息》

《读库 0803》:《祖狄与刘琨》

《读库 0806》:《西晋灭吴》

《读库 0905》:《姓刘的匈奴》

《读库 1005》:《商鞅黑洞》

《读库 1103》:《魏惠王的野望》

《读库1105》:《齐国往事》

《读库1302》:《风流孟夫子》

《读库1504》:《诗人之死》

《读库1505》:《〈罗兰之歌〉与〈杨家将〉》

《小话西游》:京华出版社,2007年9月,定价22元

《读罢春秋不成歌》:京华出版社,2010年5月,定价23.80元

《歧途哭返说战国》:京华出版社,2011年1月,定价25元

《战国五大公知》:人民日报出版社,2014年1月,定价32元

《战国歧途》:读库出品,新星出版社,2015年8月,定价28元

《小话西游》先是一篇文章,后是一本书。

此文是我初阅《读库》时印象较深的一篇。其后得知增补成书,我在当地坊间遍寻难觅,只好从网店订购。此书是我购阅的第一本《读库》作者的单行本。

在《小话西游》里,刘勃以世故人情切入《西游记》,以"人"观察神仙妖魔,视角别致,每每有独到见解,新人耳目。

刘勃解读菩提祖师是“在体制外搞民办教育”，“亦佛亦道，换个角度，也就是非佛非道，是杂家。杂家的特点就是成果和业绩都很难量化，什么评估，什么考核一来，不免就要糟糕”——看似恶搞，却让人笑不出来。

打量观音，刘勃不由得起疑，她自荐去东土找取经人，费尽周折，最终确定的却是原先的如来弟子，当初她护送到大唐投胎的玄奘，“举贤不避亲的话，她大可以响当当地说。你不信，就是你心理阴暗了”；在统计汇报取经路上遭遇的磨难时，观音“逻辑混乱”，一件事生生拆解成两难、三难乃至四难，“也就是说，西天取经路上遭遇了多少难，全看菩萨一张嘴。只要她乐意，压缩成一十八难也行，分解成八百一十一难也可以”——唯认真通读《西游记》与人生者，方有此论。

猴子被逐，老猪急于表现，捉妖不成逃之夭夭，刘勃戏笔云，“行政人员里，还是有不少是乐于表示，自己的专业并没有丢的。不见得是骗别人，主要还是安慰自己。当然，真给他一个机会证明自己的业务能力，多半也就是逼他面对现实了”——给人的感觉，他这是为身边某类人画像。

《小话西游》有《在路上》一章，托取经成员之口，直接表明心迹，是话语是格言，更见奇思妙想。转引几句：

多好的见解，也架不住变成标准答案。

你觉得别人不了解你，也许不过是因为你不了解自己。

“雄辩是银，沉默是金。”这两句话我认为是条件关系。也就是说，具有雄辩才能的人，他的沉默才有金子般的价值。

除了老六，刘勃是我主动联系交流的第一位《读库》作者。

刘勃在《小话西游》出版时作文，提及父亲埋怨他不做作者介绍，“应该要写上的，注明是某某学院的教师。这样，将来把书交给校领导看的时候，会好一些”。

我后来问刘勃，得知他没有将此书送给领导。这符合我当年的读后感：此书恐属“杂书”，评职称之类怕是派不上用场，而且许多话太扎人了，扎某些人，让领导看了，只会给自己找不自在，为避节外生枝，还是免了吧。由其文《西游镜相》可见，他写这一系列文章，不过是借题发挥，发泄私人怨气，正所谓“不平则鸣”，终成妙文。

“西游”之后，刘勃多涉笔先秦与魏晋，目前成书的，集中于春秋战国。

“读《左传》，翻过三百年历史，两千多人物，礼乐与血泊中看见的，是失败者的春秋。”刘勃对时下流行的将历史讲成阴谋与算计的做法敬而远之，不愿兜售成功学，以至于将自己解读春秋的文字命名为“失败者的春秋”。不过，出版商出于种种考虑，将其更名为“读罢春秋不成歌”。

刘勃读春秋，以《左传》为主，兼及其他历代相关史学著作，勾勒春秋时期的风物变迁，解析其中的失败者，并揣测史家的心态，颇可玩味。

提及宋襄公因看重旧传统讲求军礼，因此惨败于楚军，刘勃说：“如果仗打赢了，《左传》里的君子就会盛赞这些表现，乃至推许这是获胜的原因。——道德君子其实也很势利眼。”

拨开秦穆公仁义的面纱，梳理晋惠公非庸君的本质，刘勃说：“秦穆公频频插手晋国内政，表面上是学雷锋做好事，其实他念兹在兹的，就是这块土地。晋惠公则深知，这块土地绝不能放弃。一旦真放弃，那春秋时的晋国，就成了五代时候的后晋了。写历史的人，也一定会议论说：‘晋惠公拘泥于匹夫的小信用，而忘掉了国家的大义。’反正对失败者，大家是总找得出很多批评的理由的。”

《读罢春秋不成歌》是以讲稿为底子整理而成，行文间不乏当下词汇，不过恰如其分，不时令我会心一笑。转引几句：

> 严格说来，中国古代的婚姻制度大多数时候不应该叫“一夫多妻制”，而该叫“一夫一妻多妾制”。因为妻不是随便娶的，讲究门当户对。她背后是她的家族，得罪了妻，也就失去了妻的家族的支持。如此看来，你和

小妾之间的事，才是私人空间的事；至于娶老婆的学问，那属于公共关系学。

乱世，是产生霸主的社会基础；怀旧，是催生霸主的心理基础。霸，也写作“伯”，伯是老大的意思，霸主也就是诸侯里的老大。对这个世界来说，天子是董事长，霸主是总经理。

春秋中期的主旋律，是晋楚争霸。基本模式是，这两个超级大国大战一场，谁获胜，各小国就表示，拥戴谁做霸主，然后，向他缴纳贡品，——实际上，说穿了就是交保护费。

在讲史的过程中，刘勃介绍了不少常识。有的是字词的本义，比如“革命”“封建”“社会”等，有的是成语典故的来历，比如“人尽可夫”“问鼎中原”“风马牛不相及”等。要说这些东西在词典上皆可查阅到，但由于有了他对其产生的时代背景的交代，让人印象深刻。就说“家”吧，知道了在春秋时那是一个大夫的封地的概念，才让人对《大学》里所说的“修身齐家治国平天下”不觉突兀。当然，他也有自己的识见，比如下列几句，对我便有启示：

封建社会的本质是小国寡民。在封建体制下，等级分明是一回事，但并不意味着官大一级可以压死人。变成了集权社会，下级对上级可以实施取而代之的暴力，但是很难再有封建体制下，大家和平共处的尊严。毁灭的力量可以落入任何人手里，创造力则只属于有尊严的人。

一个社会的流动性越差，道德的约束作用发挥得就越好。有什么麻烦，绝大多数情况下可以靠地方上家族的能量消化掉。在这种情况下，古代中国对法律的要求，确实相对不是那么迫切。中国古代的法律体系（尤其是民法这块儿）比起古罗马来很不健全，这不能怪古代的思想家们不顶事，而确实是没那么需要。

很多在现实中无法缓解的痛苦，要通过宗教来解决。比如，宗教一定程度上，起着一个平衡道德的作用。史学一定程度上也发挥着宗教的功能。中国的史学，除了记录历史之外，还承担着道德评判的作用。写历史的时候，特别注重对人的褒贬，把形形色色复杂的问题简化为道德问题，这成了中国史学的一个传统。

在网上闲谈时，我对刘勃所处的南京表达好感，他却对我生活的中原心向往之。对他来说，或许缘于浸淫典籍叩问历史，由昔日的文化移情于现实的地域。于我而言，更多的是那座城市曾留下我的脚印，以及存在着师友的身影，比如先锋书店的钱晓华，比如三江学院的刘勃。2010 年 8 月，我赴苏宁出差，而他休假去了外地，缘悭一面。

所幸，网络若比邻，而且我们还可以经由阅读相互取暖。《读罢春秋不成歌》是刘勃寄给我的，没有题签。在那之后，得知他要送我新书，我请他在上面写句话。在《歧途哭返说战国》扉页，他写道："书能被马兄读过，是多么幸运的事！"移目至此，我惶恐不已，给他发短信："能读到刘兄的文字，也是我的幸运！"

《歧途哭返说战国》是《读罢春秋不成歌》的姊妹篇。对于"失败者的春秋"出版时更名为"读罢春秋不成歌"，刘勃无力做主，耿耿于怀，好在"歧途哭返说战国"如愿被出版商采纳了。之所以如此命名，他解释："理由是，在秦始皇统一中国之前的那个历史岔路口，往哪个方向走，好像都充满了悲催之感。"

由春秋写到战国，刘勃愈发自如，有举重若轻之感。他提及，战国史的材料，和春秋时代相比，多而零碎，写作的过程很像是做拼图游戏。在我看来，他倒像神探，寻找史料中的蛛丝马迹，结合自己的阅历，提出疑问与判断。经辨析，他认为《资治通鉴》对魏赵韩三家分晋的讲述更靠谱，而且司马光以周天子承认三家的诸侯地位倒叙其事，敏锐地抓住了周礼彻底崩坏这个关键的节点，值得敬佩，不过其间也存在道德说教用意太明显、戏剧性过强等问题。“读历史碰到故事性太强的，本身就得加点小心。”信然。

刘勃解读春秋，以“失败者”的角度切入，说战国亦如是。正像他所说，“实际上两国争胜，比‘德’的话，大家德性多半都不怎么样”，选择这个角度，倒不是抱以理解与同情，而是经由不同史料的对证，绕开旧说，梳理出新的思路。且举两例：魏惠王将都城由安邑东迁大梁的原因，非司马迁记述的为了避秦，而恰是因为当时魏国没把秦国放在心上；秦赵之间必有一战，这和是否接收韩国敬献的上党没有关系，既然秦赵间必有一战，那险要的上党就绝不能丢，在这一点上，太史公对平原君的评价大失水准。

《歧途哭返说战国》行文，要比《读罢春秋不成歌》干净准确。当然，其间也不乏包袱，令人莞尔。“三俗”“蚁族”“公务员”“经验值”“廉价劳动力”等当下词语自不必说，“不是一个人在战斗”转引于黄健翔，“你是乐意啊，还是乐意啊”出自郭德纲之口，“据说，分析、探求变魔术的手法，是一件令人扫兴的事”——话语间表明了自己对当年韩寒与刘谦口水战的立场。还有下面一段话，没去过天涯社区的读者难以领会刘勃的幽默：“开始写《赵世家》的时候，司马迁创作小说的热情似乎忽然爆发，讲了很多精彩但真实性很可怀疑的故事，——所以《史记》读到这里，感觉是一下子从煮酒论史版穿越到了舞文弄墨版。而讲到赵国建立的时候，他又迷上了各式各样的预言和梦幻故事——这下更是穿越到了莲蓬鬼话版，真真是叫人情何以堪。”

转引刘勃在此书里的观点：

> 按照自己心目中的理想社会去描述过去，这是古今中外的人都经常喜欢干的事。所以，见一个学者或学派在鼓吹过去曾是好日子，就以为他是在开历史的倒车，并甚而以为中国社会“停滞不前”就是因为这种鼓吹，这是很皮相的看法。
>
> 迷信得人心者得天下，好人才能成为胜利者，看似体现了道德信念的坚定，颇具理想主义情怀。但照这观点推论，结果就是只好承认，胜利者一定都是好人，于是反而成了成王败寇的势利眼，反而只能沦为对胜利者的粉饰和谀辞。
>
> 专制与恐怖，往往互为因果。专制统治者热衷于制造恐怖，而缺乏安全的恐慌，自然也会成为专制统治的土壤。

《歧途哭返说战国》封面右上角，有“外篇”二字。在此书后记里，刘勃说：“把看起来不相干的一些历史片段贯穿起来，是一件很好玩的事。原来的计划，是战国历史写半本，诸子再写半本，但一玩就刹不住了。关于战国诸子，我还有不少话想说，就留到下一本罢。”

《战国五大公知》可谓“内篇”，按照战国五子活动年代顺序，先后讲述墨子、孟子、庄子、荀子、韩非子的主张与思想。刘勃说，诸子时代的许多问题，还是今天的问题。这是他梳理中国思想史的黄金时代的出发点与立足点。

此书文案称：“平等、民主、自由、民权、法治这些看似现代的主流观念并非现代产物，早在两千多年前，战国的五位公共知识分子就已提出过类似的言论。本书将拨开历史迷雾，还原‘战国五大公知’对中国社会主流价值观的第一次公开讨论。墨子谈平等，孟子谈民主，庄子谈自由，荀子谈民权，韩非谈法治。翻开本书，逐本溯源，探寻中国社会主流价值观的历史源头。”

但显然，这些话仅仅是出版商的噱头而已。诸子口中的这些词语，其含义多与现代理念相去甚远。百余年来，在相关领域，“中国早就有”与“中国古代不可能也不配有”的论调此起彼伏。刘勃说，到了最近这些年，大国崛起的心态愈演愈烈，儒家思想里，就又仿佛什么价值都能开发出来了。他以菲利普·施米特的“现代的、代议性的、自由的政治民主”来界定，得出结论：“民主完全是现代性的产物，古典世界无传焉。自由、法治、宪政这些价值也难说是民主与生俱来的属性。”

2011 年下半年，我编了一本增刊《微博天下》，并寄给刘勃一册。他与我聊天时，谈及此刊，建议我思路可以放宽一些，比如向古人索稿。他说，其实孔子就是中国第一个大 V，《论语》即他与微博粉丝互动的记录。听闻此言，我深受启发。

当时我与刘勃相约，如果编辑《微博天下》第二季，请他发些类似《小话西游》里《在路上》一章的大义微言。可惜的是，由于种种原因，此刊没有再出。如今看来，他的《战国五大公知》就有不少类似的妙语，特转引几条，挽结此文：

> 鼓吹性善，其实很多时候意义并不在于探寻人性的真相，而类似于一种激励教育。
>
> 政府就好像是一只避孕套，它的价值在于防止意外而不是创造，而且它的存在最好让人感受不到。
>
> 中国古代所谓的法治与人治之争，其实是“君以人治”还是“君以法治”之争。

何伟：情结中国

《读库0702》：《胡同儿因缘——一条北京小巷的生生世世》

《读库0704》：《遍走长城》

《读库0706》：《中国的速成城市》

《读库0803》：《幸运之轮——中国学车记》

《读库0805》：《再访河流》

《读库0902》：《主场作战》

《江城》：李雪顺译，上海译文出版社，2012年2月，定价36元

《甲骨文：一次占卜当代中国的旅程》：卢秋莹译，八旗文化，2011年7月，定价台币480元

《寻路中国：从乡村到工厂的自驾之旅》：李雪顺译，上海译文出版社，2011年1月，定价33元

《奇石：来自东西方的报道》：李雪顺译，上海译文出版社，2014年4月，定价40元

“专写某个地方的文章却只能让局外人读到，这似乎并不正常。”多年以后，在《江城》简体中文版序文里，何伟对他在中国期间，自己的文章与书几乎从未在内地公开发表与出版耿耿于怀，又认为互联网在传播他的文字与声名方面居功至伟。对此，我并不否认，但毫无疑问，从2007年开始，《读库》先后刊发他的数篇文章，其作用是无可替代的。我就是经由《读库》认识他的，此后关注他的书，可谓水到渠成。

何伟是彼得·海斯勒（Peter Hessler）的中文名字。从1996年到2007年，从二十七岁到三十八岁，他在中国生活了十一年，先是作为和平队的志愿者，在涪陵师范高等专科学校（2006年9月更名为长江师范学院）英语系教了两年英文，其后担任《纽约客》驻北京记者，以及《国家地理》等媒体撰稿人。

“我在中国太舒服了，开始习惯。习惯对于一个写作的人来说很危险，所以我要去新的地方，接受新的挑战。”在中国，何伟完成了中国纪实三部曲，即《江城》《甲骨文》《寻路中

国》，从不同侧面刻画中国社会的人文、历史与经济，并先后在美国出版，影响深远。在这里，他也收获了爱情，与美籍华人作家张彤禾（Leslie T. Chang）牵手。离开中国后，他们在美国科罗拉多州的一个小镇安顿下来，生养了一对双胞胎女儿。2011 年 10 月，他们全家又迁居埃及开罗。

“现在，中国和科罗拉多已同样遥远；我又搬到了一个全新的国家，开始学习一种全新的语言。有时，这感觉令我喘不过气来，有时，它又让我如归故里。”何伟说，有时候，他称涪陵是自己在中国的老家，因为涪陵是他开始认识中国的地方，也是让他成为一个作家的地方，在那里的两年生活经历是一种重生，它把他变成了一个全新的人。

之前，让涪陵闻名于世的是榨菜，此后，得加上《江城》了。

与何伟自己的作品相比，《江城》更私人化一些，对社会的剖析深度也不及其后的几本书。但很奇怪，我对前者更感同身受。从中，我可以明显感觉到作者的孤独，以至于恨不当年在涪陵。

当年，校方仅仅为志愿者外教提供必要或不必要的物质条件，同时又暗地告诫师生，为避免政治风险，不要在课堂外与之接触。校领导或许认为，两个外教的交往，足以满足他们所需要的友谊。可悲的是，那两年居然没有一位同事敢越雷池一步。这让我对译者，亦即书中的韩老师（阿尔伯特）有了异样的感觉。

让我想不到的是，从一开始，何伟就与另一位外教约法三章：相互支持但不依赖，不要退缩于小圈子，各自去开辟校外的生活空间。这的确是保持友谊的良方。因此，他与“学生食家”老板一家建立了密切的联系，看到他称赞女主人厨艺“举世无双”，我颇为心酸，那映衬了同事的冷漠。

虽然何伟说，这并不是一本关于中国的书，它只涉及一小段特定的时期内中国的某个小地方，但在我看来，许多时候，将书中的涪陵代换为中国也是成立的。转引几段话：

> 那就是我真真切切听到的——（军训操练的）步伐声和远处传来的枪声都是天安门广场上的回音。我这才意识到，校园里固定的程式有比我早先想象的多得多的东西。
>
> 这些朝代几乎都没有留下任何印迹。像中国任何一个城市一样，这里的建筑的发展步伐掩埋了历史的遗迹。它们的目的仅仅是容纳人口。
>
> “铁饭碗”这个词正在变成过去时，涪陵人说起这个词的语气不外乎以下两种。当强调这样的旧制度需要进行进一步的改革时，他们的语气常常带着很浓厚的讽刺

意味；可当他们说到某些安逸舒服的东西正在逐渐消失的时候，还有很多人带着恋恋不舍。人们怎么谈论这个词，取决于他们在单位体制中的各自立场。

在我看来，《甲骨文》是何伟写得最深刻的。阅读的过程中，我意识到，他将是影响我写作方向与写作风格的作家。起先，这本书我是借书友的看的。阅毕，觉得自己应该存一本，就买繁体中文版的。这倒不全是因为没有简体版，更重要的是，就此书主题来说，繁体版可能更恰切。

或为了弥补缺憾，上海译文出版社在出版《奇石》时，从《甲骨文》一书抽取相关章节，纳入其中，即《突袭美国》《桥上风景》《甲骨文》《全力冲刺》四文。

何伟的中国纪实三部曲中文版，出版次序是倒过来的，《寻路中国》先行面世。译者李雪顺分析，这或许是因为经济发展这个话题非常符合中国的时代主题。此书主体由《城墙》《村庄》《工厂》三部分组成，大致对应着中国的过去、现在、未来，以作者自驾游历为线索，以点带面，描述了当下中国人流动不居的生存状态，以及面对快速变化的社会生活时极度个体化、极度内在化的焦虑。

人们信奉宗教的冲动，更多的是同寻求共同体有关。

在中国，急剧的变化让很多人感到内心空虚，他们觉得共产主义很遥远很渺茫，而移居和城市化则给社会结构带来了巨大的变化。追求财富的新思想则好像很空洞，很容易让人倦怠，很多人都期待着跟他人建立一种更有意义的联系。很多人转而信奉宗教，倒并不一定是他们想跟上帝建立起一种私人联系，而是因为他们想借此与邻居和朋友分享与共担。

整个选战中，没有什么议题。没有人提到村子里的具体计划，或者要不要做出什么改变。没有平台，也没有哲学。只有傻瓜才会做出公开的承诺。目标要尽可能地模棱两可，每个候选人都尽量避免直接提及选举。家族比什么都重要：人们把自己的近亲属纠合在一起，还尽量拉拢远房亲戚。人们把大量的心思花费在对动机的分析上，想方设法也要搞清楚，谁可能支持谁。政治被提炼得只剩下最纯粹的核心部分——尽可能地动用村子里的一切关系。

《寻路中国》最大的特点，是何伟以旁观者的视角切入中国，他梳理的许多事物，我读后才有了别样的发现：

农民就地取材，将柏油马路当作晾晒场和分拣场，“既公然违背交通安全法规，又违背食品卫生法规”——对于后者，之前我并未意识到；

改革开放后，在宽松的环境下，包括宗教、算命以及风水推理在内的许多文化传统得以恢复，“即便在那之后，有些行当仍旧一直没有得到恢复——例如，在今天的中国，道教徒极为稀少”——还真是，李一道长若不是以养生之名作为包装，人们当不会趋之若鹜的；

古代中国，秦朝与明朝尤以修建长城闻名，不过秦朝修建的城墙主要留存在百姓的想象之中，歌谣和传说远远超越了那些历经世纪风雨已然颓废的夯土和卵石防御线本身，而明朝修建的城墙却靠材料（石料和砖块）留存至今，当十八世纪的西方探险家和传教士进入中国时，他们听到了秦朝的故事传说，看到了明代长城，无一例外，他们在头脑里把这两个东西联系在了一起，认为这是用砖头和石块筑成的一个单体结构，历时两千多年，像地图上的标志那样，干净利落地横穿中国北方地区——我承认，这也是自己原来的认识，将历史学和地理学混淆了，我甚至疑惑清朝帝王为何不修固长城呢；

起初，中国人开汽车是靠左侧行驶的，1940 年代初，美国军队向中国的西南地区运送吉普车和大卡车，以支援中华民国抗战，由于车辆是按照右侧行驶的习惯设计的，美国驾驶员不适应中国的道路行驶习惯，交通事故不断，为此，美国将军魏德迈提出解决方案，中国全境转向美国的驾驶模式，对美国的支持仰仗甚多的蒋介石很快同意，并于 1945 年 12 月 31 日正式实施——这段历史我闻所未闻，由此观照影视剧里民国前期的相关生活细节，不禁哑然……

> 在中国，生活中很多事情都要打制度的擦边球。其中最基本的真理就是，事后原谅比事前许可要简单得多。
>
> 中国的警察有时候也许有些粗野，但实际上，他们跟这个国家所有的人一样，讲求实用主义。多数情况下，他们的主要目的，就是不要让自己承担任何责任。
>
> 在中国，如果有人抱怨饭菜不好，那是常事。中国人可能会对很多东西都逆来顺受，但饭菜不在其列。我认为，那正是他们长期以来既有一流美食，又有政治灾难的原因之一。

何伟的见解可能并不深刻，但其字里行间的幽默与背后的善意，在记述当代中国的外国作家里，应无出其右者。我欣赏他对自己的定位：不做中国问题专家，只做一名想要理解中国的外国人。奔走中国十余年，何伟既有超脱其外的理性认知，更有投身其中的感性情怀，让他有家的感觉的三岔自不必说，对浪迹在开发区的流动杂技团，他在走近其成员后，也有了莫名的感情，最终选择离开，不忍再看他们的表演。何伟的幽默不动神色，经由其文字，我完全可以想象得到他的表情：

> 在他的名片上，印着“拖移车辆”这项业务——项目编号是二十二，介于“迁坟”和“敲锣打鼓”之间。
>
> 公司目前有四百八十多名员工，不过这个数字已经够多了，因为在我跟他们的副主编会晤的过程中，一直有人在走廊上打乒乓球。……我们很显然错过了外面大厅里一场重要的比赛——我们能听到击球的啪啪声，时不时夹杂着压抑住的喝彩声。

《奇石》是何伟为《纽约客》所写报道的精选集。与英文版及繁体中文版相比，简体版增补了六篇，列于最后，除了上述从《甲骨文》里摘编的，还有何伟到埃及后写的新作，即《广场上的清真寺》《阿拉伯之夏》两文。与《读库》刊发的版本相比，《胡同情缘》即《胡同儿因缘——一条北京小巷的生生世世》，《徒步长城》即《遍走长城》，《四重奏》即《幸运之轮——中国学车记》，《主队》即《主场作战》。《读库》刊发的《中国的速成城市》《再访河流》二文，此书未收录。

《奇石》里的文章，也有一些非中国题材，除上述记录埃及社会生活的两文外，《肮脏的游戏》《铀寡妇》《恕我直言》

《去西部》《多恩医生》等文，何伟笔涉尼泊尔的和平队、美国的西部、日本的黑道。不过，相对来说，我更偏爱事关中国的文字，尤其是《胡同情缘》《徒步长城》《新城姑娘》《四重奏》《离乡回乡》《主队》《汽车城》《中国巴比松》等篇。

如果将中国比作冰山，这些文章只是撷取了露出水面的部分，而《江城》《甲骨文》《寻路中国》却潜入水下，展现了更多的内容。即便如此，而且出版在后，此书内容却是他的中国纪实三部曲的母体，关键是它能给非虚构写作者以直接的启示。

针对读者提出的《奇石》一书素材重复、编排杂乱的看法，何伟解释："这是一本文章的精选集，所以不同于我的其他几本书。美国的严肃作家经常会出版这种书。这些年来，我把重点放在了三本有关中国的书上面，但我也为杂志专栏写了很多其他的文章，相比于写书，这是一种不同类型的写作。于是我就想把自己喜欢的那些文章集合起来，其中之前在中国面世的文字只占了一小部分，读者也并不需要按次序从头读到尾。这些故事具有各自的独立性，我希望读者能选择自己喜欢的来读。在美国，作家出版这类选集的一个重要原因，是它们能引起其他作家的兴趣。作为一个作者，我经常阅读我欣赏的作家的文章选集，这能帮助我思考自己的写作。我出《奇石》的目的之一，就是给中国作家一些写作上的参考。"

的确，在读之前那三本书时，除了对外来者的视角印象深刻，我很难跳脱出来，清醒地品味自己从中能学习什么。但《奇石》不同，每篇文章篇幅不长，都是一个独立的世界，我可以像解剖麻雀一样，仔细分析他的采写思路与方法，颇有心得。

在《奇石》前言里，何伟说："驻外记者面临的挑战之一，是要琢磨透能把多大程度的自己给涵盖进去：如果故事过于以自我为中心，那就成了旅行者日记。目前的普遍趋势是减少作者现身，作者常常是隐而不见的。这就是报纸的标准做法，说是能保持焦点和不偏不倚。不过，这也使主题显得更为遥远和陌生。我在写到人物时，希望描写我们交流互动的方式，以及让我们具有同感和分歧的那些事情。有时候，因为我是个外国人，中国人会以某些特定的方式与我交流，让读者明白这一点非常重要。不过，最重要的是，我想传达对事情原本的感受——北京胡同里的生活经历、中国道路上的驾车行驶、搬到科罗拉多的偏僻小镇。非虚构写作的乐趣正在于探寻叙事和报道之间的平衡，找到办法，既爱说话又爱观察。"

可以确信，一代新的作家，将从何伟的读者中产生。

2014 年 6 月，在回答贵阳晚报记者肖佳的电邮采访时，何伟说："我感觉已经有很多人写北京和上海了，所以我就没必要再做这个了。我在和平队的生活为我写中国内地的村镇打下了很好的基础。我和农民、打工者们相处得很愉快，讲述他们的故事是很有意思的，这些故事的背景美国人听都没听过，这对于我来说似乎更有价值，我也很享受这一过程，我觉得在这些小地方待着要更舒服。三年之后，我就会搬回到中国。我暂时还不知道到时候会研究什么题材，但可以肯定的是，我依然会被中国内地的村镇所吸引，它们是那么重要，但现在似乎被忽视了。仍然还会有足够多的人去写北京和上海，能关注点其他的地方也挺好的。”

希望何伟、张彤禾及其双胞胎女儿张兴采、张兴柔在埃及平安。几年来，埃及局势一波三折，似乎就为配合他们写作似的。期待他们重返中国，来河南生活。

姜淑梅：写是对写的奖赏

《读库1302》:《穷时候》

《读库1304》:《战乱年月》

《读库1306》:《俺家人》

《读库1400》:《俺老师》

《读库1404》:《百时屯的七个人》

《乱时候，穷时候》: 浙江人民出版社，2013年10月，定价32.80元

《苦菜花，甘蔗芽》: 浙江人民出版社，2014年8月，定价34.80元

《长脖子女人》: 四川文艺出版社，2015年8月，定价35元

"姑娘你记着，脸不是人的脸面，谁有粉都往脸上搽。看一个人是不是真干净，看他的鞋就行了。"

起初，经由文友张爱玲（笔名艾苓）的文章，我认识了她的母亲。读着她转引母亲的家常话，我深受启发。她笔下的家事，或源于母亲的回忆，明显厚重。只是，她从来没有提及母亲的名字，也许觉得没有必要吧。在记述当年父母结婚登记时，她写道："那是母亲的名字第一次在公共场合被使用，大概也是唯一的一次，因为后来就成了'富春家里的'，等大哥出生后，就变成'来顺他娘'了。"

2013 年以来，张爱玲母亲的名字——姜淑梅，不断被读者传诵。处女作《穷时候》在《读库 1302》刊发后，好评如潮，为她赢得了许多"姜丝"。她笔耕不辍，作品足迹遍布全国报刊，个人文集一年一本接连出版，吸引海内外各类媒体聚焦……

如果没有那场灾难，也许姜淑梅的生活状态是这样的：老两口在一块儿，给儿女做个饭，没事儿一起拉呱，一起养个花种个草什么的。但是，一场车祸改变了她的人生轨迹。

姜淑梅有六个儿女，随着孩子先后成家立业，她思乡心切。1996 年 9 月，她和丈夫回山东老家，在秦皇岛出了车祸，老伴儿不幸去世。那一年，她虚岁六十。

此后，姜淑梅的精气神儿似乎被抽走了。她让大女儿张爱玲买了几斤毛线，睡不着就织毛活儿，不长时间就织了两条毛裤一件坎肩。张爱玲一看，这样下去可不行，母亲的身体迟早要熬坏的，为了使悲伤与绝望中的母亲转移注意力，便提出让她识字。姜淑梅生逢乱世，和大多数人一样，很难有学习的机会，在六十岁之前，她一直是大字不识几个。

抱着试试看的想法，姜淑梅开始了自己的识字之旅。女儿、身边的孩子、街上的行人，都成了她的老师，牌匾、广告、说明书、电视字幕，都是她识字的教材。为了方便记忆，她想了不少办法。开始的时候，“俺自己编快板，俺说女儿写。自己编的快板自己知道它们的读音，俺就一个字一个字，念了一遍又一遍，就念熟了”。后来，她向邻居学唱歌，还自己编歌词，不会写就让外孙女记录下来，然后就唱。这种识字的方法，其实也是一种创作。

就这样一点一点地学，一个字一个字地记，姜淑梅坚持不懈，识字越来越多。几个月以后，她就能读幼儿故事了，她说：“有些字不认识，一顺就顺下来了。”

然而，姜淑梅的学习总被各种事情打断。张爱玲说：“没有了爹，娘就把自己变成一块大补丁，哪家的生活出现漏洞，她就把自己及时补到那里：表弟开小吃店人手少，她听说了就去打下手；小妹生孩子，她就帮着带孩子；二嫂病倒了，她又过去照顾二嫂照顾那个家；大家都忙的时候，她同时带着外孙女和重孙子……”

张爱玲建议她活出自己，喜欢做什么做什么，想玩什么玩什么。

姜淑梅开始看书、唱歌、学电子琴……

姜淑梅阅历丰富，历经战乱、饥荒、闯东北等，一张嘴就是一个精彩的故事。听多了母亲的故事，张爱玲鼓励她学习写作，把自己的经历写出来。起初，她对此毫无信心，连连摇头。

2012 年 6 月，在学会几首新歌、学会用电子琴弹《苏武牧羊》之后，七十五岁的姜淑梅有了自信，对张爱玲说：“俺要跟你学写作，写不好，你就当素材。”第一天写了几行字，她连连摇头：“手不好使了，连一道儿都画不直，像锯齿。”张爱玲说：“谁开始写字都这样，慢慢来。”十天以后，她开始惊喜：“做梦也想不到，俺会写这么多字。”

姜淑梅将自己正在学习写作的事告诉家人后，刚开始大家并不看好她——得知此消息，平时不苟言笑的三哥哈哈大笑。二女儿借用赵本山小品里的一句台词说：“赶紧写吧，东边茅楼儿没纸了！”大儿子说：“娘，你要是发表了文章，胡主席都会接见你了！”她认为他们太瞧不起人，自己一定能行，就暗下决心学好写作。处女作发表后，她对儿子说：“你让胡主席接见我吧！”儿子回应：“你发表的不是时候，胡主席已经退休了！”

姜淑梅最初写的两个故事都很传奇，是她听来的，写了好些天。张爱玲指导她：“要写就写自己的故事，你的经历就很传奇。你要想象着对面坐着一个人，从来没听过你的故事，你要从头到尾讲给他听。”并建议她先写闯东北的事，一件事写一篇。她的悟性很好，随后写得很顺利。她写一篇，张爱玲帮她录入一篇，贴到自己的博客上，注明作者。作家朋友都说好。也有不合格的，几件事塞到一篇文章里，张爱玲让她重写，她呵呵笑：“这老师还挺严格呢。”女儿也笑：“对学生必须这样。”

“刚开始时，俺还得要姑娘督促，几张纸、一支笔、一块橡皮，写写擦擦，就把写作当成玩儿，只当消磨时间了。后来写着写着找到了乐趣，就爱上了写作。没写作之前感觉天可长了，写作以后开始忙了，感觉天短了。”姜淑梅喜欢在凌晨三四点写作，她说休息了一夜，眼睛好使，脑袋清亮，什么都能想起来。只要有纸笔、台灯，家里能写字的地方都是她的书房。张爱玲说：“平时老太太就住在我家，家里的条件有限，但我娘在哪儿都能写。她跟我儿子住一个屋，起初儿子不在家，她就在卧室里写；后来儿子放寒假回来，为了不打扰他休息，她就拿着小台灯，趴在客厅茶几上写；后来家里来客人，客厅也占上了，老太太就带着小台灯去厨房写。”

姜淑梅说："把一生一世的事儿写在纸上，真是太高兴了。"不过，在写"挨饿那两年"的时候，回忆起那段苦痛的饥荒日子，她写着写着就会心里难受，写了好几天就是写不下去。张爱玲劝她："你写吧，写出来就放下了。"她继续提笔，用简单质朴而又生动传神的语言，记录那些密封在心里的往事。她说："俺一门心思想着写作，过去的很多事一点点都想起来了。俺只想写过去俺经历的事，现在有好多大作家，她们写现在的事比俺写得好。"

写是对写的奖赏。姜淑梅的文章，引发了读者热烈的反应。有人自己朗读，用手机录下来，将其做成有声书，给母亲听。也有人受到启发，准备教母亲识字，或者整理父亲的口述历史。转引部分读者的评论：

"有阅历，有毅力，有力量。一字一句，全是鲜活的生活。每一个字都'钉'在纸上，戳到人心里。"

"从挨饿到卖碱，让人看到作者不甘认命、心存希望的挣扎与奋斗。突然想认识一下这位老阿姨呢，也听听她讲别的时候。"

"老太太的文字浅白平实，娓娓道来，就像母亲在述说她的陈年旧事一样，却读得我泪水直在眼眶里打转。每一个平凡的人都有伟大之处。"

"我很讨厌老师整天让小学生抄写背诵那些所谓的'好词

好句’,《穷时候》正好可以作范文，让四年级的儿子明白，好文章可以一个成语都没有。”

的确，借用姜淑梅教育女儿的话，她的文字并未涂脂抹粉，却会让许多作家汗颜。转引几段：

> 早些年，俺那儿去个生人，都在门外问：“家里有人吗？”要是男人不在家，女人就答：“没人。”男人不把女人当人，女人也不把自己当人。
>
> 集上的大公鸡和干榆树皮一个价，都是八角钱一斤，都买榆树皮，没谁买大公鸡。买鸡损失大，骨头和鸡毛都不能吃，榆树皮是干的，可以多吃几天。
>
> 大儿子比二儿子大六岁，因为在山东挨饿，俺四年没来月经。到东北吃饱了，三个月就来了月经，有了二儿子。二儿子出生三天，身上一个布丝都没有。厂子里沙土多，俺就把沙土温热了，把他放到沙土里头，上面盖着他哥哥的旧衣服。尿了，就把尿湿的沙土扔出去，拉了也一样。穷人家的孩子好活，吃足了奶就不哭，没耽误俺干活儿。

“俺最骄傲的事，就是俺有一个好老师，她温柔、善良、孝顺，没有她，俺啥都写不出来。”谈到张爱玲，姜淑梅的爱意溢于言表，“历史上都是妈妈培养孩子，没有哪个孩子培养妈妈的，俺们是第一对，也是唯一的一对。前三十年，俺培养了她，后来就是她培养了俺。俺是全绥化最幸福的老太太。”

“我娘今年七十七岁了。一个老人能一直坚持学习，靠的是什么？是她不屈不挠的精气神儿。年轻时闯东北她就不服输，到老了坚韧的生命力还在。”张爱玲说，“我娘是最让我骄傲的学生。有时候我就在想，如果我们有她那股劲儿，有什么事做不成呢？”

在《我的学生姜淑梅》一文中，张爱玲说：

> 1998年，我的第一本散文集入选《二十一世纪文学之星丛书》，我请娘在我的书上签名留念，她说：“俺得想好了练好了再写。”她想好了两句话，让我一笔一画写在纸上，她一笔一画地照着练，练了一整天。那两句话是：“本是乌鸦娘，抱出金凤凰。根是苦菜花，发出甘蔗芽。”在所有签字中，娘写的字最认真，有着儿童学字般的整齐。我有些惭愧，知道自己不是凤凰，是喜欢鸣唱的鸟，在朝她希望的方向飞。
>
> 姜淑梅同学年轻时的容颜我没有印象，我看到的是她越老越美的晚年，她一头白发，目光清澈，喜欢穿白裤红衫或绿衫。历经沧桑后，她还保留了那么多的善意、

激情和好奇心。她跟人讲:"跟着作家学写作,这才叫'跟啥人学啥人,跟着神婆子会下神'。"她不知道,她一直都是我的导师,跟她学了四十多年,我才走到今天。

娘是女儿的成长做人之师,女儿是娘的识字作文之师,这可谓文坛一段佳话。张爱玲戏称自己是娘的经纪人,为了娘的作品与编辑沟通交流,安排新书出版与媒体采访事宜。对此,姜淑梅笑称"娘儿俩合作愉快"。

姜淑梅说,这辈子让她最高兴的有三件事。第一件事是从 1947 年后就音信全无的二哥,在失踪了多年之后,1980 年竟从东京转邮来一封信,并在几年后回到内地探亲。得知他在台湾生活得很好,她当时很高兴,不过是难受的高兴。第二件事是女儿张爱玲在二十四岁时写作的《紫漆柜装不下》,获得"金陵明月杯海内外华人散文征文大赛"一等奖。她得知喜讯时,感觉走路都飘轻儿的。第三件事就是自己的作品在《读库》发表,拿了三千块钱稿费。她高兴得一夜没睡着。

姜淑梅喜欢穿颜色鲜艳的衣服,不喜欢穿黑色灰色的衣服,因为那样看着不精神。她保持着年轻的心态,不断接受新鲜的事物。她曾和张爱玲去听演唱会,如今提及此事,她说:"听不太懂,但俺喜欢那个氛围。"

2013 年 11 月 27 日,我由郑州赴京,与姜淑梅、张爱玲母女齐聚北京，参与中央电视台《读书》节目录制。这是我第一次见到姜淑梅阿姨。想到她当年教育女儿的话，我去之前，赶紧把皮鞋擦得亮亮的。

艾苓：一路走来

《读库1400》:《我的学生姜淑梅》

《读库1403》:《咱们学生》

《读库1500》:《学生们的故事扑面而来》

《领着自己回家》: 百花文艺出版社，1998年11月，定价12.50元

《风也穿鞋》: 中国青年出版社，2005年1月，定价18元

《一路走来》: 黑龙江人民出版社，2007年1月，定价28元

艾苓是绥化张爱玲的笔名。我认识的《读库》作者里，

唯有与她先于《读库》结缘。

说起来，那是上个世纪的事儿了。

1995 年，我刚刚毕业，听到的某句话，看到的某件事，足以颠覆自己先前的认知。领导说："吃饭也是工作，吃饭也是一种艺术，要学会吃饭！"都长这么大了，倒要学习请客吃饭，滑稽不滑稽？身边的一位作家，出了书登了广告，便有读者汇款求购签名本，他太忙，签名寄书这活儿便让手下给承包了——唉，这不是欺骗读者吗？面对光怪陆离的社会，我的内心满是疮孔。

这个时候，《中国青年报》走进了我的生活。我追随着《青春热线》《人生》《屋檐下》等栏目，试图经由阅读，完成自我疗救。某日，《缘何流泪》读毕，其作者名字扎了我的眼："张爱玲"！其时，那位 20 世纪 40 年代叱咤上海滩的女作家，在大陆"消失"了近半个世纪后，重现于读书人的视野，而她中秋前夕病逝于美国寓所，更是将"张爱玲"烤成一个热词。我将此文从头到尾又读了一遍，感觉不像是出自那个张爱玲的手笔，二者的情感表述一冷一热，差异是明显的。那么，是时人在沽名钓誉？我在作者的名字上打了个问号，也在心里打了个问号。《请尊重隐私》《最珍贵的礼物》《一双棉鞋》……就这么一路读下来，问号越来越多：这个张爱玲写得还行，但为什么非要用这个笔名呢？是本名吧？

《独行者独白》，作者张爱玲——某日，翻开报纸，看到这些时，我笑笑：老熟人了；刚开始我以为这又是一篇不温不火的文章，可渐次读来，先是感动，继而激动，乃至震动——

若干年前，当我怀着朝圣的心情第一次参加一个文学会议，我听到最多的议论是：某某卖书号赚了，某某专写言情武打赚了，某某炮制报告文学赚了。然后有人叹道：没办法，逼良为娼嘛。当时的感觉仿佛一个孩子老远跑回家，刚想喊“妈妈”却发现妈妈在同他人偷情，一下就噤住了，糊涂了，失望了，然后伤着心低着头从门口走开。

这岂不是我初涉社会的真实感受！她是在剖白自己的心迹，也触及了我长久以来郁郁凝成的心结，瞬间拉近了彼此之间的距离。

我只是把我对生命和生活的感受与思考如实记录下来，也许单纯一些肤浅一些，却是真诚的——写作对于我，仅仅是发自内心的喜欢和需要。

平实的文字，平实的心态，让我相形见绌。想想自己，曾经那么狂热地追求文学，内心狂妄，却又眼高手低，并且将文坛与作家想象得完美无缺，待到稍稍接触现实，又被打得落花流水。

独坐窗前想入非非，有时会觉得我是一个人走在森林里，像许多被人类洗劫过的森林一样，这是片寂静的森林，只有风声、鸟声和无边无际的树木。曾有很多人笑闹着和我一同出发，走着走着就散了，后来又遇到过几位，走着走着也散了，一一挥手时我毫不惋惜，并不是每个人出发的时候都了解自己。

我喜欢绿色就来了，想采撷一些“绿色食品”给森林外面的人们和自己。绿色的森林曾带给我许多宁静和愉悦，但森林的冬天总是刻不容缓地到来。孤独有过，寂寞有过，绝望也有过。每每此时，我便尽情地吼一声：“喂——！”然后静听自己的回声：“喂，喂喂，喂——，喂——！”但是，有一天，回声过后，遥远遥远的地方响起了回应：“喂——！”当时的激动无法言说——在这个森林里有同行者，也许不止一个。不必走近，依然各走各的，只是此后，独行在森林里，孤独，却不再寂寞。

通过文字，她的呼唤传到了我的耳畔，不由得生出吾道不孤的温暖。我将其视为一种邀约。虽然相隔千里万里，各自要面对不同的人生，但是有了同道的呼应，毕竟会增添前行的动力。我联系了《青春热线》的陆小娅，问得这一个张爱玲的地址，随即给她写信，在中原之中向东北偏北，回应着同行者的呼唤……

“谢谢你——同志：尽管你的声音那么遥远，但是我真的听到了。偌大的森林里多了一位同志真让人高兴。你在那里请走好。张爱玲。1996年5月19日。”张爱玲回信了。“张爱玲”果然是她的本名，而她的字秀美中不失韧劲，让人看着舒服。“偌大的森林里多了一位同志真让人高兴”，彼此彼此啊。

这么多年以来，在我的视线里的两个张爱玲，一个有着空间的距离，一个有着时间的距离，而自己内心却独与现时彼地的亲近，无他，只因我们拥有互动的成长历程。《孤独》《今天有树挂》《守着朴素的宁静》《那个蠢女孩是我》……和她通信之后，我依然不断地追读着她的文章，但这到底是单方面的叙述，相比之下，我更珍视那些信件，其中许多言语已经融入自己的生命。

> 我知道你和我一样，是个孤独的人，同时也是个幸福的人。作为个人，我们的力量是微不足道的，我们甚至太软弱无力，但是至少我们能够把握自己，完善自己，

做自己喜欢的事情。奋斗着的人是幸福的，做自己喜欢的事情的人是幸福的，你兼而有之。祝贺你！

这个世界上大多数的人都如你如我，是很平凡的人，这没什么，只要我们不甘平庸。一位大作家说过，大狗叫，小狗也得叫。我就是只小狗，向上苍发出自己的声音。

国兴，不只是你，每一个人的生活或者大多数人的生活都是程式化的，关键的是不要让心灵程式化，让它更加丰富和宁静。前一阶段，我的办公桌下面一直压着一个小纸条：抛却浮华。看见它我就提醒自己尽量静下心来，不为外界的热闹所动。

时隔多年，再次翻阅张爱玲的来信，我的心中依然有最深切的感动和感激。这些话看起来很平淡，但对那时的我而言，却有着醍醐灌顶的功效。诚如她所说，我们是平等的朋友，可是在交往的前期，生活带给我的迷茫和脆弱的时刻，一定程度上，是她这位过来人指点迷津，伴我安全度过的——她扮演了一个知心姐姐的角色，倾听或者倾述，一样暖心。

潜移默化间，我将张爱玲视为一个榜样，作为自己赶超的对象。她的文风给我莫大的影响，她发表文章的报刊，《中国青年报》《人民文学》《北方文学》《散文》等，先后成了我努力的目标，甚至她到鲁迅文学院学习的经历，也造就了我的一个美丽的梦……

> 老实说，（在鲁迅文学院上学）除了开阔眼界之外，没有更多的什么（收获），我读书的目的也正在于此。如果书店没让你读更多的书，在鲁院也同样不会，它会让一个浮躁的人更加浮躁。

张爱玲的来信浇醒了我：自己是不是一个浮躁的人？自己究竟想要什么？冷静下来之后，我不再执着于她一时一事的表层，而是透过这些，取其精神，以反观自己。她不愿成为专栏撰稿人，而是潜下心来写作还没有更多人关注的东西，给纯文学杂志供稿；她一直没敢去领中国作家协会会员证，她说，“这些都不是关键，关键是我喜欢读书、写字，特别喜欢才义无反顾”；她想看牡丹，却不爱凑热闹，所以至今没有春游洛阳，然而她又曾经在众人失约弃信之后，于某年农历八月十六，孤身前往长城赏月，她说，“感谢自己，在接受岁月的洗礼时，还让骨子里留有那么一点激情、一点冒险精神和一点浪漫”……

如此，张爱玲之于我，早已不再仅仅是一位作者，她的写作观乃至人生观，悬于我的心头，烛照着自己一路前行。

“我确实觉得，与人争论鲁迅是否有价值，是对自身心灵的侮辱。当一本书，一个人，对于自身生命有重大意义，这种意义甚至远远超出了所谓思想启迪的范围时，你是不必与人就此辩论什么的。”文学评论家王彬彬说出了我的心里话。一些人得知我熟识张爱玲，自以为是地拉来几个青春美文作家，与之对比，这时我总是出离愤怒的，几欲辩解，然而想想，别人如何能理解我的感受，便懒得搭理了。

王彬彬还说：“有位西方人说过，一个人选择抑或拒绝某种哲学，并不因为观念本身的原因，倒是源于气质。我对此深以为然。所谓思想上的差异，常常其实是气质上的排斥；所谓学术上的争辩，往往不过是心灵的交锋。在人文领域，所谓纯学术的分歧、纯理性的思考，我相信并不存在。在对待鲁迅的态度上，也如此。”在读书对象的选择上，也如此。于是我便怀疑，十几年来，自己热情推荐给张爱玲的书，感动过自己，是否就一定会触动她的心灵？

我送给张爱玲的第一本书，是《北京生活地图册》。这是我的第一段工作经历的遗存。领导当时买来这本书，是要参照其编排方式，出本《郑州生活地图册》的，但由于种种原因，最终未能付诸实施。结识她不久，听说她要去鲁迅文学院学习，便取出这本书，寄给了她。宝剑赠英雄，红粉赠佳人，《北京生活地图册》嘛，自然要赠给在北京生活的人了。

《北京生活地图册》是本实用之书，不说也罢。可从那之后，我寄去的都是些人文领域的书，对她而言，恐有隔膜。今天我回想起来，杨绛的《干校六记》、刘亮程的《一个人的村庄》、林达的《历史深处的忧虑》、苇岸的《太阳升起以后》、海莲·汉芙的《查令十字街 84 号》、钱海燕的《岂有此女》……这些书能被同一个人欣赏，怕也只有自己了，不禁觉得当初有些过火。但无疑，那源于毫无私心的真诚推荐。所幸的是，对于某些书，她在回信里表达了喜爱之情，那应该不是敷衍的回应，我有这个自信。

读书与写作，毕竟只是生活的一部分，除此之外，我们还有太多的俗事需要各自面对，比如提供经济基础的工作。十几年来，我是一直围绕着书在转，先是在书店，后来又到杂志社工作。相比而言，张爱玲的工作变换跳跃性更强一些，做了九年市委办公室的秘书，又到报社采编四载，最终回到母校任教。在每个岗位上，她都是敬业的，也取得了一定的成绩。不断变换的环境都需要一点一滴去适应，不同的职业也有着各异的要求，为此她先后报考了全国自学考试新闻学本科、高校在职研究生，出入一个又一个考场。与此同时，她又苦于自己很难沉到生活的最底层，平心静气读书写作的时间越来越少，“我常想，这样下去我是在进步还是沦落”。

国兴，我原来是个比较随意说话的人，进了机关一下就噤住了，换了报社也卸不下武装，党报岂容你随意？所以我常想，我天性中的一些东西，一些自然的、真实的东西，在我恪守规矩的时候肯定流失了。而另一些我坚持的东西，我一定要看护好。

张爱玲多虑了。经历是一种财富，她“就像那位擦楼道的勤杂工”，以旁观者的角度观察职场，在亲情爱情之外，笔下又开掘了一方别样的田地，一样精彩。

从 1998 年到 2007 年，十年里，张爱玲出了三本散文集，作者署名都是“艾苓”。

艾苓这个笔名是从 1997 年 11 月开始启用的，自然是为避免不必要的误会和麻烦。这标志着她文风和心智的成熟，也隐含着她的志向。署名艾苓的第一篇作品，是发表在《人民文学》1997 年第 11 期上的《家事》。这篇文章对于她之前的创作，是一次成功的突围。家人家事，说起来倒是条理清楚，可涉及其间的情感，却是剪不断理还乱的，她能跳脱出来，以外人的眼光观照这些，展现了家事的复杂面目与自己的矛盾心绪，让人感同身受又感慨万千：

也许母亲和父亲真的是一棵树和另一棵树，虽然他们大不相同，站在一起纯属偶然和误会，但是他们并肩站立了四十二年，四十二年太久了，彼此的根已深深切入对方的生命里。或者，他们像千百年来的男人和女人一样，母亲是水，父亲是土，他们被一双已经残破的大手搅拌成泥。现在，岁月的风吹过了四十二个春秋，父亲又风化成土，母亲却再也找不到自己了。

强者总是习惯于把自己的意志粗暴地灌输给弱者，某种“共识”便是这样达成的，这不奇怪；可我难过，很难过，因为我知道他们非常爱对方，他们是我的父亲和哥哥。

《家事》连同我一直偏爱的《独行者独白》《与己有约》等文章，后来都被收入了《领着自己回家》。这是她的第一本散文集，入选了《二十一世纪文学之星丛书》（1997—1998年卷），是其中唯一的散文集。阅毕此书，我感怀不已，写信向她祝贺之余，又头脑发热，臆测她能获得鲁迅文学奖。而她却颇为清醒，回信说：“五年之内我还得不了鲁迅文学奖。不过我会努力的，不是为了得奖，而是为了超越自己。”如今数个五年过去，她依然没有获得鲁迅文学奖，但那个名头对我来说，已经不重要了。

《领着自己回家》出版之后，张爱玲又整理了自己的新作，准备出版第二本书，拟名《一路走来》。但是，相关出版社对个人散文集的市场信心不足，所以她一时难得遂愿。时隔六年有余，她的第二本书终于出版，不是《一路走来》，而是《风也穿鞋》。此书装帧极为奇特，封面和封底加了硬纸板，切口是斜角切下来——她见状，颇为委屈，仿佛自己那质朴的孩子，被打扮得不伦不类，在电话里抱怨道："设计者一定没有做过母亲。"她担心，如此怪异的包装，会拒绝本应亲近这本书的读者。而我却不以为然，根据我的经验，设计者如此装帧，至少达到了一个目的——在书店卖场里，这书无法上架，只得平铺展示，避免了淹没于书海的命运。

《风也穿鞋》是《白画纸丛书》的一种，这一次，张爱玲是以母亲的形象出现，和张丽钧、乔叶比肩而立，展现了包裹着感性内核的理性之果。她记录孩子的稚言趣事，也述说自己的教子经历，更反思社会的教育心态与方式，给初为父母的我们不少启发。转引几段：

> 我们的诚实教育是多么实用啊，我们往往希望孩子在需要他们诚实的时候绝对诚实，在不需要他们诚实时要乖巧、听话。而且"狼来了"故事里的狼似乎只吃撒谎的孩子，永远不吃大人。
>
> 妈妈的耳朵既然已经打开了，就应该学会倾听，并

且一直倾听下去。的确，孩子的世界开始嘈杂了，比孩子的世界更嘈杂的，往往是我们的内心，我们对孩子的要求和期望是否太多了？

这个在我的视野里长大的孩子，正在我的视野里渐行渐远。我所能做的只能是遥遥的注目和耐心的等待。

《风也穿鞋》出版两年后，张爱玲才实现自己的梦想：将自己的新书命名为《一路走来》，此时距离梦开始的时间已经过了十年。其间，不止一位作者用过这个书名，影响最广的是林达的《一路走来一路读》——我给她寄去了这本书，为她惋惜。“我当时真挺难过，却不能对谁讲，就像得知自己暗恋多年的人娶了别的女人。别像跟在人家后面拼命追风似的，我决定‘忍痛割爱’。”在《一路走来》后记里，她如此写道。然而，在这部书最终定稿时，她实在想不出比它更合适的书名，于是十年前的计划终于得以付诸实施。

《一路走来》收入了第一本散文集部分篇章，比如《家事》《领着自己回家》，都是我所珍爱的，而新作《有温度的词汇》《一个人和一座城市》等文字，也是执着其小不失其大的妙品。不过本书没有收入《独行者独白》，对我而言总是遗憾。将这一点说给她，她回电邮说：“不知道为什么，出书的时候，我根本没有考虑过《独行者独白》，可能是觉得它还不够好吧。

呵，它的最大贡献是为我引来了你这个朋友。”正如她在《一路走来》上的题签所言，“一路走来，遇到你是我的幸运”，那也正是我的心声，既如此，我也不必执着于此了。

最近几年，教书育人之外，张爱玲将更多的精力放在了母亲姜淑梅身上。我对她说，多年以后你会发现，母亲才是你的代表作。她曾尝试创作儿童文学，最终选择记录身边的老师与学生，思考地方大学的现状与未来，别开生面。

如今，我依然和张爱玲保持着联系，不过其方式已经有了改变，电话、短信、电邮、QQ、博客、微博等，日益多元。但是，不得不承认，我们那纸上交流的书信时代已经一去不复返了。一定意义上，这也意味着我的“后青春期”的结束。涉世既深，我虽非世事洞悉，却也明白了一些事理，对现实的存在，有些试着去改变，有些试着去适应，有些试着去宽容，有些试着去放弃。我担心自己变得面目可憎毫无生趣，不时回溯个人的成长历程，比如翻阅张爱玲的那些不可再得的书信，体会曾经的感动，寻找上进的力量。

张爱玲对于现在的我，不再是指路的人，然而作为将近二十年的朋友，如今已经如亲人一般。我们互相取暖一路走来，还会互相呼应着一路走下去。文字之路人生之路还长，而这篇文章总要结束，转录我们之间的手机短信于此，且作收尾——

致张爱玲：在2008年第6期《散文》封面看到《像她们那样老去》的作者是“苓”，我就猜想是你，果然。可“艾”哪里去了？

张爱玲回：“艾”让他们吃了。夏季炎热，吃下败火，哈哈。

易卫东：读书只缘养气质

《读库1402》:《成长课》

《学步集》：易卫东著，中国戏剧出版社，2013年5月，定价28元

《夜读记》：易卫东著，江西高校出版社，2015年1月，定价45元

2013年6月1日，易卫东在天涯社区给我发站内短信：

马先生：您好。向您打听一位朋友。大约二十年前，我是三联书店郑州分销店的老读者，一直在您的店里邮购图书，有一位署名“从容”的女士为我找书，后来她

离开郑州店时，我知道她的真名叫林榕。我写过一篇《邮购记忆》，发表在《中国教育报》上，她看到后给我来过一封信，可是我现在找不到她的联系地址了。我最近印了一本小书，《邮购记忆》收入其中，想寄一本给她看看。如果您知道她的地址，烦请转告为盼。您的大作《我曾经侍弄过一家书店》我也拜读过，很有意思。易卫东上

我当日回复："易卫东你好：在株洲新闻网看到过你提及与三联书店郑州分销店的缘分。据说林榕出国了，我与她已失去联系多年。抱歉！如果有缘，他日当会再见吧。"

此前一年，《我曾经侍弄过一家书店》在当当网预售时，舒凡在株洲新闻网"书友会"发帖介绍此书。易卫东回帖："我也预订了一本，作为一种纪念。三联书店郑州分销店也是我的一段美好的回忆。九十年代有近十年的光景，我多数书都是从那儿邮购而来，并得到'从容'女士很好的服务，直到林榕女士离开时给我写信说她不在郑州工作了，我也就没有再在郑州分销店邮购图书了。许多年以后，我写了一篇散文记述此事，林榕女士读到后，还赠送了几本书给我留作纪念。"

那次联系后不久，我收到易卫东寄来的《学步集》。在《邮购记忆》里，他记录了与三联书店郑州分销店及林榕的书缘：

大概在1987年的某一期《读书》杂志上，我看到三联书店郑州分销店的邮购图书的广告，正好有我想要的几本书，便汇款到这个书店去邮购。他们很负责任地给邮购图书的读者编了号，建立一个购书记录，我的编号是098号；寄书时总是夹一个短信，说明某书暂缺，余款若干，待有书后再补寄云云。落款的名字总是“从容”。……

这样过了三年多，大概每两三个月总要邮购一批书吧，彼此建立了一种互信。我为了省事，便开始在那里预存书款。有时候一次存两百元，有什么想要的书便写信去。第一次我写的是“从容先生”收，寄来的书里夹着回信，我从清秀的字迹上猜得可能为女性，于是此后便径称“从容女士”，也没见异议。

这样书来信往，谈着书事，说点感想，偶尔也对生活中的不顺发点牢骚，慢慢地，“虽从未谋面，但彼此已熟悉”。也许我们的读书趣味相似，多了一份亲切和亲近。我几次发现我要购读的书，她都读过，总是在简短的回复中评说一两句。我想要杨绛先生译的《小癞子》，她告诉我书店只有林林译的《小拉萨路》，但插图颇有毕加索风味，也还不错，给我寄来一册。《沈从文别集》出版的时候，她特别说这套小开本的文集很好，她也买了一套，料想我会喜欢，特意留了一套书品较好的给我，果然我寄信去要邮购此书，言下对自己的准确预测颇为欣然。我读回信也不免会心一笑。

这让人不由得联想到《查令十字街 84 号》，联想到海莲·汉芙与弗兰克的交流。

需要说明的是，与三联书店郑州分销店结缘的时间，易卫东记忆有误，郑州分销店于 1989 年下半年开始筹备，1990 年 4 月正式营业，故不可能“在 1987 年的某一期《读书》杂志上”刊登邮购广告。

从容的信，多写在邮购目录的空白处。可惜的是，除了最后一封，易卫东并没有留存下来。也就是在这一封信里，他才得知书店邮购主持人的真名。

说句题外话。《我曾经侍弄过一家书店》在《读库 1005》发表时，《邮购流水》一节有这么一段：

> “从容”并非具体的某个人名，只是郑州三联书店邮购部工作人员的代称。自郑州三联书店开展邮购业务以来，林榕、张佳、陈娟、马旭、郑红惠、肖红、魏晓栋、范旭峰等人，先后从事此项工作，一直延续使用着“从容”这个名字。我猜测，“从容”是拆解“林榕”之名而来。

我在书店工作时的老上级张俊鹏看到后，专门给我打电话，指出“从容”得名并非如此，而是薛正强经理的一位朋友的建议，说是做任何事都要从容，故有此举。后来，在出版单行本时，我删去了上文末句。

自始至终，易卫东与林榕从未谋面，但正如他所说，书籍的流转、聚散，承载着书的主人的情感和爱恋；书人、书事和书缘，演绎人间最纯净的一种情意，值得记忆，值得纪念，值得珍藏；有这一份情感留存心间，多么温暖。

令我欣慰的是，2014 年 10 月 23 日，在湖南株洲举办的第十二届全国民间读书年会上，我与联系多日的易卫东会面了。此次年会，我带了读库 2014 年出品的笔记书 *Read & Write*，请与会代表题签。他的题词为：“读书只缘养气质，问学岂为稻粱谋。”

说到他刊发在《读库 1402》上的《成长课》，我表示，我不是一个泪点很低的人，但在校读此文时，两度落泪，不禁感叹，当初编辑此文并向老六推荐，是值得的。

《读库 1402》出版后，2014 年 4 月 25 日，我与铁葫芦图书的陈亮闲聊，提醒他留意《成长课》。不久，他回复：“《成长课》我仔细看了两遍，确实好。虽然跟作者年龄相差十五六岁，但我读此文也很感动。尤其是作者偷看完电影回去，张老师轻轻说的那句话。可能也是因为在小县城长大，小时候在农村生活过吧，这些文字我读来并无隔膜。”

陈亮想知道《成长课》这样的文字，目前作者写了大概多少篇幅，写作的时间跨度，大致的章节。他认为，如果作者可以专心写这类文字，个人的“成长课”或者“心灵史”，多还原一些细节会更好，但现有文章的时间跨度还是稍微短了些，出书的话，有些单薄。

我当即将我们的聊天记录转发给易卫东。他随后复信：“我写一点读书随笔，其他东西真没有尝试过。最初看到关于‘五道杠’少年的议论，出于游戏，写了《学步集》里的那两篇《我的小学》。后来想了很久，才决定接着写初中、高中和高考。这些文字经你的修改和精心编辑，才成为现在的样子，我自己是没有能力写成的。想过写一写师专那一段生活，但是，一是没有什么值得写的细节，二是，你知道的，我很不情愿上师专，结果在师专三年里很颓废地在图书馆瞎混，专业课没有学得很好，把本来可以有的年龄优势浪费掉了，没有像一些懂事的同学那样早早准备考研究生，而在图书馆里看的书也是杂乱得很，我在《闲读杂览三十年》里说过，读了一脑子杂碎，什么也不成，只养成了一个乱翻书的习惯。你的建议我会认真考虑。我的工作性质给我许多限制，更主要的是我明白自己写作的能力并没有你所期望的那样高。容我慢慢努力吧。”

关于此事，易卫东在2015年2月6日的日记里如是说："《成长课》在《读库1402》发表后，马国兴兄介绍与陈亮兄联系，陈亮兄希望也能有一本以《成长课》为主体的图书写成。我知道至少目前自己不具备这样的能力，也没有写作的条件，只好谢绝了。我没有叙述故事的能力，我的经历中除了青少年一段体会了同龄人未必体会到的恶劣的世态，其他也不值得写了。我觉得我的阅读经历，是自己精神成长的过程，也许有值得别人借鉴的地方。写一点与读书相关的文字，比强己所难要好。"

此时，易卫东已经出版了第二本书《夜读记》。此书是他的日记体书话集，分为《戊子读书记》《有不读斋日记》两辑。由于曾有编辑《成长课》之缘，翻阅他所赠此书，我对他的心路历程格外留意。

阅读是一种对话，读者以各自的经验参与再创作。《夜读记》里的一些文字，是他"后来想了很久"的补充。从《书脉》"我的一九七六"特刊到《今天》"七十年代"专辑再到《城门开》，从《对照记@1963》到《我们仨@1963》再到《小回忆》，在阅读这些文字时，他调动了自己的记忆，重回青葱岁月。他最终提笔作文，这些书的阅读功不可没。

易卫东将自己定位于普通读者："读书就是一个玩儿，不过略胜棋牌之乐而已。和趣味相投的书友交流，有事说事，有理论理，晨读暮省，学人所长，修己不足，确实不必真理在握似的顾盼自雄。”

关于书话，易卫东有自己的主张：“书话如果粗分，当为得书记和读书记两类，而今旧书颇不易得，新书多来自网购，‘一点掌故，一点故事’都无从谈起，剩下的一点散文抒情的气息，也就成了脱皮之毛，无所附丽。所以我尝试的日记体书话侧重于读书记，略记日常读书的思考，或有一得之愚。之所以要写成日记体，只为着它的不拘形式，可以有话则长无话则短，比拉开架势来写一篇书话，究竟要随意得多。”

形式自由之外，易卫东钟情于日记体书话，也是为训练自己的耐心。正如他所说：“日记体书话与一般的书话一个较大的区别，在于一般书话评介的是书及其作者，而日记体书话更多表现的是日记主人的书趣。这是我们喜爱读这类作品的原因。”《夜读记》文字清丽通畅，有情感有识见，从中可见“读书的我和我读的书”，读来亲切，颇有所得。和他一样，我也是“书非买不能读”派，缘于读书喜欢勾勾画画。一书阅毕，记录观感，摘引数句，指陈白璧微瑕，皆为必修功课。

阅读与思考相伴相生，互为因果。转引易卫东的读与思：

“信”与“疑”的问题，有时候也还不是学识的问题，而是屁股决定脑子的位置问题。

一个老人的回忆录里，会有许多“碎屑”被记忆的筛子选过，记忆的选择性不只有关诗与真，还关乎名利，关乎记忆的主体所处的时世。

“天下是老子打来，谁教你开口民主，闭口民主；江山由本党坐定，且看我一枪杀人，两枪杀人。”这是1946年李公朴、闻一多被杀后出现的一副讽刺对联。如果换一个时间，换一个事件，这样的对联还具有讽刺性，就恐怕不只是对联写得好，而是事情太糟糕了。

易卫东是中学数学高级教师，新余市高中数学骨干教师，或缘于此，他对学数学专业的作家翻译家颇有好感，而对一些作家在作品里将数学或数学老师作为挖苦的对象不以为然。他说：“学习数学的目的并非仅仅学会一些数学知识，更重要的是学习分析和解决问题的方法。数学是思维的体操，即使是不以数学为专业的人文学者，懂得一些数学知识和接受一些数学思想方法的训练，也一定不是坏事。”

身为数学教育工作者，在《夜读记》里，他也不断反思现行的教育理念与做法。我以为，这是他区别于其他读书人的优势与可贵之处。比如他对学科德育的探索：“以前我们讲学科德育，讲把德育渗透到学科教育中去，多数都陷入了一个误区，比如数学课讲勾股定理，就说中国古代的数学家比外国早多少多少年发现，于是就有了民族自豪感，这就是数学课上的爱国主义教育。其实，如果我们把德育着眼于学生品德与人格养成，那么学科课程教育的内容、过程、方式、活动、要求本身就存在着品德、人格形成、发展的要素，教师组织学科课程教育活动也就是实施品德、人格的养成教育。比如在数学教学的过程中，结合学科特点，培养学生实事求是的科学精神，克服困难坚忍不拔的意志品质，就是学科德育的实施过程。”

这些人，那些书

张立宪

《读库》

《记忆碎片》：南海出版公司，2004年1月，定价20元

《闪开，让我歌唱八十年代：记忆碎片2.0》：人民文学出版社，2008年4月，定价24元

《闪开，让我歌唱八十年代：记忆碎片3.0》：人民文学出版社，2012年1月，定价32元

止庵在回顾买碟观影经历时感叹，自己无意间错过了VCD时代，“然而塞翁失马，安知非福，至少后来有了DVD，

不会像有些朋友那样为白白买过许多 VCD 而别扭不已”。2008 年 4 月，在第十八届全国书市上，我惊见“记忆碎片”升级版《闪开，让我歌唱八十年代》，随后在老六处订购，捧读有他题签的此书，我体会到了止庵的那种感受。家乡人有话，“迟饭是好饭”，信然。

“记忆碎片”当年在西祠胡同“饭局通知”连载时，我还是一个网盲，无从知道它的好，所以后来与结集成书的《记忆碎片》擦肩而过。老六的文字，此前印象深刻的，是《爱情的另外一种译法》，是在《查令十字街 84 号》的附录里读到的——后来才知道，此文便是他的读书“记忆碎片”之一。再后来，在《出版人》上看到他的《妙译》，文中提及译林版此书有其举荐之劳，“我是隐隐有些得意的”——他，有这个资格。

阅读老六的“记忆碎片”，是一个双向互动的经历。我特羡慕他们的同学聚会，人家都想到不必让外地同学“出血”，只需自己解决来回路费即可，而我那年回老家参加高中同学聚会，他们还让我凑份子，太不地道了；他说“垄断产生的是狂热的迷恋”，我便想到几十年前那个“垄断的偶像”，没有竞争的垄断，害死人啊；“如今，爱情没有了，信还留着。对，你还练了一手好字。这就是爱情给你的遗产”，他这是说谁呢，反正自己脸部发烧，我分明记得同学里没有一个叫“张立宪”的啊……

转引老六书里一段话：

> 这世界上有一种贱人，叫嚷着苦难是什么财富，并对可怜的成长历程感激涕零，似乎只有在荒漠上才能知道水的可贵，才能充分吸收水的养分，让自己长得有个人样。如果在水源充足的地方，就会拿水当尿，渴死都不带喝的。他们以为今天混得不错都是沙漠给的，他们以为这么爱书都是没书的年代给逼的。……我们总有一种错误的想象，觉得自己之所以能成为现在这副样子（而这副样子又是最好的），是唯一的可能性。没有天哪有地，没有地哪有你，没有你哪有我，连制造苦难的人，也因此捎带着被感谢。

关于“记忆碎片”的出版流变，老六后来说：“2012 年，人民文学出版社又推出了《闪开，让我歌唱八十年代》的插图珍藏版。这本书自第一版《记忆碎片》以来，已经经历了两家出版社。这个所谓的‘3.0 版’，增加了当初由王增延老师绘制的十二张插图，还有作者本人的几张照片，及一些零碎文字，一篇新写的后记。正文部分与‘2.0 版’完全一样，并无变化。这一版比上一版的优点在于，用纸好了许多。当然，定价也高了。”

在新写的后记里，老六说："最近六年我的工作与生活，基本都用来编辑《读库》丛书。拜工作所赐，得以见识一些能够让我安静下来的人。他们让我看到了在末世狂欢的人群中可以做到沉默，在四周纷纷噤声或跪下的时候可以兀自站立，并发出自己的声音。他们让我看到了抗拒某种生活方式并不需要多么悲壮，在这个夸夸其谈的国度里还可以行动。他们在这个怨夫与怨妇充斥的世道里没有申诉个人的冤屈，他们打心眼里爱自己，也爱这个世界，他们的爱是一种切实的行动和勇气，是一种不屑于向你张扬的骄傲和充实。"

好声相和。十年下来，《读库》渐成一些人的私房书，和《闪开，让我歌唱八十年代》一样，"一代人去那里相互问好"，如是，购阅这些书，也会成为一代人读书的记忆碎片之一。

十年砍柴

《读库 0704》:《读红三篇》

《闲话红楼——大观园的后门通梁山》: 语文出版社，2009 年 4 月，定价 26 元在卡尔维诺的《看不见的城市》里，马可·波罗向忽必烈汗介绍了许多城市的风物，天快亮时，他说：“陛下，我已经把我所知道的所有城市都讲给你听了。”忽必烈汗说：“还有一个你从未讲过，威尼斯。”“你以为我一直在讲什么？”“可我从未听你提及她的名字。”“每次描述一座城市时，我都讲点威尼斯。”

在我看来，无论是“闲看水浒”，还是“闲话红楼”，十年砍柴做的都是马可·波罗的工作，一个是时间的穿越，一个是空间的位移，二者可谓殊途同归。他是吴思的好学生，以其相关理论为工具，加之个人阅历，从别样角度切入《水浒》《红楼》，得出不少洞见。

在《闲话红楼》里，他认为，贾林两家存在某种契约，不过最终林家人财两空——其新解“木石前盟”，颇能自圆其说；他认为，宝玉梦游太虚幻境，吓醒时大叫“可卿救我”，并非闲笔，作为贾府未来的希望，宝玉让可卿救他，实则是贾府盼望可卿给走向衰败的家族带来重新辉煌的机会——某些人据此推断二人有暧昧关系，的确庸俗了；他认为，所谓的不健康文艺作品，其实大家都在看，无非不同的人看完后摆出的造型不一样而已，薛蟠这种人比较率真，喜欢看的东西毫不掩饰，不如他妹妹会装——其爱憎跃然纸上，让人莞尔一笑……

此书有三篇曾刊发于《读库0704》:《林家遗产处置和“木石前盟”》即《林如海的遗产》,《探春的“包产到户”注定失败》即《探春的改革》,《王熙凤为什么要设小金库?》即《王熙凤的小金库》。

转引此书两段话:

> 在《红楼梦》时代,节日的政治性涵义是寄托在民俗中间的,也就是说,朝廷不会重新单选一个日子来彰显其政治意图。因为在中国,从周代开始,尤其经过董仲舒等人“天人合一”学说的弘大,植根在农耕社会的民俗和政治几乎可以天然一体。因此我们看到历代王朝更替,很难有专门的“建国日”,他们占了前朝的龙廷,正式改正朔必定是新年的开始,此前的日子只是暂时的坐龙椅。现代国家肇始,新政权的建立标志不可能是皇帝的祭天即位,而是催生新政权某一重要事件发生的那天。如美国的7月4日,法国的7月14日,民国政府则是武昌起义的那天:10月10日。可以说,中国古代新朝廷不管受胎于何时,其诞生日必定和民间公认的新一年开始时间重叠,没有谁敢说“时间开始了”,而以前的岁月都是千年黑暗。而现代国家理念被广泛接受后,受胎日便成为诞生日。

君子之泽，五世而斩，在中国古代一个世家要永葆繁荣是很困难的。我以为关键是中国以农耕立国的经济政策决定的。农耕是一种消极的再生产，在没有疆土大面积开阔、种植技术飞跃的情况下，随着人口增多，土地的压力必然越来越大，最后造成大量流民，引起社会动乱，从而导致一个个王朝倾覆。因为没有工商业的迅速发展，不能有整个社会的扩大再生产，社会财富得不到成倍地扩张，这种历史的循环是必然的，因为农耕经济的潜力几乎不可能根本解决人口剧增的问题。

汪家明

《读库0803》:《那个时代的书装艺术》

《难忘的书与插图》: 复旦大学出版社，2011年10月，定价38元

褚钰泉在《难忘的书与插图》的跋文里说，此书的内容源自应其之约，汪家明在《悦读》上开辟的专栏。其实，熟悉《读库》及其衍生品的读者，对本书中的图文当不会陌生。

汪家明曾在《读库0803》发表过《那个时代的书装艺术》，并提供珍存资料，与老六合作推出了多种出版物，如画册《多雷插图：拉封丹寓言诗》，笔记书《线条的舞蹈》《历险者》《没有字的故事》《老舍小说插图》《带阁楼的房子》《瓦尔登湖》《傲慢与偏见》《牧歌·农事诗》《大卫·考坡菲》《佛性·童心》《巴黎圣母院》《卡拉马佐夫兄弟》等。

在这些艺术品般的纸质读物里，汪家明多作文记事，而这些引言，稍作修改后，也成为此书的主干：《欲情漫溢思无邪》一文原题《古典的，朴素的，简单的》，出自《牧歌·农事诗》；《永远的〈大卫·考坡菲〉》一文原题《永远不要卑劣，永远不要做假，永远不要残忍》，出自《大卫·考坡菲》；《神示的篇章》一文出自《多雷插图：拉封丹寓言诗》；《历险者肯特》一文出自《历险者》；《湖畔的梭罗》一文出自《瓦尔登湖》；《傲慢与偏见》一文出自《傲慢与偏见》；《浪漫派的号角》一文原题《浪漫派号角》，出自《巴黎圣母院》；《描写邪恶的巨著》一文出自《卡拉马佐夫兄弟》；《带阁楼的房子》一文出自《带阁楼的房子》；《没有字的故事》一文出自《没有字的故事》。此外，他为《线条的舞蹈》所做的《用线条表现魔术》一文，为《佛性·童心》所做的《佛性·童心》一文，未收入此书。

阅毕此书，我认同汪家明的观点："插图之于文学作品的作用，当然不仅是阐释。常常是，插图内容的丰富性超出了文本，表达着画家独立的艺术精神，而图像的特点，是表达的不确定性，使不同的读者产生不同的联想。这就是插图有时可视为单幅作品而独立存在的原因了。此时，插图起着扩张文本容量，调节阅读节奏，以及装饰书籍的作用。”

检阅我的书架，汪家明担任责编的图书不少，仅就山东画报出版社的而言，有《童年与故乡》《汉字王国》《莎士比亚画册》《木刻连环画故事》等。其中的图已不仅仅是插图，而是主角。

“几位神交已久的出版界能人精心设计制作，贺圣遂先生的热情支持，使这本精美的图文书，洋溢着浓浓的友情。”褚钰泉所言甚是。此书由宁成春与蔡立国装帧设计，由读库团队编辑、修复图片及印制，可谓珠联璧合。

刘　春

《读库 0902》:《海子的事》

《读库 0903》:《走过的人说树枝低了，走过的人说树枝在长》

《读库 0905》:《我走到那里在风起以后》

《一个人的诗歌史》：广西师范大学出版社，2010 年 2 月，定价 28 元

《一个人的诗歌史（第一部）》：广西师范大学出版社，2010 年 12 月，定价 28 元

《一个人的诗歌史（第二部）》：广西师范大学出版社，2010 年 12 月，定价 28 元

《一个人的诗歌史（第三部）》：广西师范大学出版社，2013 年 4 月，定价 32 元

刘春的《一个人的诗歌史》系列，有三个层次：诗人的生活轨迹，他的阅读经历与感受，诗人的心灵世界。他是一个导引者的角色，在占有丰富材料的基础上，能够在心理上去贴近传主，并将传主置于特定的时空客观解析其言行，知人论世，有性情有识见。诗人和诗歌研究者的双重身份有助于此，但更为重要的，是他作为诗歌阅读者，一颗心倾听另一颗心，展现自我的阅读经历与感受，承上启下，将这三个层次有机地融会在一起。这是有“我”的文字，让我一见如故。

《一个人的诗歌史》初版有六篇文章，其中有三篇先后在《读库》发表：《从明天起，做一个幸福的人》即《海子的事》，《我是一个悲哀的孩子，始终没有长大》即《走过的人说树枝

低了，走过的人说树枝在长》，《有一种神秘你无法驾驭》即《我走到那里在风起以后》。有了《读库》刊发的版本，再读此书相关篇章，我便难免两相比照。

正如刘春在后记中所言，此书增加了不少关键的内容，比如《我是一个悲哀的孩子，始终没有长大》一文，增补了徐敬亚的《崛起的诗群——评我国诗歌的现代倾向》当年受批判的细节，以及刘春对北岛出国后写作蜕变的看法，后者可谓洞见。此外，他还对《从明天起，做一个幸福的人》《黑夜的献诗》《春天，十个海子》等诗歌详细解读，进一步丰富了文章，有助于读者对诗人心灵世界的探寻。

此书也删减了原来的部分段落，比如《我是一个悲哀的孩子，始终没有长大》一文，移除了三段评论阿橹诗歌的文字。这些引文本来就可有可无，我为其精简叫好。也有删得让人可惜的例子，比如《有一种神秘你无法驾驭》一文，删除了骆一禾死后那些别有用心者的言论及刘春的见解。他对我说，这是自己非常珍视的段落，因为里面谈到鲜为人知的骆一禾的死因问题，可惜在出版时被“和谐”了，而《读库》发表时却没有删，所以，感谢老六。

成书之前，读这一系列文章，我更留意刘春的观点。比如他提请读者注意西川对海子的影响，并从骆一禾头上取下别有用心者给其戴上的“政治高帽”，是为“北大三剑客”的知己之言；他认为作者并不一定对自己的作品有最高发言权，读者、评论家和作者见识的错位，恰恰赋予了作品多元的阐释性，俏皮而又实在。再转引几段：

当我翻开一部过往的文学作品集时，我习惯给那些优秀或不优秀、著名或不著名的作品进行如下分类：哪些是有文学意义的，哪些是有文学史意义的，哪些两者兼具，哪些两者皆无。用这一套方法，不同的读者可以较为便捷地从一本书里挑选出各自感兴趣的篇章。在“命运”本身面前，风格只能退居其次。我不大喜欢那种风格与命运剥离的作品，比如北岛的《回答》。这首诗，社会学上的意义更为突出而文学性稀薄，或者说，它具有文学史的意义而不具有文学的意义，它“震撼人心”依靠的是历史的外因帮助而不是艺术本身的魅力。历史是“人造”的，而艺术永恒。

不独顾城，北岛在出国之后，也走向了同样的循环，他在九十年代以后的作品，无论是诗歌还是散文随笔，都缺乏早期深入骨髓的批判性，精进的不过是写作的技艺，“知识分子”的光芒逐渐减退。特别是他的散文随笔，要么讲述与世界名家的交往，要么游走于休闲美景之间，要么在这里朗诵在那里开会，虽然文笔日益精湛，但总让人觉得缺少了某种激人反思的精神。当前的北岛，与七八十年代时给人们的印象，已经偏离很远了。

由于媒体人和诗人的双重身份，西川对诗歌创作以及生活的本质具有常人难以理解的深刻。诗人身份使本职工作不再枯燥，而媒体人的身份，又无形中纠正了诗人身上的某种偏颇，这也许是在大多数诗人都走向偏激和疯狂之后，西川仍一直能够保持开阔和理智的原因。

如今通读此书，我被那些诗歌所吸引。比如于坚的《便条集》里那首关于友情的诗，欧阳江河的《玻璃工厂》和《傍晚穿过广场》，黄灿然的《亲密的时刻》，再看刘春的阐释，深为折服。他们用自己的作品，维护了当代汉语诗歌的尊严，让我心生敬意。

《一个人的诗歌史》系列，以人为经，以诗为纬，编织了当代汉语诗歌的多彩图卷。第一部聚焦顾城、海子、于坚、欧阳江河、西川，第二部关注柏桦、王家新、韩东、张枣、黄灿然，第三部观察孟浪、王寅、陈东东、梁晓明、梁平、伊沙、杜涯、张执浩、蓝蓝、余怒、刘频、赵丽华、安琪、盘妙彬、朵渔、余地、江非、安石榴。这是当代汉语诗歌的导引手册，读者从中可以领会诗坛精英的光荣与梦想。

按照刘春的设想，这一系列的规模为四至六部，除了诗人诗歌，也会全面梳理新时期以来的诗歌出版物、争论、事件、关键词等。“一个人的诗歌史”还在行进中，让我们期待着。

蔡小容

《读库 0903》:《浮生旧梦说隋唐》

《读库 1201》:《白蛇严歌苓》

《读库 1202》:《魔旦》

《读库 1203》:《越轨的笔致》

《读库 1405》:《我自聊斋来》

《小麦的小人书》: 北京大学出版社，2009 年 6 月，定价 28 元

《浮生旧梦说连环》: 河南大学出版社，2014 年 10 月，定价 48 元

蔡小容的《小麦的小人书》，可谓跨文体之作。

其中有画家的“花边”等背景资料：孙为民与聂鸥是夫妻档，各有擅长，珠联璧合；四川画家陈和莲为男性，不过在时代之风影响下，他画的隋唐武将腰腿分明，画的女支部委员杨梅却几无性别特征；将刘继卣的“卣”念作“有”还是“囱”，

检验了连环画贩子的水平；卢延光又名卢禺光，在成名之后甘冒大忌，换了另一个名字……

亦有文本与画作的鉴赏：作者对周立波《山乡巨变》中“做个吕字”（接吻）的阐述，新人耳目；对刘继卣两个版本《鸡毛信》中海娃头发的有无的解释，令人深思；对卢延光在《长生殿》中于方寸之间安排格局的分析，头头是道……

更有作者寻访与阅读连环画的经历：她在“偷来”的《耕耘记》上描画书店销售印戳，以及在《杏黄时节》上用蜡笔为图画填涂颜色，都让读者备感亲切，代入感极强……

总体来看，连环画不过是蔡小容行文的出发点，一定程度上，她也勾勒了一代人童年的成长背景，虽然挂一漏万，却足可一斑窥豹。于是，翻阅此书，亦是一个回望与怀想的良机。

当年在《读库0903》读到《浮生旧梦说隋唐》，分外喜欢。我说过，此文比较多个版本的小说和连环画，梳理作者心目中的隋唐人事，辅以自己的成长片段，不时可见贴心的私见，尽显女性的敏慧。在此书里，知性之见亦多，转引两段：

> 世界有好多层次，被不同年龄阅历、不同想法的人分别看见。
>
> 世俗层面上，是谁先爱了谁输，谁爱得多谁输，但

精神层面上恰好相反，爱得多的那个人才赢。爱使他的内心更丰富，感受更剧烈，对方给予的爱的表示，他加倍地接受、汲取了。爱其实是一个人自己的事吧？所谓得失，真的是人可以把握的吗？有多少结果和你的初衷是背道而驰的？得到手的，可能反而失去了；失去的，反而永恒了。

正由于当初的那种好感，我方有购阅此书之心。通读之后，还是觉得《隋唐系列》写得更好一些，其他的，诸如“山乡”“打仗”“贺家班”“好姻缘”“古装”等，虽说也成“系列”，但各文到底联系不是太紧密，失于松散单薄了。

面世五年后，《小麦的小人书》再版，更名为《浮生旧梦说连环》。

姬炤华

《读库 0906》:《图画书与儿童》

《读库 1200》:《中国童书的千年脚步》

《读库 1301》:《童书的黎明》

《读库 1500》:《〈惹祸图〉的前世今生》

《天啊！错啦！》：二十一世纪出版社，2011 年 1 月，定价 20 元

查了字典，姬炤华的“炤”（zhào）同“照”。

知道姬炤华并喜欢上其作品，缘于《读库》。2009 年 8 月 1 日，老六约请姬炤华、徐萃、李珂，在商务印书馆涵芬楼书店办了个《图画书与儿童·丰富环境下的创造性思维》的讲座。其后，讲座图文经过整理，命名为《图画书与儿童》，刊发于《读库 0906》。

从那次讲座文字记录里得知，姬炤华和徐萃近年来一直在儿童文学领域探索，亦写亦画，为台湾的几家出版社画插图，并于 2008 年 3 月在美国出版了第一本图画书 *No! That's Wrong*。李珂介绍，此书是水彩手绘作品，表现了水墨画的神韵，具有浓郁的中国风格。等了一年多，终见其简体中文版《天啊！错啦！》上市，焉能错过？

姬炤华认为，图画书（绘本）是一门独立的艺术，它不同于图文书，不是“图 + 文”的概念，而是“图 × 文”的概念，文字在其中不再起重要的作用，而是成为图画的一个主角和元素。他说，传统的书，书本身只是文字和故事的载体，而图画书是把载体本身也当成创作的元素和材料来加以利用。

这种特点，在此书里有一定的体现。扉页图画，也是故事的一部分，交代了裤衩这个道具的前世，而前后蝴蝶页图画，是因果，是呼应，也是全书主题的升华，至于封底，智叟般的驴子瞠目结舌大跌眼镜的形象，令人捧腹，意犹未尽。此外，画外音与图画里动物们的意见总是相左，形成了一种张力，犹如一个肥皂泡，越吹越大，以致最后破裂，不过并不让人惋惜，反而有达成共识的兴奋。当然，如果没有父母提醒，孩子或许体会不到这些埋伏的小扣子，如此，亲子共读势在必行。

翻阅此书，我以为画面里的字如果手写，而画外音保持印刷体，更能增加童趣与张力。将此观感发给姬炤华，得其回应："你好！很开心能在微博上看到你，谢谢你喜欢俺的作品，也谢谢你的书评。你那个手写体和印刷体的建议很棒，如果有机会再版，和编辑商量一下这样改会更好。谢谢！"

蔡春猪

《读库1103》:《给儿子的一封信》《爸爸爱喜禾》

《爸爸爱喜禾》: 新星出版社，2011年7月，定价18元

《爸爸爱喜禾》由蔡春猪的微博整理而成，记录了得知儿子蔡喜禾患有自闭症之后的生活。蔡春猪举重若轻，以游戏文笔表述爱恨歌哭，注解父爱。

《爸爸爱喜禾》主体由《英雄句短·父亲篇》和《一个父亲的猜想·喜禾篇》组成，前者即蔡春猪的微博内容，后者以儿子的视角描写家庭成员与生活琐事。前者可视为一部老爹"笑泪录"，与父亲的饶舌相比，后者里的喜禾更像一个我行我素的沉默智者。二者犹如一体两面，参阅之下，不胜唏嘘。

此书出版后，我第一时间将其请来，比照与《读库1103》版的不同。单行本保持微博原貌，增加了《一个父亲的猜想·喜禾篇》，对代前言《给儿子的一封信》部分调侃段落做了删节。相对而言，老六的动作更大，他将《老天爷》更名为《美国总统》，将《泯然众人矣》略加调整并入《皇室风度》，舍弃《"自闭症之父"》，并修剪微博中的枝杈，将其整理成浑然一体的文章，让读者的情绪不致中断。当然，如果他能将失于散乱流于油滑的段落进一步处理，效果会更好。

蔡春猪判断，当初其岳母那么淡定，可能因为她对病痛早就习以为常——喜禾的太姥姥是躺在床上六七年的植物人，因为医疗关系在东北老家，在北京照顾外孙的喜禾姥姥经常要像扛着植物一样扛着老娘在东北和北京之间往返。

而职高没毕业的蔡春猪发愤之余，在一团漆黑中看出一个道理：所谓“城市中产”的生活其实不堪一击，社会新闻里任何一条掉在头上，就会让人死死跌入谷底。他原来的微博用户名是“中戏女生有毒”，爱发荤段子，爱抖麻辣包袱，爱嘲笑别人生活；后来，他把自己之前写的一条条删光，把用户名改成“爸爸爱喜禾”，无异于“剃发明志”。

蔡春猪也曾幻想过，如果喜禾不是生在北京，而是在家乡，那确诊的路将会更加曲折，六岁之前的黄金治疗期或被耽误得所剩无几，但即使现在身在北京，病也没得可治，只不过能更早领到判决书。

对了，蔡春猪本名叫蔡朝辉。

吴念真

《读库1201》:《故事》

《读库1303》:《念真情》

《这些人，那些事》: 译林出版社，2011年9月，定价28元

《台湾念真情》: 译林出版社，2012年8月，定价29.80元

若非老六寄给我，我大约不会去购阅吴念真的《这些人，那些事》。即便免费得来，还是个签名本，刚拿到手里时，也以为不过是名导名演的花边汇集，有种抗拒感。

却错了。此书正文三十八篇文章，没有提及一位圈内名人——自己的亲人，矿区的乡邻，行伍的战友，等等，均名不见经传。从这个角度看，此书未免寡淡，卖点不足。或缘于此，简体版编辑专门做了一个别册，记述吴念真的光影成就——我最为惊讶的是，原来苏芮演唱的《一样的月光》是他作的词。

我说过，阅读讲求的是气质相投，而吴念真的文字很对我的脾性，其行文平实洗练，蕴含细微的情感，让人读着舒服。试引一段：

> 除夕那天我们一起回去，或许灾难已远，整个矿区已经没有伤痛的气氛，远处甚至还断续响起鞭炮的声音……工寮这边倒还清晰留着灾难的记号，门边贴上新春联的是幸运而完整的一家人，门边空白或者门楣上依然挂着已然残破的纸灯笼的，仿佛就直接告诉我们说：在这个门内，有人泪水未干。

吴念真作文，有时也会运用一些技巧。他架构《四个相命师》，四缺其一，故意留白，余味无穷。《只想和你接近》结尾，他言及最后一次和父亲看的电影《东京世运会》，一语双关，令人唏嘘："片子很长，长到父亲过世二十年后的现在，还不时在我脑袋里播放着。"《告别式》的主人公在第一堂课上做自我介绍，最后说"咱大家都差不多而已，不必龟笑鳖无尾"云云，他命之为"超龄的语意"，这语词的组合让我唇齿留香。《春天》一文，他将阿兵哥夸张为"精子已经满到喉咙，吐口痰连爬过的蟑螂都会怀孕"，让我捧腹。

当然，比技巧更重要的，是吴念真的阅历。他笔下的人物鲜活生动，多源于其语言富含生活气息。就拿几位母亲来说，作者母亲形容父亲上夜班时孩子的自在是"猫不在，老鼠呛须"，另一位母亲将在大城市打拼的儿女的小家庭视为"三个台北分公司"，再一位母亲则对询问自己身世的儿子说："免问啦，看电视就知道啦，我的故事……连续剧常常在扮。"都是十足幽默，却让人笑不起来，因为其背后是悲凉的人生底色。诸多人物里，我印象最深的，是泼辣的美满，她的如下这句话是文眼，也是其一生的注脚："人间事若像水，女人的头壳就像海绵，碰到的就不会忘；男人的头壳像'孔固力'（水泥），泼下去转眼干。"

别册里记载，吴念真本名吴文钦，之所以取了这个近乎女性化的笔名，乃因其初恋女友叫阿真，意思是"不要再挂念阿真”。在自序里，他说：“该记得不会忘记，会忘记的应该就是不重要的东西！的确如此。记得你们、记得那些事，是因为在不知不觉中这一切都已成了生命的刻痕，甚至是生命的一部分。只是……你们也还记得我吗？”

从此，我会记住吴念真，一个有情有义的人。

后来，我购阅了他的《台湾念真情》。转引此书几段话：

> 下山的时候，在另一处茶园遇到一位老伯伯，正在逐渐西斜的阳光下喷药，我们问他：“这些茶什么时候开始采？”“这些茶不能采了，是老茶树了，而且这里是管制区，再也不能翻种了。”“那你干吗还这么勤劳地除草、喷药？”“啊！种个不死罢了！”
>
> 监工林振行先生指着另一位矿工说：“他七岁时，他的爸妈带他去算命，算命的人说他有戴帽子的命。以前戴帽子是当官，想不到长大却戴安全帽。”
>
> 不管什么时候，杨丰林医师口罩都不离身，连祷告的时候也一样戴着。他说口罩不只是口罩而已，工作的时候它叫口罩，平常是医生的领带，是一种职业的尊严。

冯丽丽

《读库 1304》:《下乡养儿(上)》

《读库 1306》:《下乡养儿(下)》

《下乡养儿》: 新星出版社，2014 年 5 月，定价 36 元

下乡养儿是在家上学的其中一种体现。

二十一世纪教育研究院于 2013 年发布的《中国在家上学研究报告》显示，活跃在中国大陆的在家上学群体规模约为一万八千人，真正实践者有两千人。在家上学成功的案例，耳熟能详的，有郑渊洁与郑亚旗、丁文钧与丁俊晖等几对父子。

然而，在家上学只是一种学习的形式，不应是对学校教育的逃避。就像看完《下乡养儿》之后，不加辨析而下乡养儿，显然是一种阅读的偏执。

冯丽丽下乡养儿，起初源于无奈。由于女儿天天对学校的抗拒，不得已，她和爱人戎老师换了相对自由的工作，为孩子办了退学手续，在家育儿。不承想，生活陷入更加混乱的状态，别说教育，连正常的休息也打乱了。在朋友乔老师的建议下，他们来到了乡下。

“我们的教育是不健康的，把智力，也就是学习知识，放

在了首位，而忽视了身体、意志、情感这些最重要的东西，其实这些才是基础。没有这个基础，智力就是建在沙丘上的大厦，是很脆弱的。”不得不说，有教育专家乔老师的指导，是作者之福。乔老师的教育理念，简单来说，有如下几条：

独立。乔老师说，一定要让孩子自己面对自己的困难，不能在外面是条虫，在家里是条龙，这样才会成长，才会强壮。当离开父母的帮助，一个人面对世界的时候，孩子必须用所有的力量来对待世界，就会从中发现自己的力量，就会自信。

负责。乔老师说，羊是天天要买的，说好了由她喂养，所以养羊一定是她的事、她的责任。如果父母经常替她放羊，那实际上就不是她的责任，她可以一有事就放弃这个责任。让天天一个人照顾羊，对她来说非常重要。只有她一个人照顾动物，她才能跟动物建立起感情，了解动物，与动物互动，并且最重要的，学会为了所爱的事物负起责任，付出辛苦。

坚持。乔老师说，就算天天偶尔放羊有困难，也要先让她自己解决，她解决不了的，向父母提出后，父母再帮她解决。小孩子能做的事、应该做的事一旦决定，就要让她坚持，父母不应帮忙，也不能交换。因为这是她分内的事，是她应该做的。可以交换的只是那些额外的工作。

这些话提供了一种参照，读者由作者的转述，间接受益，当不虚此读。当然，此书更值得珍视的，是乔老师的指导背后那些事件的记录，那些细节与问题，是父母们在育儿的过程中都会遇到的。

“我都是在具体的事上给你们建议，我从来不提抽象的建议，那样的建议不会有用，还会增加你的负担。”正如乔老师所说，“我只是个指路者，你们才是走路的人。”

教育是一个每人都有主张的话题，每一种教育背后都是一种价值观，难的是达成共识。在家也罢，入校也罢，关键是父母要有很完整的独立个体，确立目标，吸纳别人有益的经验，探索符合自己孩子成长需要的教育之路。

附　录

流水行云：事关《读库》

引　言

“流水行云”原是我十几年前出差时给爱人牛桂玲所寄明信片的总称，不过是自嘲“流水账似的边走边说”，是汇报，也是自白。2008年7月整理访书翻书日志时，想着这题目挺适合的，便拿来一用。现在挑出有关《读库》的文字，按各辑出版时间重新排序（原来是随翻随写），写作时间附于其后。

诚如网友所言：“现代信息繁多，不可能每个人擅长每件事，书籍不再是‘我宣扬你接受’的单方模式，网络提供更方便快捷的交流可能，大家共同进步便是！”我将有关《读库》的文字整理发布于此，便是意在与同好互动。今后若有新篇，将陆续增加。

《读库 0600》

刘勃和史航在本辑里各有两篇文章，我一如既往地喜欢——我看重的，是刘勃的“冷眼”和史航的“热心”。此外，王军、卢跃刚、冯玥等人的文字也深得我心。“所以我喋喋不休地叙说着这次采访对我的触动，那应该是一种我们需要秉持的人生态度：又贱，又疯，又简单”——老六在《凡是伟大的，必定简单》中的话，让我看到了他主编《读库》的精神之源，不禁心向往之。【20080830】

《读库 0601》

《读库 0601》是本系列正式出版的第一辑。《名剧的儿女们》自是不错，然而我在天涯社区看过了，所以史航的《一些旧闻，一缕魂魄》更让我震动，他聚住了阅读《追我魂魄》后升腾出来的“气”——既然追到了，就不能让它再散去!【20080824】

《读库 0602》

手头这本《读库 0602》，是老六寄给我的。2006 年 6 月 26 日在郑州三联书店买的那本，缺了一个印张（P167—P182，共十六页），当时没有注意，等我发现去更换时，那儿已经没有这一辑了。郁闷之余，去读库博客留言，诉说这个小概率事件，得老六相助，终见全璧。那本残书已被我勾勾画画，不过为证其实，也为展示《读库》读者的一种阅读习惯，我还是将它寄给了老六——反正书上记录的购书日期挺多“6”的，有“恋数癖”的老六一定喜欢。根据我的经验，一本缺了一个印张，必有另一本会多一个印张，不知拥有那本书的读者会不会一头雾水，抑或心生喜悦？

拿到全本的《读库 0602》，补读《十七年间的爱情》《话外之音》《享受优秀的好莱坞影片》三文，当看过《话外之音》的《借古讽今》一节，甚为受用，更觉原来那本缺这一个印张的诡异。

本辑我较喜欢的文章，一为刘勃的《小话西游》，一为柳桦的《非洲，我的非洲》。后来得知《小话西游》成书，我便买来一阅；后来得知柳桦的文字不被出版单位看好，至今无缘出版，深为遗憾。【20080903】

《读库 0603》

本辑前面几文读来颇沉重，都快让人喘不过气来了。《英伦博物馆之旅》思辨“走向世界”与“融入现代”，让人感觉到，我们的不足，远不止博物馆的建设和利用；《大师之哭》里的地方官员的表现，直让人想要骂娘；《一步三回头》更让人读得着急上火，却无处发泄，“相濡以沫，不如相忘于江湖”，而我们总是要到必须“相濡以沫”时，才会追念逝去的“江湖”！这些都是好文章啊。此外，《少年游》由近及远，倒叙观影经历，情感真挚，打动我心；《“汉语”闲谈》解析武汉话，“有趣有料”，悦读之余，总让我想到自己的《去故乡，经由语言》，两相对照，各有特色。

《读库0603》有两个版本：第一个版本由同心出版社于2006年6月出版，未公开发行；第二个版本由同心出版社于2006年8月出版，公开发行。

两个版本里，多数文章相同，第一个版本有而第二个版本没有的文章是：《一幅油画的缘起》（李斌）、《〈唐山警示录〉背后》（张庆洲）、《答读者问》（张庆洲）、《1976·唐山》（张庆洲供图）、《渴望生命》（张庆洲）、《〈人民日报〉中的唐山大地震》（李晶莹），第二个版本有而第一个版本没有的文章是：《绝唱》（陈雄）、《蕗谷虹儿的抒情画时代》（刘柠）、《“什么事你都不准忘”》（彭伦）、《在这本书里看见父亲》（黄集伟）。

“第一版被要求换了几篇稿子后，才得以发行。”几年以后，提及此事，老六轻描淡写地说。“当实在走不下去的时候，就想想自己的初衷，想想自己刚出发的时候想走到哪里，想要什么。”在《读库0700》里，回顾《读库》遭遇困境时自己的心路历程时，他如是说。其间曲折，怕是唯有当事人才能

深刻体会。一个事实是，从《读库 0604》开始，《读库》的出版方由同心出版社更换为新星出版社。【20080827】

《读库 0604》

最喜欢的，是关于《故乡》的专辑文章。牟森此辑文字，无疑是“发烧文本”，恰好对了我的脾胃，看得我荡气回肠，只想立即找来《故乡》看看。它丰富了我对德国电影的认知，也必将影响我随后选择读物的口味。《天堂鸟飞过》也很好，刘芳在文章内外的努力都颇有意义，这也让我有所期待：老六会放过北京奥运会吗？如果《读库》要关注北京奥运会，会从哪个角度切入？志愿者吗？除上述二者，杨葵的《老楼的老人》、张钧的《一部动画片的诞生》同样与我贴心，此处不赘。【20080907】

《读库 0605》

本辑关于《暗恋桃花源》的专题文章，让我了解了这部舞台剧的前世今生，《暗恋桃花源》超越时代背景的恒久气质，决定了其经典化的地位。我会回头找来同名电影 DVD 看看，身居小城，进剧场体会《暗恋桃花源》怕是不可能了。忽然想到裴艳玲的话：“那些录像，我从来不看。我也不希望别人为我录像，后人再看这些录像，说这就是京剧，这就是裴艳玲。

那根本不是裴艳玲。你要喜欢我的戏，就来现场看。要还喜欢，下一场接着来。过去了也就过去了，你要赶不上看，也就赶不上罢。”不禁有些悲哀。

本辑里，《连环画廊桥遗梦》点面结合，描述了连环画兴衰历程和原因；《打口》反思打口唱片给内地音乐人带来养分的同时，其残缺又如何深深影响了听者的口味和文化；《邂逅一个八国联军后裔》比照“站起来”前后的国人形象，真让人羞煞；《春天的十二个瞬间》记述观看影片《桥》的经历与感受，其凸显战争的残酷和血腥，对作者有“成人礼”的意义——都深得我心。《打口》的作者是王小峰，记得当年在《出版人》总第55期看到他的《八年：一本书的多灾多难史》，私下觉得这样的文字应该上《读库》，放在《出版人》的封面报道颇显另类——当然，我是很喜欢这篇文章的，更喜欢王小峰的那股疯劲儿，且抄一句在此，以示敬意：“我只保留了一套《欧美流行音乐指南》，在我保留的那套书的扉页上，我只写了三个字：辛苦了。”【20080909】

《读库0606》

《国宝南迁记》两处提及的史事（P4国民政府的迁运解说和P19汪伪政府的护宝行动），让我认识到“反动政府”的另一面，竟有些讶异（我中毒够深的）。《情迷小人书》有识有趣，怀旧感而不伤，我很喜欢。《安东尼奥尼与〈中国〉》专题文章，为侯宇靖、刘海平拍摄纪录片《中国已远》的衍生品，二人的疯狂努力让人钦敬。抄两句话吧：

> 驴子去了麦加还是头驴子。
>
> 某美术馆观众留言本第一页上写：“沙发”。
>
> 年轻的时候，有的人给你浇水灌溉你成长——远看是浇水，近看其实是浇开水。
>
> 在我向来的评价里，这种富于延展性、适用范围极为宽广的句子，一定是好句子。【20080821】

《读库 0700》

虽然收入的“全是一些自我玩味、熨斗横飞的车轱辘话”，但对关注《读库》的读者来说，《读库 0700》（乃至《读库 0800》）实在是有“存在的必要”。经由此，能全面而深入地观察“一本书的诞生与成长”，也能汲取生命的能量。

“当实在走不下去的时候，就想想自己的初衷，想想自己刚出发的时候想走到哪里，想要什么。”老六在《读库》遭遇困境时的感言，何尝不是解决婚姻迷局的利器。再抄一句，观者自悟：“每个人都渴望找到的穿越平凡现实的力量和勇气，也许就蕴含在庸庸碌碌的生活中，而不是超越在现实

之外。”【20080902】

《读库0701》

周黎明的《太空看长城采访记》求真溯源，将复杂的问题“复杂化”，其反思消解偏见；刘晖的《七十年代的斜阳》，深入读解沈祖棻诗词，知人论世，不时让人一笑，比如他为程家老小八口人“安排住房”，比如他由沈选编相关唐诗的比例推断出她对南京的偏心，等等；严锋的《好声》，由音响（耳机）发烧友叶立的经历，引出技术发展未必带来高质量音效的判断，和忧思；李辉的《大国博弈中的日本投降》，丰富历史细节，求解今日诸种现象之源……都让我颇有收获。【20080812】

《读库0702》

关于上译厂译配影片的专题很不错，不过似乎采写者有偏见，少了对上译厂现任领导的访谈，让人难见全貌。

本辑我比较喜欢的文章，有《农展馆南里10号》《胡同儿因缘》《攻墨》。何伟和刘勃的文字我一向关注，不多说了，且谈谈杨葵的《农展馆南里10号》。在我的概念里，“农展馆南里10号”就是作家出版社，就是发行部吴爱国老师，温暖地存在于自己的心中。离开郑州三联书店后，每次到北京，我还是会去农展馆南里10号，拜会吴老师，一起吃饭或者不吃饭，聊聊工作和生活，收获一些建议或者一无所获，幸福地离开。那儿附近的农展馆、万家灯火饭店、农业部招待所等地方，都留下了我的足迹。

SARS 袭来那一年，我所在的杂志社总编杨晓敏去鲁迅文学院学习，担任班长，此后，他的同学也成了我熟悉的名字，懿翎、王山、刘颋、殷红……所以读杨葵的文章，如见故人，如游故地，分外亲切。我曾让杨总编过目此文，他对杨葵的记述也很欣赏。【20080911】

《读库 0703》

《读库》推介民间立场的个人历史，前有杨葵的“门牌号”系列，后有舒泥的《姥姥》等，本辑的例子是杨步震的《半世沧桑》。杨老经历甚多，文笔甚佳，读后让人期待其精彩后续。但据老六后来透露的信息，杨老已驾鹤西去，未能见到收有自己作品的《读库 0703》，而留下的新中国成立后的回忆录，由于涉及敏感人事，下笔顾忌颇多，又恐出版过程中再遭删改，看来是无缘《读库》了。

《读库》里的“疯子”不少，本辑又有一位——自制 CC 版中国电影 DVD 封套的陈腊，其精神和水平让我叹服。花之静的《变形那个金刚》和其随后的《动漫年华》行文相似，前台演绎的是玩具和漫画，幕后可见逝去的流年，让我捧腹之余，伤怀不已。黄集伟以十八节剖析“搞”和其流行背后的语言荒漠化、简单化、粗鄙化，忧思看似漫不经心的小规模文化屠戮，读后让我反省自己的行文用词：“搞”滥了吗？【20080808】

《读库0704》

喜欢《遍走长城》《读红三篇》《野兽的叹息》三文。何伟的报道让我客观理性地认识长城，更让我期待主人公石彬伦的著作；十年砍柴新解“木石前盟”，颇能自圆其说，但依老六的读书经历，今后我若再看《红楼梦》，心里不免会联想到贾林两家的交易（十年砍柴的推断），终会是一件痛苦的事儿；刘勃从历史深处打捞民族主义极端事例，表达了对“改造民族性格”论调的忧虑，掩卷自思，实不愿看到那样的“强悍进取”、那样的“重新振奋起来”。

还有一些值得一记。“那爱德于1911年摄下了位于岷江东岸的叠溪古城的一张全景图片，二十年后，叠溪地区发生强烈地震，总面积达二十二万平方米的古城顿时陷入地下，被岷江淹没，城内原有军民三千多人，震后幸存者不超过四五人。那爱德拍下的这张照片成为研究川西北地震现象和阿坝州经济文化发展进程的重要史料”——在又一次川西北大地震之后再看《追寻那爱德》，更令人感叹；“离不开的天堂就是地狱”——许崧此言击中我心，让我联想多多。【20080806】

《读库 0705》

由寇延丁二文得知谢英俊其人其事，是我阅读《读库0705》的最大收获。谢英俊是行动者，借造屋参与改造社会，其意义远大于设计城市地标建筑。李苋的《“帝座”迁移》，为读者打开观察世界的一扇窗，和寇延丁的文章异曲同工。此辑中最逗的文字当属花之静的《动漫年华》，其行文幽默，盖过了所述漫画带来的陌生感。与之相比，作者此后的同系列文字，就事论事，对我来说味同嚼蜡。此外，田晓青对老报纸所载历史“迹象”的读解、李辉对旧书摊传播历史的感叹，都颇得我心。【20080731】

《读库 0706》

头题毕竟是头题，何伟的《中国的速成城市》，明显是在大量的调查和访问之后，举重若轻以小见大；《缱绻戏梦间》说伶人孟小冬往事，作者顾文瑾的文笔让我想到章诒和；《白鳍豚挽歌》选自于江即将出版的书，他的认真和狂热劲儿让人敬佩。【20080723】

《读库 0800》

很佩服老六，居然创意出“0600”“0700”“0800”的概念。“0600”是试刊，是征求意见的文本，也是预热宣传的文本——

我就是在冉云飞的博客里见到“0600”，后来才一直追购《读库》的；“0700”“0800”以记述《读库》台前幕后人事为主，不少花边让我对其来路和走向了然于胸，让我对老六更生敬意。【20080828】

《读库 0801》

傅国涌记述张謇及其创办的大生集团的兴衰，本无过人之处，但他的出发点很好，即寻找现代工商业真正的根，“这个根不在辉煌一时的晋商、徽商身上，不在红顶商人胡雪岩身上，他们只是传统商人，这个根也不在盛宣怀、唐廷枢等人身上，他们或是官商，或是买办，这个根在开创出民营企业新天地的张謇及荣氏兄弟身上，在穆藕初、范旭东、卢作孚这些人身上，他们代表了近代的方向，他们留下了许多值得珍视的传统，哪怕是他们当年失败的教训，也为今天提供了很好的参照”——如此，这一系列的写作便有了别样的意义。

解玺璋记述翁偶虹一文，引述翁的《我的自志铭》，其中“朱墨为文”“不厌蠹鱼于书林”等句，让我玩味良久。【20080726】

《读库 0802》

最喜欢《耍猴人江湖行》。作者马宏杰深入耍猴人的生活，积数年观察和体验，真实记录而不猎奇，并有自己的判断和观点——深度报道写作者当如是。如果说《读库》是一个圈子，那么由此文可以看出，这个圈子在扩大，读者如此，作者亦然。

此辑中，柳桦的文章也很好，甚至是越来越好，《非洲碎片》比他的《非洲，我的非洲》更见幽默。【20080709】

《读库0803》

在网上看到本辑目录时，很期待“熟人”何伟与刘勃的文字，事实上他俩都没有让我失望。不过，阅毕全书，最喜欢的倒是李多钰的《同居·崔莺莺》。作者曾任《南方周末》文化部主任，现为《新京报》副总编辑。在此文中，其条分缕析《莺莺传》，以及每个人都会遭遇的爱情，冷静理性，让人颇有所得。

读了《为其他的百分之九十设计》，不禁为文中的设计师叫好，同时也有了一个衡量标准，若两年后的上海世博会无类似展览或无此理念，必难言现代与完美；《衣食上拥有半个中国》是傅国涌记述现代实业家的第二篇，其中荣德生的许多感言及其座右铭打动我心；海波“固执复制”的“点子艺术”让我思路大开，而他接受杨子采访的回答也不乏洞见，比如关于“借鉴”一段，可惜韩少功当年没有以此论回击《马桥词典》的批评者，反而情急之下，选择了诉诸法律；汪家明《那个时代的书装艺术》一文，解析了民国书装佳品，让我看出了不少门道，比如《生死场》的封面，原来我就没有看出来深色部分是东北三省的地图——还是那句话，书装艺术，没有最好，只有最合适。

荣德生的座右铭："发上等愿，结中等缘，享下等福；择高处立，就平处坐，向宽处行。"

杨子提问："你的这批作品有没有借鉴西方某个艺术家或某种现成样式？"海波回答："没有借鉴，但我想这种形式可能早就有人做过。我觉得这并不重要，因为太阳下边没有什么新鲜事，这不是特别重要的。重要的是你内心必须要表达的东西。当你真有那种状态的时候，那种形式就不是太重要了，你甚至会突破那种形式，或者在这个形式里做得更丰富。要看你的创作是不是出自内心的真正需要。"【20080930】

《读库 0804》

记得读完《读库 0604》，对刘芳的《天堂鸟飞过》印象颇深，不禁猜测："老六会放过北京奥运会吗？如果《读库》要关注北京奥运会，会从哪个角度切入？志愿者吗？"现在结果出来了，老六自然没有放过（让他有些"窝火"的）北京奥运会，在《读库 0804》里，他选择了《体育画报·中文版》

记者的《八月的乡村》，绕过参赛选手，关注他们的家庭，展示荣耀、拼搏、感动、勇敢背后的开销、负债、生计、贫穷。可贵的是，记者的视线并未仅仅停留在获得金牌运动员的家庭，所以读者的感受也非“鸡犬升天”一类。

“解决不了运动员出路，最终将吸引不到最优秀的运动员充实这个行业，除非是内心麻木或弱势群体的人，无路可走，才会选择这条路。财政不给钱，可以找企业，说不定反倒能让运动员吃得更好、锻炼得更科学、聘任的教练更优秀。顾中华直言：‘无非是解决全国那么多官员的去路问题。最不愿意退出历史舞台的人，就是那些正在舞台上的人。’”所言极是，然而现实是，即便解决不了运动员出路，依然有大量的人前赴后继，加入这个行业，只因弱势者甚多，为改变命运，值得一搏啊。

《读库 0804》里与我最亲近的文章，是《“二楼书店”辗转二十年》，缘于自己五年的书店生活。我深深理解经营书店的艰难和可贵，由罗志华可见许多熟悉的身影。如今身为读者，又能怎么办呢，只有多去那些身边的书店多买两本书了，这样总比在其关张之后的一声叹息来得实在吧。

本辑打动我心的文章，还有《廖冰兄：侠骨童心》《电影编剧的秘密》《那个硕大的飞碟》《旧时女子》。【20081107】

《读库 0805》

歌手周云蓬我是知道的，也在网上听过他的歌，原来对他的印象，是个投机讨巧式的人物，对于他的受追捧，我以为不过是听众借其“酒杯”浇了心中块垒罢了。读完《歌者夜行》，我才感觉到事情不是那么简单，才感觉到他的丰富、睿智和清醒。

他说：“人生如果不是作为审美的对象，它便毫无意义。”

他说：“不需要（路边卖唱）但硬要去做，也是矫情。”

他说：“像大陆这种土壤，就别老出现很大气、很公众性的歌了。我们的根源在于缺少个人主义，这是一个最基本的公民社会的土壤，而不是又出现一个伟人、英雄。”

他说：“我首先看重的是音乐的审美，而不是过分应景。所以也警醒自己不能进入一种公众的惯性中。音乐的本身就是音乐，其他像公众性、教育性、道德性，都是附带品。像诗歌本身就是诗歌，它可以承载道德，也可以不承载，但第一性是诗性的。音乐也是这样，不能把它沦为一种工具。”

周云蓬的眼睛看不见一切，但无疑，他的心是明亮的。

根据《电影传奇》提供的素材，整理中国电影百年中的人与事，乃善事一桩，本辑推出的《小九儿，杨丽坤》，虽稍欠打磨，偶尔流露解说词痕迹，还是多角度呈现了杨丽坤的命运轨迹，尤其是那位《五朵金花》参演演员的看法和作者的推测，或许逼近了事实真相；《再访河流》与我有些隔膜，或许我看了何伟的《江城》一书才会理解吧；《“把音唱准了我们再谈感情”》里，齐豫对罗大佑、李宗盛的看法还是比较到位的，她的有些表述，比如“没跟上”罗大佑的政治作品、和崔健的某些歌“有相同的共振频率”，俏皮而准确；《沙滩北大二年》记述的雷海宗教授，让我想到高中时的郜老师，他也是教历史，也是教了我们巧记年代的方法，现在想起来的，是 1069 年王安石变法——“王安石变法，邀请大家喝酒，喝的什么酒？‘石（10）榴（6）酒（9）’，记住他请大家喝的什么酒，就记住他变法开始的时间了”——真的，十六年过去了，我依然未忘；说起来，《方寸之间》所述，对集邮发烧友来说太小儿科了，但此文的价值，在于字里行间的温情，它不时让我动容。【20090209】

《读库 0806》

“先生有话：生活不将就，艺术就不讲究”，“孙先生特意告诫王叔晖：书画同源，想画好画，须先练好字，多写斗方大字，腕力练到家，勾线才会流畅自如”，“有一段时间她见到有眼儿的东西就想吹，见到有弦儿的东西就想拉”，“她说自己的抽烟有一半是类同燃香”……有料的《丹青赋》，为读者展示了一个生动鲜活的王叔晖，这是老六无限接近核心信息源的成果，而他多方探求而来的王叔晖作品，也让人叹为观止。

《今夜我们说相声》勾勒了相声近三十年的流变，对相声衰落的分析还算到位。不过我对薛宝琨先生的判断表示怀疑，他说："现在的社会气氛是从来也没有那么好的民主的、自由的艺术土壤。最好的时候，而我们相声在这面前失语，这个很遗憾。不是谁不让你说，而是你自己不说，这很值得深思，为什么？"很明显，他过于乐观了。在我看来，郭德纲的"相声去教育化"宣言，无疑是和体制的合谋（虽然可能是无意识的）。

北岛的《断章》，取公共的日子，描述私人的精神生活，其中的间离颇有张力，不由得让人期待全文；《暗地机关人不见》虽自称"八卦"，行文也有恶搞之风，然而从中又可见作者严谨细致的梳理与考证，读完此文，我认同了"不读通电，则民国无史矣"；李皖的《从1986年的窗口望出去》，回到中国摇滚乐的原点，还原其产生背景，与作者的《热情是如何冷却的——中国摇滚三十年》（《南方周末》总第1296期）参照阅读，更得启发；《小话西游》之后，刘勃渐渐不再从行文里跳出来发言，《西晋灭吴》尽述史事，我的收获是，知道了许多名言出笼的背景。【20090211】

《读库 0900》

家里书架容量太小，所以读过的《读库》，我都放在办公室了。某日，一位朋友来访，见到那十九本《读库》，十分诧异："你是做杂志发行的，看《读库》干什么？"我神秘地笑笑："那里面有发行真经啊。"虽是一时戏言，过后想想，还是有一定道理的。正式出版的《读库》，的确有"晾晒灵魂"的功用，然而《读库 0700》《读库 0800》以及这本《读库 0900》里的《手记》，的确给我不少工作上的启发。

我对老六的"乡村读库"计划十分认同，并准备积极参与。以前总说香港是文化沙漠、广州是文化沙漠，其实长时间只剩下老弱病残的农村才是文化沙漠啊。是的，有些村庄都已经接上网线了，可大多依然与书绝缘。每次回老家，见到乡镇书店被盗版书占据，我都十分痛心。几年前，在书店工作的我向家人提议，扩充老家藏书规模，设立一个家庭图书馆——我对故乡的文化贫瘠太有感触了。不料，家人从各个角度，一一否决了我的想法。我并不气馁，曲线实施着我的计划，只要是我看过的或兴趣不大的书报杂志，累积一段，回老家就捎给家人。他们是否理解我的苦心，我并不在意，我只知道，他们必将从这些印着字的纸上获益。

"乡村读库"计划操作程序的改变更有针对性了，不过我也有担心，只怕他们很难收到邮包。在我的日常工作中，经常遇到基层读者反映杂志漏期、邮件收不到的情况，可以感觉到，那里的邮递员、收发人员随意性很大。这或许是不必要的担心，即便发生这种情况，根据“物质不灭定律”，一定是别人拿了去，也会起到相应的效果的。

我赞成老六的张火丁画册的发行思路，一定意义上，传统书店的衰落，与其落后的经营方式不无关系，为一本书找到心灵契合的读者的成本太大。看了《预告片》，对京剧一窍不通的我，有意订购一套张火丁画册——怎么样，我的“唤醒人”够高吧？

就如同随《读库》派送出版商书目、试读本一样，我觉得《读库》可以有更多的尝试，比如在进入零售市场那部分《读库》上加设腰封，标出本辑看点——当然，这是吸引新读者的举措。人的兴趣各异，不可能所有人都收罗齐《读库》来读，此举虽增加了成本，然而一定意义上，也是减少了读者寻找感兴趣的文本的成本。

读者徐静说：“不禁暗叹自己英明：将以前有您手迹的信封保存了几个，这以后可就成文物了。”是笑话吗？我不这么认为。办《读库》可不同于传统的出书办杂志，其互动性是具有颠覆意义的。所以我希望老六（乃至读者）尽可能保存与《读库》相关的一切资料，以留下一份完备的档案，给未来，比如《读库0603》的两个版本。

《读库0900》收入了我的《流水行云：事关〈读库〉》。诚如家乡人所言，“蒸馍蘸尿，各有所好”，又云，“杀鸡杀屁股，一人一杀法”，我的阅读偏好，不过是万千种读法之一而已。在《读库0900》上再次读了一遍自己的文字，似乎又回到过去那段痴狂的日子，很是享受翻阅《读库》的过程。不禁感叹，遇到《读库》实在是一种幸运，生逢的这个时代也并非一无是处。我的文字里，有太多的吹毛求疵，在此，我要向各位审校道声辛苦。正如老六所言：“审校是极端专业的事情，我们从一本书里发现错字很容易，但是让一本书里没有错字，太难了，这是完全不同的工作。要想做审校，需要专业的训练甚至资质上的证书。”即便拥有相关资质证书，我也深知证书不等于能力，这项工作不容易。【20090207】

《读库0901》

翻阅《读库0901》，我惶惑不已，许多文章所述已超出了自己的阅读兴趣，卡佛、乔希尔、罗斯科……都让我头大。这也正是老六的初衷吧，选择不同的文字，扩大读者的视野。看过一遍类似文字，即便之前毫无兴趣，内心必有印象，从此便“心里有，眼里就有”——记得在《读库0600》上看过记述伍德斯托克音乐节的文章不久，从媒体上得知，李安导演的下一部影片的内容就是伍德斯托克音乐节，不禁期待他有独特角度的演绎。

当然，《读库 0901》还是有我感兴趣的内容的，比如《电影编剧的秘密（续）》，比如《我是六〇后》。看了芦苇的访谈，我了解了电影编剧的辛苦，和无奈。芦苇无疑是优秀电影人的代表，对类型电影有深刻的认知，并有着游刃有余的编剧能力，他对国内电影界未能拍出杰出的历史类型片而耿耿于怀，对某些导演不能及时总结经验以求提高而扼腕叹息，都让人动容。荆方的文字和画作，之前在《南方周末》已经领略一二，我是十分喜欢的。很显然，其不以文采与画技取胜，字里行间的朴实，线条勾勒出来的稚趣，每每击中我心中最温暖最柔软的部位。【20090410】

《读库 0902》

在《越读者》里，台湾出版人郝明义先生拿阅读和饮食作比，其中提及，教科书是维生素，“经过提炼之后，说是可以补充我们营养的维生素”。他对教科书和考试参考书训导下的阅读习惯和认知深为忧虑，建议读者“越界”阅读，拓展视野，尽享丰饶的阅读体验。

之所以说这些，是因为读罢《穿越“五四”》，见识了“五四”多元的源流，深感历史教科书的单薄。无疑，这种情况应是有意为之。如果说“五四”原是个生机勃勃的菜园子，那么我们之前看到的，只是篮里几个风干的萝卜而已。感谢作者的还原工作，并期待这部电视纪录片早日面世。

翻看威廉·林赛“百年回望”的万里长城照片，我联想到海波的“固执复制”，一样是“对照记”，却有不同的韵味。海波的作品，以人物的凋落，凸显岁月的流逝和命运的无常，而威廉·林赛的作品，以风物的变迁，拷问长城内外的民众，更让人汗颜。你看，沙飞1937年所拍的照片（P46），和威廉·盖勒1907年所拍的照片（P36），选取的是同一段长城，不过才三十年，这段长城已经有了不那么“壮美”的变化，更别说百年后的面貌了。最让人震撼的，是威廉·林赛拍摄的浮图峪唐子沟敌楼入口的两张照片，只是一年的间隔，那块怪兽面目的拱顶就被人盗走了。我们能为长城做点什么呢？

个人历史又有新篇，熊景明的《母亲和我》，行文平实，着力于大时代变动下小人物的风范，“省嘴待客”“蛇有多粗，洞有多大”（持家量入为出）、“父母养其身，自己长其志”……她的母亲让人亲近；刘春的《海子的事》，诗里诗外说海子，呈现光怪陆离的社会，令我咏而叹之；张明的《刘别谦式触动》和《谁是刘别谦》，点面结合，展示喜剧大师的电影世界，为我推开了一扇观影之门；刘柠的《乡愁诗人》，细叙竹久梦二的情感与艺术历程，让我觅得“子恺漫画”之源，同时对他万喜的“港屋”心向往之，他日或许自己也会开个类似的店呢；李多钰的《中国宝贝》，延续其《同居·崔莺莺》的笔法与思路，描摹古代女子的爱与哀愁，又游离其外，直指当下，不时让我脸热心跳……【20090520】

《读库0903》

“你知道你战死沙场以后，坟头上是鲜花还是狗屎？”读过《这是湖南。1937—1945。》，想起《潜伏》里余则成的台词，感叹不已。两岸意识形态的差异，导致我们的教育长久以来的偏颇，南岳忠烈祠也和日本靖国神社是冰火两重天。“在今天，需要一种更广阔的胸襟，看待六十年前那一页全民族共同抗战的积血历史。”我相信这一天终会到来，只是不希望忠烈祠仅仅是一座经贸戏台而已。

《私人编年史：我的一九七六》是民间述史的典范，有细节有识见，尤以描摹大地震阴影下的民心为佳，而作者肖逢“不否认有后来的进步对前事记忆的增补提升”，也足见真诚；《走过的人说树枝低了，走过的人说树枝在长》说的是顾城的诗与人，作者刘春具有诗人和诗歌研究者的双重身份，能够在心理上去贴近传主，并将传主置于特定的时空客观解析其言行，可谓游刃有余，而作者那一套为文学作品分类的方法也让我受益匪浅；《浮生旧梦说隋唐》比较多个版本的小说和连环画，梳理作者心目中的隋唐人事，辅以自己的成长片段，不时可见贴心的私见，尽显女性的敏慧，引文证之：

> 这绝对是男性的臆想，女人初见一个令她惊艳的男子，会立即想到“同宿”么？女人最爱一种隔了距离的缱绻，心为之动，神为之夺，那比什么都美。我遥想马娘娘一定反刍似的回味她被罗成提过马背带回营帐的过程。她是如此甘愿，被他擒去。
>
> 他（秦琼）肯定没派人去驮回他的黄骠马。可怜跟随他多年的黄骠马，开膛破肚地死在水中，血都流干了吧？还有没有一个稀薄的梦恋栈在空中。它的主人现在满心里想的都是呼雷豹。
>
> （尚师徒）遂拔剑自刎。秦琼当时骑的是呼雷豹，我看画中呼雷豹把头深深往下埋，不去看旧主人的自刎。它是否感到了身为一匹马的悲哀，不能够选择背上的主人。【20090621】

《读库0904》

“人类对自己处境的每一种发现，其实都不过是历史的重演。”对于李树波的《大地上的恬美与危机》，我并不感兴趣，不过他这句结语，却道出了自己阅读《读库0904》某些文章的感受。

比如张宏杰的《乾隆皇帝与鸦片战争》。“如果用暴虐、压迫和不公来描绘所谓的统治者慈父般的关心和热爱，用畏惧、欺瞒和忤逆来描绘统治者的子女般的孝顺和敬畏，恐怕更接近事实。”巴罗的话揭露了历史的真相，一定程度上，也是现实的描摹。顺着张宏杰梳理的历史脉络，比照当下的社会万象，不禁让人感叹政治意识进化的艰难：“敏感词”丛生，论坛发帖犹如过雷区；“绿坝—花季护航”横行，似乎网民都是儿童和奴隶；电影分级制度如镜花水月，公映的电影删了又减……“父权统治”阴魂不散啊。

又比如肖逢的《私人编年史：我的一九七八》。肖逢的文字平实，隐忍的叙述中，间或有冷幽默。对于学生打闹导致眼睛受伤，失手者逃走，肖逢评论：“埋单肯定是厂里了，不要说学校有责任，就凭社会主义优越性也该企业负责。”回忆成都古籍书店的背后街上的图书自由市场，肖逢庆幸：“还要感谢那时没有城管，否则成不了气候。”看到那条街上源源不断的旧书，他又感慨：“要想人为革掉一种文化的命，实在是太难了。”当然，我印象最深的是，他的舅舅挨整几十年，后来要求组织落实政策，却被告知其档案里没有任何属于政治污点的材料，故落实政策无从谈起。想想几十年后，没有“下岗证”的失业人员，为相关统计部门所忽略，是享受不到帮扶政策的，可谓“太阳底下无新事”。

马宏杰的《西部招妻》，和《耍猴人江湖行》一脉相承，用两只脚丈量出真实的民间，用手中的笔和相机记录世态人心，正所谓“可怜之人必有可恨之处”，书斋里的想象明显是单薄的。

熊莐的《直至群星在你脚下》，无疑是“又贱又疯又简单”的产物，“人无癖不可交”的“癖”，或许就是指作者这种程度的。我被《哈儿》那节深深打动，并在 Google 搜索里输入“answer to life，the universe，and everything”，出来的答案果真是 42——这大约是 Google 在向《银河系漫游指南》致敬吧。【20090823】

《读库 0905》

“在我的印象中，基恩从未提及光圈、摄影机或景深。比摄影技巧更重要的是，基恩教会我怎样阐释人类的体验，并将其富含生气地反映到二维影像上去。他让我坚信，一个人必须深刻关怀他的拍摄对象。”刘香成先生的这段话，无疑是解读其摄影作品的钥匙。正因为有此思维观照，《毛以后的中国》便不再仅仅是时代的简单记录，其实事求是的取景背后，也有对重建常识的社会的阐释。

“阐释人类的体验”“深刻关怀他的拍摄对象”，细细想来，这也是《读库0905》各篇文章的共同品质，只不过介质各异而已——这或许正是老六一直以来坚持的选稿标准。

书云的《冰雹喇嘛》，不猎奇不神化，展现了在科学技术笼罩下次旦法师的“工作”和生活，他风光地主宰着一方民众生活的方方面面，又无奈于儿子的高额学费，以及大哥洛嘎的莫名病魔；刘春的《我走到那里在风起以后》，在占有丰富材料的基础上，以诗人之心去理解诗人，他提请读者注意西川对海子的影响，并从骆一禾头上取下别有用心者给其戴上的“政治高帽”，还认为作者并不一定对自己的作品有最高发言权，读者、评论家和作者见识的错位，恰恰赋予了作品多元的阐释性；魏邦良的《胡适的格言》，还原胡适引用或自作格言的出处和背景，辅以其他学者有益的探讨和延伸，让人不时体悟到某些格言在当下的意义，其“认识论”和“方法论”自然不限于治学一隅……

本辑内容大多符合我的口味，上述之外，我感兴趣并有受益的，还有荆方的《我是六〇后（续）》、孔笑微的《希特勒的财神爷》、刘勃的《姓刘的匈奴》。【20091030】

《读库0906》

“人一生会三次和图画书相遇：幼儿时期，初为父母，年过半百。”《读库》的读者自非幼儿，距半百尚早，大都是即将或已经为人父母，必修的功课之一，便是为孩子选择读物。姬炤华的《图画书与儿童》，可谓适逢其时，他以“污点证人”的角度，揭示儿童读物“生产”的行业内幕，同时展现经典图画书多彩的艺术世界，让读者穿越纷繁的儿童读物市场，看出一些门道来。

姬炤华认为，孩子的阅读，最重要的是丰富性，在此基础上，经由父母与孩子的讨论，将阅读变为“思考”和“游戏”，培养孩子的创造性思维。看来，即便为孩子挑选了优秀的图画书，父母也是不能放任其自读的。姬文让我联想到彭懿的《图画书：阅读与经典》，二人可谓殊途同归。更为可贵的是，姬炤华创办了网站“扶犁绘本教育坊”，与年轻父母即时互动，共同成长，善莫大焉。

李怀宇的《泛舟万古江河》，撷取许倬云先生的生活片段，引述其识见，或有可商榷之处，终是提供了别样的思路，值得留意；孙毅安的《老师》，人人生动鲜活，我读得亲切，印象最深的，是三十多年以后师生相见交流时，梅玉屏校长的茫然和孙毅安的错愕；苗炜辑录的《声音》，是每年最后一辑《读库》的“固定动作”，选择的并非全是时人当年的言论，比如雅各布·布克哈特在《历史讲稿》的这句话，读者自可对照“2009 年的喧哗与骚动”，必有间离的体味：

我们会盲目地给祖国送上赞歌，但我们每个人肩头都负载着另一个也是更沉重的责任：抚养自己长大，把自己教育成有理解力的人，懂得做真理和精神世界的奴隶无上光荣，进而从这种知识中探知我们作为公民的真正责任——如果我们尚未意识到这种责任的话。

【20100214】

《读库1000》

“好多时候就是一个缘分，赶上刘老师的讲座就赶上了，没有见到他的本尊，就看看现场文字记录。”远离京城，经由《读库1000》上的现场文字记录，走进邹容、黄永松、马宏杰、刘香成等人的心灵世界，也未尝不是一种缘分。从他们的言语中，可以探寻作品背后的故事，也可以想象其将来作品的模样，令人期待——比如邹容那个关于中越自卫反击战的选题，有“抗战纪”在前，我相信她能提供一个不同于“选择性、符号性的历史”的视角；比如马宏杰的《家底》系列，尤其是打鱼人家、卖艺人家、采药人家等家庭的生活记录。当然，要给他们时间和空间，读者需要耐心等待，而老六在等待之余，还需不时关注才是。

老六重做绝版好书的计划，是一个“又贱又疯又简单”的梦想，看得我心向往之，期盼越来越多的人加入这个群体，以便早日成行。可以看出，他的一些实践和设想，深受黄永松和汉声的影响，比如编辑驻厂监印，比如“做一本可以养老的书”，比如“大专栏作家”模式——他从优秀的同业那里汲取前行的能量和思路，《读库》的读者有福了。

读友薛林荣说：“《读库》长势如此良好，长此以往，我非得准备一个专用书柜，用于收藏老六生产和推荐介绍的各类图书及周边产品。”还真是的，四年来，《读库》以及笔记书等衍生品已经出版不少了，等到“大家一起熬到老之将至”，定是蔚然可观的。说到笔记书，以前我一直舍不得在上面写字，现在想来，其实应该抄录些《读库》里的智言妙语的，比如《读库1000》里邹容的两段话：

> 戈叔亚曾断言：“中国还要吃日本人的亏，如果弱国不明白不反思自己的弱。”他认为当初中日的差距，今天并没有缩小。而从某种意义上讲，一个国家，对待老兵的态度，就是对待历史的态度，对待历史的态度，就是对待未来的态度。
>
> 其实很多东西，你可以选择不铭记，我们可以通过个人选择来判断是要记住、关注，还是不记住、遗忘，或者不关注，但不能一点都不了解。只有先了解，才能用自己的一切来判断。我们最缺少的就是了解。

子轩在《〈读库0900〉随记》里提议并示范了索引工作，豆瓣读友随后将《读库》各辑中所涉图书、电影和音乐以豆列的方式整理出来，很有意义，深得我心。而检视一遍自己的《流水行云：事关〈读库〉（续）》，那些挑错的段落很容易让人分神，鉴于已开通了《读库》的维客空间，为避免影响读者注意力，此后我将把《读库》勘误明细调整到那里，以供老六重印时参考——《读库0601》已经加印了，相信以后每一辑《读库》都会如此。【20100211】

《读库1001》

一百年之后，老课本依然不老，其文字清新自然，其编排匠心独具，一篇篇读下来，唇齿留香。由于是缩印版，读到后段，几番辨识之下，视力昏花矣——忽然记起老六有重做绝版好书的计划，而这民国老课本就是个不错的选题，值得开发。邓康延读解老课本，出入其间，情感的诗意抒发之外，时有洞见。且录几条：

> 被践踏者在信仰的驱动下，也可能成为践踏者。
>
> 理直气壮，义正词严，好；理直气和，义正词缓，有时更好。
>
> 不以黄金为最贵的时代，就是黄金时代。

审美，看似目之所见，实为心之所感。审美观何尝不是世界观？

悲悯之心，比丈夫气概更丈夫。

舒泥的《寻找游牧文明》，像一把利剑，一一挑落我先前那些单一化的认知，而游牧文明的渐行渐远，也使我唏嘘不已；杨葵的《我和我的作者们》，花边之外，不乏识见，让我探知了当年经手采购和销售的一些图书的前世，另，同为巨蟹座的我相信，经由此文，杨葵与安妮宝贝必定会和好如初，再续前缘；诸荣会的《深入东王府》，贵在坦述自己的认知转变历程，读来让人有代入感，亲切之余，惊心动魄于其梳理的史事；蓝桦的《摩尔小姐》，白描了看似古怪凶悍实则孤独善良的女房东，她的人生经历和感怀，让人咏而叹之。【20100228】

《读库 1002》

“自古成名者，多由笨干，是以有字癫、画迂、诗痴，浮光掠影，终不济事。”郭嵩焘之友所言极是。自然，成就一番事业者倒并非全如曾国藩般生性笨拙，不过实实在在的笨功夫都是少不了的，比如仝冰雪在收藏和研究老照片方面的工作。

“缘”由天定，“分”要人争，仝冰雪在得到叶景吕先生大半生的编年影像志之后，经由媒体和叶先生的后人建立联系，辗转各地追寻老照片背后的故事，其间少不了“上穷碧落下黄泉，动手动脚找资料”，终成《一站一坐一生》。全冰雪的探究，还原了一位严谨细致从容淡定的人物，及其身后变动不居的时代，让原来只是经济价值不菲的藏品，具有了一定的社会意义。若在天有灵，叶先生该是欣慰的。

在我看来，相册那十二个空白的页码，其实写满了叶先生对自己“白寿”的期望，而1952年叶先生以黑纸剪影代替照片，虽是影像志的缺残，却凸显了其精气神，恰似偶得的妙笔。全冰雪其实不必困惑，人各有志，我们学习叶先生，不一定非要留影纪年，取其精神可矣。

肖逢的《私人编年史》系列，是宏大历史下形象的注脚，其新篇《私人编年史：我的1998》锐气不减，对国企之弊的揭示与思考尤佳。北岛的《北京四中》是残酷的青春成长记，其中屈大同之父对学习的论述颇有见地。冯敬兰的《北大荒》，多角度记录时代的肖像，兼及有了足够阅历之后的反思，我印象最深的，是其关于“抓心的想念”的体悟，和对曾经的援手与呵护的感恩。【20100507】

《读库1003》

“我觉得聪明非常容易实现，但笨很难实现。好了，那我们就去做一些比较难的事情，谁让我们贱呢？就要做更难的挑战。”在三周年读者现场会上，提及自己主编《读库》以来的体会，老六如是说，“我经常爱吹牛，炫耀我和一些名人的关系。说到兄弟的台湾朋友，几年前我会喜欢罗大佑、李宗盛、朱德庸这样的人，到现在，我可能更喜欢的是黄永松、谢英俊、舒诗伟，这几个人的聪明才智都是用个位数来计算的，不一样的是后者比前者更笨。”

在老六的词典里，“笨”“贱”之类都是富含褒义的，黄永松、谢英俊、舒诗伟之笨，在于投身建设性工作，旦复旦兮——此岸的王博、周云蓬、姬炤华皆有这股劲儿，当然，还有扎西多杰。

扎西多杰如今所从事的环境保护事业，虽然不像当初他追随索南达杰保护藏羚羊那般惊心动魄，却一样需要纯粹、坚定而强大的内心作为支撑。阅毕刘鉴强的《可可西里》，我印象最深的，就是扎西多杰的困惑和思考。联想到扎西多杰的母亲教子放鸟的举动（多么聪明的母亲啊），我认同他的观点，青藏高原的环境保护就该以藏族文化为基础，而他的追求不限于环境之美，更在人间的信任与社会的和谐，其境界之高也让我肃然起敬。无论是经由逻辑推理，抑或是经由宗教信仰，我真心希望他走出了迷茫，如同中央党校靳薇教授所言，由“文化迷惘”到“文化自觉”，再到用自己大智大勇的行动重塑“文化自信”。

曾到厦门旅行，也曾选购“化剑为犁、铸福于民”的金门炮弹钢刀，使用后，感觉确实名不虚传，所以我对商华鸽在《金门今昔》里所言的“战争的荒唐与吊诡”有更深的感触，若他日赴金门观光，定当去太武山公墓祭拜。马伯庸在《德性》文末那“姑妄听之”的推演，或是其作文的出发点，以至于放着毕业论文不写，钻研这件“无聊的大事”，犹如单口相声般津津有味地娓娓道来——我猜想。抄两句话：

> 如果理论与事实不符，就修改事实。（斯大林）
>
> 换个角度想，曾经拥有却不能天长地久，也没什么大不了的：用梦想映衬现实，现实往往显得凋敝霉烂，因为梦想就像没有吃到口的葡萄，想象中总有说不尽的甘甜；而梦想真的成为现实，却也不见得妙不可言，甚至还可能如霞飞水逝般幻灭，那才反倒连念想都没有了。所以，消极一点看，成为过客或成为眷属，没有本质的区别，都说不上什么永恒。（王鹤）【20100702】

《读库 1004》

“自由的叙事伦理学激发个人的道德反省。别人讲的故事，不仅有助于我明朗自己面临的道德困境，也有助于我搞清楚自己的生存信念。自由的叙事伦理学更激发个人的伦理感觉，它讲的都是决然个人的生命故事，深入独特个人的生命奇想和深度情感，以富于创意的、刻下了个体感觉的深刻痕印的语言描述这些经历，一个人经历过这种语言事件以后，伦理感觉就会完全不同了。”刘小枫在《叙事与伦理》中的辨析，无疑是解读个体叙事之钥。《读库》刊发的民间述史之作，多具有类似的功能，比如《读库 1004》里熊景明的《父亲的一生》。

熊景明对家族的生命经纬历来珍视，不仅鼓励表兄胡伯威记述《儿时“民国”》，而且自觉将家人的经历梳理成文，继《母亲和我》(载《读库 0902》)之后，又成《父亲的一生》。这个举动，于她，自然是在伸展个人的生命感觉，重拾被生活中的无常抹去的自我，于读者，却是一种慰藉与指引。在《父亲的一生》里，熊景明寓深沉的情感于平实的文字，以生活化的细节铺排，塑造了一个有血肉灵魂的知识分子形象，让人可亲可敬。

阅毕，我印象最深的，乃是其家族在读书阅世上的承传。熊景明的曾祖父熊廷权主张广泛阅读古今中外的书，但必须独立思考，对得到的知识重新估价，他说：“读书如酿酒，漉糟取精液。酒缸倘无糟，精液何由得？”熊景明的祖父如是教诲儿子：“政客只是一张嘴，中国的事就是因为政客太多办不好，你以后应该学点实实在在的东西，才可以万事不求人。”熊景明的父亲熊蕴石对世事更为洞悉，其“认罪书”所录，足见思考的广博，而其对党派的见解又尤为深刻，“不管什么党都是少数人争权夺利”，“小党之进步与反动并非取决于他们的宗旨，而是看他们挂靠哪一个大党”……

熊景明行文温婉朴实，却又不乏俏皮。对父亲买来并修好的小电扇，她如是评价：“昆明因为有上天赐予的空调，那时大家都没见过电风扇。小电扇主要具表演功能，尤其同学来家的时候。”回忆小朋友绘声绘色地转述从大人那里听来的鬼故事，她如是评论：“通常，都是报告文学的形式，介乎经历与创作之间。”当然，也有一些段落让人会心一笑之余，少不了一声叹息。翻阅母亲的政治学习笔记，发现上面多为与母亲工作无关的讲话记录，她如是表述观感：“从头到尾，只有五个字是母亲自己的思想，本子是 1953 年昆明市建设局工会‘赠给积极筹组庆祝 1953 年元旦的熊蕴石同志’。调皮的母亲在人家正儿八经的毛笔题字下，写上‘苏尔端（她的芳名）揩油’。”

“白淑湘把黑天鹅喻为京剧中的刀马旦，白天鹅喻为青衣，颇为贴切。黑天鹅妖艳、妩媚，气质上要有诱惑力，因此要练力度、耐力；而白天鹅奥杰塔又是截然不同的轻柔与美，要展示一种抒情的、柔和的内在功夫。”《中芭往事》采编丰富扎实，其中记述白淑湘对角色的分析，可谓古雪夫老师教导“从文化的角度去理解和表现舞蹈”的实践，由此可以看出，白淑湘领衔中芭第一代“一红一白”，绝非偶然。文中提及，“对于那个年代的中国人而言，《天鹅湖》不仅是芭蕾的启蒙者，也是审美意识开放的启蒙者”——这个“意外”之功，让我联想到刘小枫的“记恋冬妮娅”，一样让人百味杂陈。

对我来说，《读库1004》里的其他文章，皆有可读之处，间有得益：萨苏《京东奇案》说书似的叙述手法，周成林《考工记》对文学青年的心理与举止的生动描绘，郝彬《左派》引述娜奥米·克莱恩对企业意识形态的洞察，和乐《官妓》以别样的角度观察名士之风、玄宗专情、元稹薛涛之交……

【20100905】

《读库1005》

“这些画作正好是最为真实的时代证据，缺了它们不行，就不能对那些时代做定论，不能制作假想当中的判决书。”张家荣所言极是，《图画1958》里的那些画作，虽然可以相对独立于新民歌等文本，更形象更具表达性，但毕竟无法超越时代，于是在其艺术性之外，具备了标本的意义。他对那些图画的编排次序和想法值得称道，其文字在背景资料汇集之外，也不乏识见，比如“新民歌运动不是一场文艺活动，而是一个政治运动”，比如“它们（壁画运动）只是一种多方综合参与的游戏而已，它们从内容到形式可能都不是参与每一方的真实意图”。

“生而无信仰不足为憾，但生而不识那些执着于按自己的信条去接近上帝之人，以致以为人人都和自己一般追求，就未尝不是一种严重的憾事了。”云也退此言，或可为刘鉴强的《卡瓦格博》作注解。和《可可西里》（载《读库1003》）中的扎西多杰一样，刘鉴强在《卡瓦格博》里记述的木梭，也有着自己的信仰和困惑，不时摇摆于修行与入世之间，真实可感。所幸的是，在后记里，刘鉴强提及木梭如今不再彷徨，笃定地将弘扬佛教与保护藏文化和谐推进，让人心生敬意。

2008年的某一天，鉴于郑州三联书店即将迎来二十岁生日，我向薛正强经理提议编一本纪念文集，得到其首肯后，我便着手搜集资料。我将这本书拟名为《城市里的学堂——郑州三联书店二十年》，在我的设想里，此书图文并重，除收录如今主要店面图片，还应有二十年来历史老照片，配以文字说明，记述历史沿革；文章按作者身份，分别纳入《学者作家论三联》《记者编辑记三联》《读者网友说三联》《三联店员看三联》等辑。

后来，由于种种原因，此事不了了之。不过，这促使我翻阅曾经三联那五年的日记，重温书店的时光，并整理自己的经历与感受——《我曾经侍弄过一家书店》即其成果。我避开空洞地抒情，以大量的细节展现了书店的方方面面，以及从业者的五味生活。2010年是郑州三联书店创立二十周年，谨以此文纪念，并祝福它以及其他传统人文书店在网络时代一路走好。【20101108】

《读库1006》

肖逢的《私人编年史：我的1966》，是其“1976”（载《读库0903》）、“1978”（载《读库0904》）、“1998”（载《读库1002》）私人编年史的前传，因果呼应，自成一体。我印象最深的，是那个时代的民众在体制化后的表现：家庭出身非主流者，积极表现自己之时，比工农出身的更“左”更夸张；老师多选择“宁左勿右”，来保护自己乃至追求上进；学生不时宣泄逆反心态，或在无冤无仇的老师被抓后讽言以对，或压抑真实心理赋予漂亮异性同学以难听的绰号。《票证歌》调侃配给制度下的票证现象，“给忘掉”的一票让人深思，如今，其他票证皆成收藏品，这一票依然“给忘掉”。肖逢提及，那时的英语课是以“Long Live Chairman Mao”开头，由此，我联想到齐天大在《妈妈的舌头》里的发问：

> 外国人根本不用的概念和语汇能称得上外语吗？有必要学吗？国外根本就没有“赤脚医生”，根本就不

喊“万岁”，那么“Barefoot Doctor”和“Long Live Chairman Mao”到底是算中文还是外文，还是不伦不类的外文？那真是一种怪诞的语言现象，是语言史上的奇闻，是在中国整整延续了几年之久的奇观。

继《仓央嘉措圣歌七十首》（载《读库1002》）之后，龙冬续译庄晶藏文整理本其他五十四首，以其全貌拒斥今人的“伪作”。翻看龙冬的译作，无疑是一个祛魅的经历，令人百般纠结。我以为，“误读”从来就是阅读的一部分，经典之作担得起读者多元的阐释，至于所谓的“伪作”，只要读者能从中汲取力量，似也不必过于较真——不是还有学者经过考证，说《满江红·怒发冲冠》是后人伪托岳飞之作吗？有心的读者自会寻本溯源，做出自己的判断。

龙冬对“伪作”流行的判断，我深以为然，录于此：“那些所谓的冒名作品，都具有《读者》阅读特质，便于在这个时代流行。仓央嘉措真正的诗歌多数人并不欣赏，伪造的仓央嘉措诗歌，其实大都并无恶意，人们只是欣赏‘仓央嘉措’这个遥远神秘的意境符号而已。”【20110204】

《读库1100》

年初赴北京出差，被老六抓了壮丁，审校《读库1100》

部分稿件。我秉承“视之如寇仇”的精神，避免信任与预读，“不相信任何人；眼不见，心不读”，如履薄冰地完成了任务。不过，如今整体来看，还是有漏网之鱼。与审校时相比，《读库 1100》最终移出了部分稿子，从这个角度来说，《我曾经侍弄过一家书店》增补的三篇得以刊发，实属幸运。

《读库 1100》从不同侧面描绘了纸质书的未来。我认同老六的观点，纸质书和电子书是电影和电视的关系，载体不同而已，就像雕版与活字只是技术手段的差异，后者不会完全取代前者，反而会促使纸质书更像纸质书。可以预见，不久的将来，我会阅读电子书，不是用软件自动生成批量生产，而是一书一编更像电子书的那种。与此同时，我也会选择这样的纸质书：作者作品方面，如沈尧伊先生所说，作者对生活中的美保持敏感，作品有发自内心的感受，以及贯穿眼、心、脑的人类智慧；编辑方面，有与人分享好作品的欲望和热情，有做“画句号的书”的追求，有相应的“彻底的解决方案”，以时间换空间，致力于其生命力的长久。我一点也不担心纸质书的未来，因为对于这样的纸质书，首先我，我就不会放弃它。

企业界有句话，三流的企业做产品，二流的企业做品牌，一流的企业做标准。编辑出版业，也如此。在编《读库》之外，老六还策划编辑了《青衣张火丁》《童年与故乡》等图书，以及数十种笔记书，“时间没有下限、成本没有上限”，其制作水准不断提升，让纸质读物具备了艺术品的品质，在网络时代拥有存在的尊严。他痛感出版业由于管理制度的不到位，以及岗位描述和职责描述的不明晰，从业者缺乏严格的职业技术的训练，导致诸多出版单位陷于流程不畅等低端问题，因此选择一个人编辑《读库》，并且摸索制定一系列的技术规范，转化为标准化程序。比如图书付印时，美术编辑、图片编辑必须去印厂监印。"据说，麦当劳、肯德基等企业，如果开一家连锁店，除了特许经营的众多内容，还包括一本多达上百万字的书，里面对各个工作细节都做了详细说明。中国的媒体已经高速发展了若干年，遗憾的是，一直没有这样一本上百万字的书。"老六的编辑实践，以及他的编辑手记，在我看来，无疑会成为将来那本"上百万字的书"的重要组成部分。【20110128】

《读库 1101》

首届编辑魔鬼训练营第二课，谈及图片的筛选，老六认为，选择也是一种创作。他展示了任曙林的一幅摄影作品，空镜头里，钢丝上，一件女生短袖衬衣上搭着一条红领巾在晾晒。编辑之初，他有意将此定为压题图，随后又觉得太写意了，与整体风格不符，最终舍弃。他说，有时不用某张图片甚至比用它还难，关键是要与作者的创作意图比较好地结合在一起。

次日，我赴 798 艺术区，在映画廊参观任曙林摄影展《八十年代中学生》。在摄影展上，我欣赏到了这幅摄于怀柔县喇叭沟门乡的作品，以及其他未收入《读库 1101》之作。（后来，任曙林在微博上解释，当年他在广播学院学习拍纪录片，尝试将一些电影的手法运用到摄影中，所以作品里有一些无人的“空镜头”。）现场布置了学校桌椅，犹如课堂，一角放映着任曙林 1982 年拍摄的纪录片《夏日的回忆》，另一角展览着他当年的笔记等资料，穿行其间，恍如时光倒流。再看照片，晾晒的短袖衬衣上的花纹，游泳池边女生背上的勒痕，都触动心中最柔软的部位，让人想哭。在留言本上，我写下一句话：“岁月的手指点石成金。”

其后，《南方周末》总第 1424 期刊出专题《再见 1980 年代》，关注这个摄影展，记者姜弘在开头讲述的镜头外的故事，与任曙林的记忆，恰似现代版“罗生门”。1985 年 4 月，王琳在北京 171 中学上高二，和同班一位男生早恋，那天放学后，教室里就剩下他们两人了，他们坐在一起聊天，聊着聊着忽然听到有人要来，两人慌忙分开，走进来的正是任曙林，他按下快门，捉住了这个瞬间。后来，王琳和照片上的男生早恋的事被老师发现，高三分班时，他们被拆开了；后来他们双双考入北京对外经济贸易大学；再后来他们结了婚，又离了婚。王琳看展览后给前夫打了电话，前夫很忙，不能来看展览，她就把那张照片（见本辑第28页）传给了他。任曙林是在摄影展开幕式上，才知道自己当年进门拍照前发生了这样的故事，他原本的记忆是这样的：“我进屋后，只能听见夕阳移动的声响，他们是那么专注地在看书写字，似乎别的什么都不存在。但我可以强烈感到波与场的存在，对方的每一次心思念头都是可以相互感觉到的。我觉得我是个不应该出现的第三者，拍下他们后，我悄悄地走了。”

转引《读库1101》诸文妙语：

艺术重要的是独特的感受，而非寻找共同的规律。（任曙林）

看得太远要被鞋带绊倒的。（萨苏）

任何你失去的事物，价值自动倍增。（梅根·麦克劳琳）

社会表扬活着的顺服者，以及死去的叛逆者。（梅根·麦克劳琳）

一个人成熟的标志之一就是，明白每天发生在自己身上的百分之九十九的事情对于别人而言根本毫无意义。（马克·鲍尔莱因）【20110713】

《读库1102》

“不能掌握自己命运的黔首黎庶，与强势者同样是构成历史的成分，且能补充官修史册的空隙。”戴明贤道出了民间个体叙事的价值，他的《物之物语》，以生活中的物件为支点撬动记忆，由物及人，展现亲友与自己的“一样生，百样活”，以及背后流动不居的时代。其行文平实又不乏雅致，字里行间凸显世事无常。虽说与物相关的人多半逝去，不如易碎的陶瓷经久，但他们的故事被有心者挽留于文字里，被更多的人认识，也算是生命的另一种延续。

阅读《物之物语》之后，父亲因病由博爱来郑州求医，在陪护期间，我问及家乡“三年困难时期”的情况。他说，当时家乡也饿死了不少人，而且，因“信阳事件”被免去地委书记一职的路宪文，下放地便是国营博爱农场。对于“困难”的成因，他的判断与戴明贤的分析大同小异，不过，他对于“把生粮按定量发给社员”的提法不以为然，因为即便如此，巧妇也难为无锅之炊，那时每家每户的金属器具都捐出去土法炼钢了。

“年华是这样的东西：稍纵即逝，无能为力。追忆不是重现，是再造，是幻想，是弥补，是掩盖。”熊菂的《在书中，我老了》，以书为网，打捞成长经历中的爱与痛。她袒露了自己的心灵世界，也映照了一代人的精神生活，由此，读者体会到的，便不仅仅是一个人如蜕的青春记忆。

张家荣的《暗自揣度》，梳理金日成时代的朝鲜绘画，并比较与毛泽东时代绘画作品的异同。虽说金日成提出的“合乎”与“服务”的标准更实际一些，金日成时代的朝鲜绘画更典雅更细致，某些作品表现的细节与趣味在同时期中国作品里找不到，但总体来看，二者不过是“五十步”与“一百步”的区别而已。

杨义敏的《阅卷》和张鸣的《我的高考》，从阅卷者与应考者两个角度，展现恢复高考之初的种种。由杨文可知，虽说当年作文及评分标准问题很多，可阅卷老师还是认真的。如今怎样呢？梁卫星老师参加了 2004 年和 2005 年湖北省高考作文阅卷工作，改作文卷时，他亲眼见到一个评卷老师四个小时判了八袋试卷，一个袋子三十份卷子，平均一分钟看一份作文，如果扣除取卷、三项评分、总和以及两个老师的签名时间，阅读的时间只有二十秒。他感叹：“作文卷等于是评书法。给分标准也不一，两头严中间松，老师又歧视农村学生，偏向城市学生。难怪高考很多时候凭的是运气，甚至和学习无关。只有靠烧香了。”张的文章，我印象最深的，一是当年恢复高考，其实只是恢复到“文革”前的状况去；二是宣布平反时那令人别扭的仪式与内容。由此，我联想到余虹在《命运七七》一文里对恢复高考制度的反思：

重要的不是“取消”和“恢复”这种具体的历史形式，

而是“剥夺”和“恩赐”的权力机制。换句话说，由高考所指的受教育的自然权利是由某个绝对权力来定生死的，这乃是“七七级”这一历史事件最为隐秘的意义。

一旦人的自然权利成为绝对权力的掌中之物，你的权利就是一个假象。

人类的历史大多是权利被权力剥夺与恩赐的历史，这就是所谓的野蛮史。从根本上看，人类的文明史乃是摆脱野蛮的历史，即从根本上改变权利与权力的关系的历史。可悲的是，这一历史的发生是如此的艰难。

也许，命运的真正转机不在剥夺与恩赐轮回转换的瞬间，而在自然权利不被绝对权力任意剥夺和恩赐的时刻。这一时刻有赖于一种意识的觉醒，即不再沉迷于被剥夺的哀怨与被恩赐的庆幸，不再将被剥夺看作不幸而将被恩赐看作幸运（被恩赐的庆幸往往掩盖着被剥夺的不幸）。事实上，剥夺与恩赐都是同一命运的表现形式，而反省到自然权利的不可剥夺性与不可恩赐性才是改变命运的契机。为此，我们说只有当人们从对权力恩赐的感恩戴德中摆脱出来而时刻警惕权力对权利的剥夺时，只有当人们意识到维护自己的自然权利是自己的天然责任而不是等待权力的施舍与恩赐时，只有当人们找到了一种有效地确立与保护自然权利的现实方式而抛弃权力

膜拜时，命运的转变才真正到来。【20110501】

《读库 1103》

在首届编辑魔鬼训练营课堂上，老六透露，如今留用的稿件已能排到明年，但他不会一口气将今年的《读库》全部出完，逍遥自在，而是以两个月为周期匀速推出，在此期间，等待更好的稿子，以替换一般的。对于本辑来说，蔡春猪的两篇文章无疑属于等来的“更好的稿子”。

身为第一读者团成员，我校读了《读库 1103》的三样。某夜，本想到十二点就收工，可《爸爸爱喜禾》让自己欲罢不能，阅毕，已是凌晨一点半。我兴犹未尽，给老六发去短信：“本辑应该附送纸巾。”其实没有那么夸张，只是作者以游戏文笔表述爱恨歌哭，十分新奇，触动了自己最柔软的部位。事事皆生活，蔡春猪举重若轻，信手拈来，注解父爱。

回头再看，由于是微博的底子，文中间或有“昨天”“最近”等语词，且某些段落失于散乱，流于油滑，近乎文字游戏。如此套路记录，久了，难免让人疏离。所幸，蔡春猪是清醒的：“我每天都想说说喜禾的事，但并不是每天都有事可说，而且，我任务艰巨，还要说得好笑。伏尔泰说，当你无话可说时，你再说的话就很拙劣。大部分早先以幽默智慧知性著称的知名微博，最后都陷入到这种窘境之中。有时看到他们生憋出来的话，就像看到自己的姐姐裤链没拉，尴尬，又不好意思提醒。我不要这样。”

“表面上看，这似乎依赖每个人的自觉，但背后都是严格的法律。”《大旅行》转引李导的话，在我看来，彰显了日本那块“女性专用车厢”标牌的魔力之源。“如果说预言中国的开放会让它更靠近西方是天真的，那么否认更多微妙变化带来的力量也许一样天真。”诚哉斯言。日日拱卒，人人求进，其利断金，《“发展中国家”时代》对欧逸文的判断做了明确而生动的回应。除了殡仪馆电子炮的前世与定性郭沫若为“两栖动物”的高人，对于肖逢的《武斗》，我印象最深的是当年“大辩论”的风格，它不仅是武斗的一个起因，也是如今某些国人思维与言行模式的源头。魏邦良的《嘉孺子而哀妇人》，梳理周作人的著译文字，提炼其“爱儿童悯妇女”的价值观，母亲是国民素质培育的关键一环、读书当从自然科学与社会科学诸种硬性读物入手等论断，均值得留意。【20110712】

《读库 1104》

“对于一篇文章而言，是主语重要，还是谓语重要？这可能是体现一篇文章的价值，也是体现一个编辑的眼光的核心所在。遗憾的是，我们大多数编者和读者在乎是谁做的，超过了关注他做了什么。”过眼海峡那边无名行动者的小革命，忽然想起老六的判断，显然，《小革命》是淡化主语凸显谓语之作。

用三分之二的篇幅编发这一系列文章，以及在《读库1103》编发《“发展中国家”时代》，老六的本意，或在提供一面镜子，以观照我们身处的此地此时。说实在话，此文并不好读，不时出现的“大条”“替代役男”“国际人球”等陌生词语，常常让人走神，而主人公所从事的工作，又多在我的兴趣与视野之外，需要一点小耐心。经由《中国时报》调查采访室成员的导引，结识诸多台湾之光，不禁感叹：黄永松、谢英俊、舒诗伟、任祥等建设者的出现并非偶然，他们也绝不孤单。

这一系列文章给人的启示是多元的，媒体从业者可由其编采创意中获益，而每一位读者不妨取其精神，起而行之，在生活中推进各具特色的小革命。无疑，每一个人都是自然及社会的接口，自身的积极努力必会促使自然及社会生态的提升，谁也不要看轻了自己。《小革命》各项元素中，《教战守则》最值得珍视，有方法更有理念，全方位指导实践者。转引两条：

> 服务是一种学习，不该用来满足个人光荣感，或者存有优越感，国际志工必须去除“爱心光环”，自以为义

只会造成慈善暴力。

不要自以为助人脱贫就是救世主，经济弱势家庭需要的不是施舍与同情，陷入贫穷往往是社会排斥所造成，包括就业、文化等多层面排斥，协助脱贫过程，看见社会不公与贫富不均，也看到社会包容的未来。【20110918】

《读库 1105》

有一个忘年交，他从十八岁到三十二岁，在西藏从军十四年。某次聚会，四十五岁的他感叹道：“谁要说西藏不好我跟谁急，可要是现在谁再让我去那儿，说什么我也不会去了！”这种复杂的情感，就是所谓的情结吧。对于千百万三线人来说，那片土地那段岁月已成为生命的印记，其中的是非得失爱恨焉能理得清？

虽不至于将“三线”理解为“三八线”之误，但我对其所知甚少，看过的《金婚》等影视作品只是一笔带过。《三线人》阅读之初，不禁想到刘勃的话：“专制与恐怖，往往互为因果。专制统治者热衷于制造恐怖，而缺乏安全的恐慌，自然也会成为专制统治的土壤。”不过，理性地分析，战争的全面爆发在当时并非不可能，不能以后来的情势倒推三线决策的荒谬。然而，一代人乃至数代人的命运就此改变。罗尘笔下的三线人，让我不觉陌生，他们的精气神，和父辈无疑是相通的。回望往事，他们多无悔于当初的选择，这是其生活的支点与情感的寄托，是后半生的手杖，我们不必去夺走扔掉。

树眼的《怕流水年华春去渺》，也让我分外亲切，其间分明有自己的影子。那时乡村的文化娱乐生活里，看戏有着无可替代的地位。小时候常常跟着大人看戏，怀梆、豫剧之类，饥不择食。某次演出，不知何故发生了观众踩踏事故，事后据说挤落的鞋子都捡了好几筐。一天，看完豫剧《穆桂英挂帅》，深深地为宋朝这位巾帼英雄所吸引，当即对母亲发表观感：我长大要找穆桂英当老婆！很明显，我就是看个热闹而已。树眼此文，以看戏为切入点，以曲牌名统领各阶段，记述少年的精神生活，尽显阅尽世事的感触，以及对韶光流逝感到悲悯时的一种怀念，令人唏嘘不已。

转引几段文字：

> 小学关乎一个民族的整体素质，小学提供的是文明的底线教育，它绝不是今天升学流水线上一道工序、一个环节，而是有自身独立的价值，不仅是知识的启蒙，更重要的是人格的熏陶与训练，是全方位的人的教育，是精神成人的起点，和大学一样重要，甚至更加重要。许多人所受的教育可能就是小学，不一定有机会接受更

高的教育，但他在一所健全的小学所获得的滋养，足以在精神上支撑他的一生。（傅国涌《过去的小学》）

几百年以来，婚姻对象的选择主要是出于政治和经济上的考虑，无论是贵族还是市民都不例外：婚配双方性格如能相合最好不过，但主要考虑的还是巩固江山、结盟、保有或增加财产、通过生儿育女巩固现有的和子孙的家族地位。男女之间的情感，如爱慕之意和爱情，无人过问，有时甚至被视为有害的。（寇杜拉·比绍夫《儿童房里的启蒙运动》）

独立思考的基础本来就是个人化的“我”，不是“我们”，一个个只接受第二手印象的心灵才组成了“我们”，已经失去了自己感受的能力——一号召就合唱，一示意就鼓掌，一鼓动就爱，一不足就恨，一刺激就夸张，容易交出自我，容易接受蛊惑，轻易交出权力，轻易得出结论。（柴静《只是欢喜随意而至》）【20111127】

《读库1106》

显而易见，在参与政治生活的深度和广度方面，一些乡村走得比城市更远。当然，由于乡村政治的惯性与宗族势力的影响，不少乡村的民主实践难免坎坷，投票选举流于形式，对权力的监督与制衡付之阙如，往往陷于简单的循环。这就需要外界给予切实的指导了。寇延丁的《学开会》，记录了源自西方的议事规则经由各方人士的努力，结合现实情况，在中国乡村生根开花的历程。其间数次讨论值得珍视，可谓议事规则的具体体现。不完美的“盗火者”袁天鹏真实可感，他与这个团队推行着大陆版的小革命，令人充满敬意。

徐百柯的《教授们》，与其《校长们》（载《读库0704》）一脉相承，不求面面俱到，而是撷取人物言行闪光的瞬间，呈现其性情、识见与气节，让读者不由得有今昔之叹。谭夏阳的《漫邮记：园林之美》，继《漫邮记：古典之美》（载《读库1006》）、《漫邮记：金花绽放》（载《读库1104》）之后，聚焦中国古典园林题材的邮品，园林的古典之美，邮品的方寸之妙，邮品审批、设计、印制、发行的逸闻趣事，作者均如数家珍娓娓道来，堪称优秀的艺术导游，让人有不少门道之得。苗炜辑录的《声音》，众声喧哗，我更偏爱贴近当下又超越时代的先哲话语，转引几条：

> 通过一场革命或许可以实现推翻个人专制以及贪婪心和权势欲的压迫，但却绝不能实现思想方式的真正改革；而新的偏见也正如旧的一样，将会成为驾驭缺少思想的广大人群的圈套。（康德）
>
> 人民极少使用思想自由这项权利，所以他们把言论

自由作为补偿。（索伦·克尔凯郭尔）

一个只乞求他的政府维持秩序的人，在心灵深处已经是一个奴隶。（托克维尔）

在中国，既然一切人民在皇帝面前都是平等的，换句话说，大家一样是卑微的，因此，自由民和奴隶的区别必然不大。大家既然没有荣誉心，人与人之间又没有一种个人的权利，自贬自抑的意识便极其通行，这种意识又很容易变为极度的自暴自弃。（黑格尔）【20111220】

《读库1200》

离开郑州三联书店后，我延续了一些原来的职业习惯，比如每每出差，必寻访当地有特色的书店，拜会新朋或故交的店主。2005年7月，我出差濮阳，闲来无事，转到华英书苑，但见不少有价值的旧书存在，便对经营者肃然起敬，在追求流转率与实销量的业界，搁到其他书店，那些书早就被扫地出门了。又听有人议论浙江嘉兴秀州书局经理范笑我及其编辑的秀州书局简讯，无疑是老板与老读者的对话，就上前攀谈，得以结识其经理陈莹。

其时，陈莹打理书店已经十年。聊到郑州三联书店前任经理张俊鹏，以及他在郑州图书城开设的批发店从文书店，她说自己就是他的一个下游客户，对他充满敬意，也理解他的不易，所以虽然许多品种很多家都有，但自己尽量从他的店里采购，“只有他活得好，我们才能活得好”。言犹在耳，2011年，由于种种原因，我的老上级张俊鹏收缩战线，关闭了批发店，专心经营零售店城市之光书店。

过眼《读库1200》里“宫廷包子师傅”的无奈，不由得联想到几年前陈莹的话，或许在潜意识里，这也是我后来直接从老六那儿订购《读库》及其衍生品的原因之一。当然，最根本的原因，还是他以专业的精神与水准，保证了手下的纸质读物拥有独特的品质。六年来，由读者到作者再到参与审校工作，由表及里由浅入深，《读库》之于我，远非一本连续性出版物那么简单。不止于其中的文章，老六也用行动为我提供了诸多正面的情景模式，以及隐形的基础数据，文字的干净准确倒在其次，做事的态度与方法尤为重要。

2011年，百花园杂志社内部工作调整，我不再负责发行部事务，转向事业发展部。我做的第一件事，是编辑增刊《微博天下》。在整理内容的过程中，发现其过于琐碎，很难撑得起来，便想到了《爸爸爱喜禾》。

这几年作文行事深受老六的影响，偷偷地“拿来主义”肯定不合适，于是我给他发去一封邮件，提出申请，请予准允转载《读库1103》版蔡春猪二文，承诺按杂志社稿酬标准支付作者及原刊编辑稿酬，及时寄达样刊。不久，他回应说，他那里并无问题，但得和小蔡打个招呼，并把蔡的电话给了我。和作者联系上，如我所愿，得到许可。学习他的做法，心里很踏实。我以他编辑的版本为基础，结合图书版，并加入新作，编了一个更纯粹的版本。在增刊封面，我以如下文字推介蔡春猪的文章："绝望但不表演绝望，伤心但不表演伤心。爱的另一种写法。"

《微博天下》为三十二开，胶订，正文九十六页，选用八十克轻型纸，封面选用一百五十克牛皮纸，定价十元。从内容编排到装帧设计再到字体字号行间距的选定，均打上了我的烙印，也布满老六的影子。话说增刊出版后，某日再次翻阅《查令十字街 84 号》，看到附录里老六的《爱情的另外一种译法》，忽然意识到，介绍蔡春猪的文章的第二句话，原来出处在这儿啊。【20120127】

《读库 1201》

无疑，阅读讲求的是气质相投，而吴念真的文字很对我的脾性。其行文平实洗练，蕴含细微的情感，让人读着舒服。《故事》讲述了他的《这些人，那些事》一书背后的人与事，阅毕，印象最深的，是教他写信的伯伯。这位长者帮人写信读信，担当着翻译的工作，其宅心仁厚的"误译"，让人不觉欠妥，反而通体温暖。吴念真由术及道，逐渐领悟到知识分子的真义，并将其与读者分享，一受一施，是为传承。

继《外科之花的艰难绽放》（载《读库 1102》）、《百转千回换心路》（载《读库 1104》）之后，李清晨的《心·桥》，再次聚焦心脏医学史，梳理心脏搭桥术复杂曲折的发展历程。记录科学史，需要科学的精神，作者在专业又不乏趣味的叙事之外，对当代中国的粗鄙主义制史套路提出质疑，值得称道。

“现代人的幸运在于，我们拥有一个弥足珍贵的前人开创的历史。今天为人们司空见惯的种种诊查手段与治疗方式，无一不是前辈学者历尽艰难苦苦追求的结果。”我对此深有感触。2006 年 8 月，母亲因冠心病入院，后来花费数万元，在冠状动脉阻塞处放置了两个支架，得以化解心肌供血不足。而二十多年前，祖母也是得了冠心病，病情发作时，打针吃药也缓解不了疼痛，身为乡村医生的父亲束手无策，我听着祖母“哎呦～哎呦～”地呻吟，心里发酸。1985 年 7 月 14 日，祖母病逝，终年六十岁。这是我第一次体会到生离死别，时年十一岁。

说实话，当时我惶惑不安更甚于失去祖母的痛苦——多少年来，父亲一直都是我的心理屏障，他隔断了我们与病魔苦痛，可如今，死神居然越过他，将祖母从我们身边夺走了，末日似乎随时就会来临，有父亲在，凶险依然难以逃避。后来才渐渐明白，没有谁是无所不能的，就像父亲，也有力不能及的领域。从《心·桥》得知，介入治疗术是1987年希格沃特医生在临床首次应用的，不禁对他以及之前为此做出贡献的人物深怀敬意与谢意，为母亲庆幸的同时，也为祖母感到遗憾。【20120207】

《读库1202》

“《人民日报》的报道说，由于反复地学，反复地用，毛主席的一些话，便在廖初江的脑子里慢慢地扎下了根。有时碰到一些问题，能立刻想起毛主席的教导。”《辰年记忆》转述的这句话，表明自觉刻意的习惯必会成为自然。其实体制化更多的时候犹如春雨，“随风潜入夜，润物细无声”，每一个人都有可能是“廖初江”，却浑然不觉。

就像我，阅读《小九》的过程中，总是担心其触及出版审查的底线，而对于江湖气十足的主人公，为其福贵般的遭遇叹惋之外，也难免以意识形态之秤衡量其作为。小九无疑是另一种体制化的牺牲品，注定两头不落好，他不明白，政治只有利害而无情感。由是观之，当年预审员义正词严的话，永远不会再给对手树碑立传云云，显然也是皮相之论。

阅毕张梅的《家师逸事（续）》，又找出《读库0606》，温习前篇，间接受教，愉悦不已。修习佛法的三代人，承传有序，皆以浅白的言语，表述深妙的义理。“开阔平整的大道上，马儿不妨疾驰；路经崎岖不平之地，当需小心缓行。”师公此言，实乃行事指南，当不限于运动频仍时代。索家老师“正知正念”之说，直达本源，确为最贵重的礼物。前篇续篇两相对照，可见作者修为的精进，师生互动时，她输出信息的数量与质量日渐提升，其识见多能引人共鸣，转引几条：

武侠、《水浒》《三国》，说起来，讴歌的都是反政府武装。也许我们只是想与众不同，或者一厢情愿地以为，行为上的叛逆，可以代替独立思考的能力。

一涉及民族问题，最没法理性对待，汉人还不是一样，前两年一会儿反日，一会儿反法，游行，砸街边别人的日产轿车，抵制去家乐福买东西。如果那车是自己的，还下得去手吗？再有，那些所谓日系车大部分是在中国组装的。家乐福货架上的商品百分之九十九国产，产权中也有相当一部分属于国内企业，还没提附近居民采购的不便利。抵制半天，倒霉的尽是自家人。

师父是麝鹿，徒弟是猎手，舌头上的甜言蜜语是绳索圈套，猎手接近猎物，抛出绳索，俘获后取走麝香，再抛弃麝鹿。这个比喻不仅适用于出世间法，俗世利益扎堆的地方，这样的猎人也不难找。【20120509】

《读库 1203》

“战争无非是政治通过另一种手段的继续。”阅毕刘青松的《一辈子的战争》，不由得想到克劳塞维茨在《战争论》里的论断。于是，达到目的后，曾经的战争便如政治擦手的湿巾，用过就被丢弃。二十余年之后，有的烈士的骨灰依然不能在烈士陵园下葬，“新一代最可爱的人”多在战争后遗症笼罩下艰难地生活，教科书对那场战争只字不提……原来，战争的残酷性并不仅仅表现在战场。

身边有位忘年交，曾任随军记者，经我推荐，看过此文，说了两个读后感：一是主人公所在的部队只是轮战了一年有余，而自己当年所在的十四军坚持了整整十年；二是《读库》刊发这类文章，有胆有识。他在转业后，整理了一部书稿《铁血覆盖的丛林——忆“两山（老山、者阴山）”作战》，被多家出版社以“不合时宜”婉拒，甚至连内资准印证也无法获得，最终不得不找了个小印刷厂才解决问题。

政治之外，如今还有经济之手挤压昔日战争的空间。2007年底，《大河报》报道，“为开发商业墓地，洛阳烈士陵园革命烈士保护区第一区正在惨遭破坏”。得知此消息，曾两次参加解放洛阳之战的部分老兵，托我的舅爷马夫可作文《一群陈（赓）谢（富治）兵团在滇老战士的震惊、愤慨与要求》，随后寄来，让我转交相关部门。当时省内媒体已被要求禁止追踪报道此事，而这份打印材料也未签名盖章，我只好将其发布于博客。后来，洛阳市委办公室工作人员和我联系，说是在网上看到此文，市委书记十分重视，并向我询问老兵们的联系方式；再后来，舅爷说，洛阳方面给他们打电话解释，此前媒体误报，其实是翻建云云……

时代变脸，远比婴孩或川剧表演艺术家来得迅疾。【20120818】

《读库1204》

物资匮乏的岁月绝尘而去，其阴影却经久不散。家人十之七八都是高血压，父亲疑心或缘于母亲炒菜放盐过多，而我想到的是，在不远的那个年代，大家炒菜皆如此，菜咸了，人们便少吃了菜，多下了饭。数年前，有人批评旧版《现代汉语词典》，提及许多词条爱拿“可食用”说事，不符合环保、和谐的现代理念云云，而我以为，这便是两个时代的隔膜。

赵湘源女士无疑是一代人的典型，她以物尽其用为生活哲学，将一张纸拓展出七重用法，让人感叹不已。陈一鸣的《人穷智不短》，虽早已拜读，但文后海量附图，才让我得以深入领会艺术家宋冬及其母亲的心灵世界。一个家并非等同于空荡荡的房子，也不止于出入其间的亲人，还在于凝结生命体温与生活故事的物件。认识过往的时代，放眼周遭的亲人与风物，所得当不输于已经过滤的历史书。

如今在故乡，每到青黄不接的春天，大家仍有腌香椿叶子、蒸榆钱和槐花的习惯。当然，现在只是调剂口味，不再为替代饭菜。杜元的《饕餮在六〇年》，颇具画面感，读来亲切又心酸：那时，好多人家都养鸡，不是为吃鸡蛋鸡肉，而是为了吃按“鸡头数”供应的鸡饲料；当年，由于长期营养不良，缺乏脂肪，人的胃壁肠壁变薄而失去了弹性，有人因吃得太多造成胃肠穿孔或破裂而被撑死，其实还是饿死的……

就像没有经历过六〇年的人难以理解“心里饿”一样，九〇后之前的人，也很难理解这代人要靠饱胀感来知会自身，显而易见，本能行为“吃”在不同时代有着别样的意义。然而，沟通彼此又是必要的，《读库1204》前三题便有如此建设性功效。王小妮的《“孩纸们”》，描摹撕裂的青春的群像，记录人物的选择与进退，在我看来，“没文采”的《上课记》，以及她在课堂内外的努力，在社会价值方面比她的诗歌要大。转引李鸿谷的话，献给王小妮老师：“文章出来，辩护也罢，记录也罢，都非核心。核心的是，你有无能力超越这个时代的其他书写者？如果能，那么未来就将以你的记录为底本来想象这个时代。”【20121002】

《读库 1205》

阅毕绿茶的《父亲在工地》，我特意回到故乡，陪了父母两天。我的父亲是位乡镇医生，年近七旬，退而未休，依然每日坐诊。不让自己闲着，小病小灾都瞒着，收入都存着，为自己积攒养老钱，乃至援助子女消费，天下父母多同此一心。

每天早晨上班，在公交车上总能看到许多结伴的老人，或去公园锻炼，或去批发市场买菜，或去健康中心享受“免费体验”……透过谈笑风生的氛围，我总会看到一个个寂寞的身影，也许，他们的目的地并不重要，关键的是有人同行。挤出虚拟社交的时间，多陪陪父母，或者，多给他们打个电话吧。

“小说人物形象的塑造体现的是作者的情绪与趣味。我作为读者，对于小说人物的感受，一般也都套以自己的情绪与趣味。说白了，我与其说是在解读小说人物，不如说是在解读我自己。”吕欣此言，可谓《踉跄画西游》的文眼。他以西游人物为承载体，融入自己的阅历，展现成长蜕变的怅惘，深触我心。其画作颠覆读者头脑里的形象，与文字的阐释趣味和表达方式一脉相通，颇具间离效果。

吕欣著文作画，是献给女儿爱的礼物，其间情愫，不时引发我的共鸣。有了孩子后，我心中一直是最温暖最柔软的力量占据上风，再看见诸如“扼杀在摇篮里”的语句，不由得心惊胆寒。当年想到鲁迅《立论》里犀利的“这孩子将来是要死的”，和吕欣一样，我总疑心写此文时，他还没有孩子，否则他是不会如此下笔的。后来我专门查询得知，周海婴生于1929年，而鲁迅写此文是在1925年7月8日。“阿唷！哈哈！Hehe！ he，hehehehe！”【20121025】

《读库 1206》

“我是一匹来自北方的狼，走在无垠的旷野中，凄厉的北风吹过，漫漫的黄沙掠过，我只有咬着冷冷的牙，报以两声长啸，不为别的，只为那传说中美丽的草原……”阅毕《苍狼大地与白鹿家园》，再听齐秦的《狼》，竟有了别样的感觉。相比于前篇《寻找游牧文明》(载《读库 1001》)，舒泥此文更显从容与深入。她记述草原文明与农耕文明对狼的意象意义的不同解读，以及由草原游牧民族追根溯源至山林养鹿部落，令人印象深刻。透过文字，可以读出她对那片土地入骨的爱。转引两段：

怜悯并不是滥情，是一种能力，尤其是怜悯给你造成麻烦的人或物。蒙古人的眼睛所能看到的，不只是自己的羊所受到的那点损失，而是狼的背后有天，万物都要生存，万物兴旺，生生不息，是老天的法则。

你不理解我，不等于我错了，当我们被误解时常常有这种感受。当我们误解一片土地时，就更不等于这片土地错了。

王安的《三十九句话》，延续《五十句话》（载《读库1205》）的风格，以言为纲，钩玄提要，展现共和国的历史。目及高层曾经的产权保护的理念、对资本主义与市场经济的认识、对经济管理与企业管理的看法，以及其后的反复，犹如在书店工作时翻阅《历史的先声》，不禁百味杂陈。顾准对运动式随意性征税的批评及不合时宜的依照税法规定的税率征收实践，杨伟名对当年农村问题与形势的分析与建议，皆可谓“拆下肋骨当火把”，让人肃然起敬。【20121215】

《读库1300》

2012年5月，作为一本记述实体书店生活的书，《我曾经侍弄过一家书店》在当当网开始预售。这是一种隐喻。

传统出版业的立身之本，是纸质图书与实体书店。中国古代的“四大发明”，其中就有两项与出版业密切相关。自造纸术发明以来，特别是活字印刷术发明以来，纸质图书已经发展了一千余年。其间，用纸方面，由宣纸到今天的胶版纸与各种特种纸，排版方面，由手工捡字拼版到今天的激光照排，出版业的核心产品一直是纸质图书，作为内容的载体与销售的对象。进入网络时代，出版业的业态日益多元，电子书、网络书店等新成员，迅猛而深刻地影响着传统出版业。

为适应时代的变化，《报刊装帧设计手册》第五版增加了“网页设计”一章，不过，蒂姆·哈洛维显然对报纸的数字化满怀失落，又心有不甘：“最重要的一个问题是：你将怎么用这种报纸包鱼呢？”这让我联想到《书店的灯光》作者刘易斯·布兹比的反问：“你能在电子书里夹一朵野花吗？”对此，有读友回应：“你能让纸质书中跳出一段动画么？”出版业新成员凸显了纸质图书与实体书店的不足。在读者购买习惯乃至阅读习惯改变的当下，作为从业者，确须积极应对。

在我看来，《读库 1300》从头到尾便贯穿着老六的回应。我认同他先积累内容的做法。电子产品升级换代一日千里，“大哥大”、BP 机、VCD、软盘等早已是前尘往事了，而电子书的形态还远未成熟。虽然数字化是趋势，电子书将来还可能是出版物的主流，但这不是上山摘桃子——先到先得，数量有限。且看看先驱或先烈是怎么做的，再说。对于有人将传统出版业比作寻呼业的看法，我保留自己的意见。将纸质图书做得像一本书，仅此就有市场，仅此从业者就大有可为。精品、礼品、艺术品，或是未来的纸质图书的标签。《纸天堂》

里的产品，当得起这些称号。

实体书店自开架销售以后，一直承担着图书馆的部分功能，如今，它更是成了网络书店的免费展厅。不过，实体书店最大的优势，在于拥有物理空间，可以成为工作与家庭生活之外休闲与交际的场所。在这里，有流动的情感，有纸质图书的质感，有先看后买的便捷。实体书店当发挥自己的优势，利用新兴的技术手段，密切联系读者，拓展销售渠道，避实就虚，应对变幻莫测的市场。

未来不是我们要去的地方，而是我们要创造的地方。通向未来的路不是找到的，而是走出来的。走出未来之路的过程，既改变着自己，也改变着目的地。【20130202】

《读库 1301》

“故事的秘诀就在于讲述时要避免解释。一切都留待读者按照自己的理解去解释，叙述因此得以丰盈。”《声音》转引本雅明《讲故事的艺术》的话，或是老六“三有三非三要三不”选稿标准的源头之一。

当然，还有《巴黎烧了吗？》。七八年后，老六认为起初对它的认知甚是肤浅。不过我以为，如果他当年没有读这本书，即便后来创办《读库》，其风格必迥异于现在。如今他说，这本书值得学习的不仅是两位作者采访众多当事人的勤勉，更是他们对宏大事件报道的掌控能力，对海量细节素材的再现、穿插、配置和平衡功夫。

大力的《支边去》，在采写上有向《巴黎烧了吗？》致敬之意。对于改变了将近十万名上海支边青年命运的大事件，他在广泛而深入的采访的基础上，选取生活化的细节，展现生产建设兵团亚文化，叙述而不评判，读来也难以对决策者与支边人做简单结论。他着力于底层人物之间的互动与融合，记录他们的爱与痛，为一个时代留下了记忆的文字标本。

与之相对应的，是余昌民的《谁论金角复银边》。作为个人叙事，他以自己的围棋经历为线索，详略不一，记述二十余位因缘际会的各具特色的人物，并勾勒他们所处的难以掌控自己命运的乱世。他们棋风各异，却殊途同归，借边角围出一方宁静天地，隔断荒诞世态，相互温暖，缔结情谊，看得让人感叹不已。正如作者所云："下棋这件事好似一棵舒展的圣诞树，本已是绿云悦人纷披有致，可它的枝丫上逐渐挂满的各种神奇的包裹，兴许才是人生更重要的东西。"【20130208】

《读库 1302》

姜淑梅，生于 1937 年 2 月，原籍山东巨野，1960 年跑"盲流"时落脚黑龙江省安达市。她六十岁学认字，七十五岁学习写作。《读库 1302》刊发的《穷时候》，是其前期作品。

说到姜淑梅，不得不提她的女儿张爱玲。张爱玲，笔名艾苓，中国作家协会会员，出版有散文集《领着自己回家》《风也穿鞋》《一路走来》等，现任教于黑龙江省绥化学院。自1996年与她建立联系，十七年来，我们同道前行，互动成长。2012年8月，在她的博客里看到几篇“娘的作品”，分外喜欢，觉得符合《读库》的风格，有细节有故事有人物，所以等其写作告一段落，我征得张爱玲与姜淑梅同意，稍作编辑，推荐给老六。

阅读《穷时候》，除了那个时代的风貌与场景，我印象深刻的，是姜淑梅身上的精气神。如今，她又将这股劲儿用在创作上，不到一年，竟然累积了十余万字，让我汗颜。《读库》之外，她的文字在《新青年》《北方文学》等刊物上陆续发表，个人文集也呼之欲出——一颗“新星”冉冉升起。忽然想起老家俗语：“不怕起点迟，只要起点高。”这已不仅仅是老有所为的故事了，更是一个励志的传奇。【20130419】

《读库1303》

几年前，老六曾撰文反思，网络时代“消费已知”的习惯，也许会导致“阅读已知”的后果，我们在享受网络书店便捷服务的同时，也在疏离实体书店那种意外的邂逅，那种突然被唤醒的阅读渴望。其实想想，翻阅杂志书《读库》，亦如穿行于一家小书店，自然会遇见心性相投的知交，也不时会有新鲜的阅读体验、灵魂冒险与智慧交锋。比如南香红说考古的《小河传奇》(载《读库 1006》)，比如王南讲建筑的《万神殿堂》。

艺术有相通之处。由于石梁跨度的局限性，导致古希腊建筑注重实体性与雕刻性，成就了巨柱林立震撼人心的视觉效果。由此，我联想到侯孝贤电影风格的成因。朱天文说，当初台湾缺乏普遍整齐的专业演员，而大量使用非职业演员演出时，因为他们没有任何表演训练足以支撑个人暴露在特写底下，很难把镜头切得太近，只好在长镜头的单一画面里用场面调度来说故事。结果，形式亦即内容，侯孝贤的这种写实拍法趋吉于自然，变成了别人难以取代的特质。

《家当》是老六等来的，摄影师由马宏杰更换为其搭档黄庆军，“家底”也变成了“家当”。不过，我更期待在《耍猴人江湖行》(载《读库 0802》)、《西部招妻》(载《读库 0904》)之后，马宏杰能继续用文字与镜头记录打渔人家、卖艺人家、采药人家等家庭的生活，等了四年了。

为更好地呈现黄庆军这一系列作品，《读库 1303》设置了十三个拉页，全彩印刷。看着典型的中国人的家当，不由得环顾自己的家底。要是他找我来拍，我可受不了，单是那几千册书，由四楼位移到楼下，就够麻烦的了。书到用时方恨少，书到搬时方恨多。数次有意精简藏书，最终都虎头蛇尾，只因每一本书的到来都有故事，而书架上不只是书的陈列，也有着过往岁月的铺排。然而，随着电子书的发展，将来黄庆军拍摄一个书虫的家当时，会不会出现那个家伙站在没有纸质图书的家居物品旁，手举移动硬盘呢？【20130629】

《读库1304》

从医院里出来，小家庭就由两个人变成了三个人，一个叫孩子，其他两个叫父母。虽说是父母生了孩子，但从另外一个角度看，也是孩子生了父母。当然，孩子只是给了父母的名号，如何担当起它，如何教育子女，便成为需要终身学习的事情。父母生下孩子，如同编辑拿到一篇稿子，即便它再成熟，也只是个半成品，非得历经三审三校，方能趋于完善，这个过程与养育孩子类似。

阅读冯丽丽的《下乡养儿》，分外亲切。养育孩子的甘苦是类似的，从文中推断，天天生于2001年，和我的儿子年龄相仿，而作者的校对工作，也是我日常生活的一部分。此文应由日记整理而成，事无巨细，娓娓道来，袒露自己与孩子一同成长的历程。房东大妈是农作导师，乔老师是教育导师，有她们的指点，是下乡养儿的作者的福气。既然大黑都能从冷淡到接纳再到与一家人打成一片，我相信，在父母的努力下，天天也会健康快乐地成长，上学与否倒是次要的。

讲个笑话。我每次审校，看得时间久了，对于一些简单字词的用法难免迷惑，比如“的”“地”“得”，便求教于爱人小牛，甚至儿子马骁。十一岁的儿子叹道：“的”“地”“得”可真是坑爹啊！“坑爹”可不是文明词儿，正要训教，他辩解：难为你可不是坑你，坑你可不是坑爹——坑我的爹——吗？

【20130825】

《读库1305》

“或许这些书并没有什么文学营养，但客观上就是这些书奠定了我们基本的阅读趣味和审美取向，也就构成了真正的、在我们人文意识中起作用的‘文学史’。”孙玉祥所言极是。每个人都有属于自己的私人文学史。虽晚生了十年，但我的阅读之旅的起点，却和他大同小异。

小时候，我敬畏并渴求印着字的纸质读物。床边墙面上贴有报纸，那些字里行间展示的外面的世界，在临睡的晚上和将起的早晨，给刚刚发蒙的我以最初的诱惑和满足。在故乡，对于孙玉祥所说的“空前绝后”的书，大家称之为“少皮没尾”。我那时也读过这种形态的《野火春风斗古城》，而且还是竖排繁体。后来到县城上高中，一次闲逛书店，我一时脑热，买了此书的新版，却再无兴趣阅读，只有束之高阁。

我的私人文学史里，李明性的长篇小说《洪流滚滚》值得一提。此书由河南人民出版社出版于1975年11月，写的是豫皖苏三省人民团结治水的故事，其间，有阶级敌人搞破坏，高大全的正面人物与之展开了两条路线的斗争，最后取得了胜利。某日，表哥来访，看我正读得津津有味，说："这书没什么意思，不读也罢！"然而，当时可供选择的太少，有点意思的书又都被我读完了。多年以后，我来到省城工作，和李明性有过一面之交，很想告诉他，我读过他的《洪流滚滚》，却最终没有说出口。

每次回老家，检阅书架时不免慨叹，在我成长的过程中，是这些如今再也不愿翻阅的书陪伴自己，而不是别的更好的书。现在想来，它们之于我，仅有的意义，就是维护了我阅读的热情和习惯。基于此，为了让晚辈减少遗憾，我便力所能及地买些好书送给他们。在书的扉页，我总会写上励志言语，想着如果有一句被一个人记取，自己也就欣慰不已了。

【20131119】

《读库1306》

处女作《穷时候》在《读库1302》发表后，姜淑梅的《战乱年月》《俺家人》又先后刊载于《读库1304》《读库1306》。

2013年10月，她的首部作品集《乱时候，穷时候》，由“铁葫芦图书”策划、浙江人民出版社出版。

大器晚成的姜淑梅出手不凡，行文干净利落，以细节讲述故事，以故事塑造人物，有赤子之心，无酸腐之气。她吸纳了形象生动的民间言语，“汗溜溜的”“活养死葬”“口攒肚挪”“跑得慢了被狼咬，跑得快了撵上狼”“没事时躲着事，事来到头上不怕事”等，记录旧时乡村习俗，描摹命运各异的众生相。在这些人物里，我印象深刻的，是乱时候的娘与穷时候的“俺”。

娘劝阻孩子趁乱抢物，她说：“外财不发咱命穷人。”娘接济乡邻、劝架断案，她说：“千万不要瞧不起穷人，穷没扎下穷根，富没扎下富苗。”娘为干活多年的长工买了几亩地，在井边盖了两间房，她说：“以后岁数大了打水方便，别人帮着打水也方便。”民心如镜。如此点点滴滴的乡绅作为，换来了土地改革时一家人的平安，以及娘出殡时全村人的送行。

姜淑梅舐犊情深，在挨饿那两年，“俺看不见自己，看得见儿子，他小脸焦黄”，她想尽办法，甚至不惜提出分家，与吝啬的婆婆斗智斗勇；在感觉实在过不下去的时候，她也是为别人着想，“俺没哭，俺都想好了，回家就抱孩子跳到浇地井里，跳到吃水井人家害怕”；跑“盲流”至东北，在山林看见传说中的野兽，她同样先想到孩子，“拿好榛柴棵，离豆角地远点儿。要是俺叫狼吃了，孩子还有菜吃”；“宁可累死在东北，不能穷死在东北”，为此，她在月子里就熬碱来卖，贴补家用，以至几十年之后，她依然清晰记得熬碱的方法，并对不同地方的碱土熬出的大牙子碱、小牙子碱、葡萄牙子碱如数家珍；“人穷的时候最有劲”，卖碱时，面对百货商店的工作人员，她据理力争，其言语颇具公民意识，其精气神令人肃然起敬。

姜淑梅的文字，是民间述史的可贵收获。她叙述的事，多发生在半个世纪之前，许多细节，非亲历者不能言也。这些带着体温的记忆，能让人触摸到真实的历史。作为那个乱穷时代的受难者与见证人，她的描述未必全面，但毕竟离现场与真相更近一步。历史只有化为个体的感受，才能对人发生作用。那些富于感性的材料，能让读者对过去的事有更具体、更亲切与更深刻的体会。【20131116】

《读库1400》

心里有，眼里就有。每个人的心灵，似乎都有一个开关，在未开启之前，对某些事物，我们视而不见、充耳不闻、麻木不仁，而开启之后，顿觉别有天地。就像没有孩子时，你几乎看不到孩子，等到有了孩子，你发现满大街都是孩子，书店里尽是育儿的书，而过来人关于孩子的营养和培育的议论，也不再是无聊的闲话，反而成了难得的忠告。

阅读也是这样。虽不善饮，酒不可不备；虽无暇读，书不可不藏。可以备而不用，不可用时不备。从这个意义上说，书与安全套是一样的。因为你很难判断自己的心灵开关何时启动，熟视无睹的书忽然就亲切起来。具体到《读库》，认为怀旧文章刊发过多的读者，其实不必急于派发标签，随后将其拒之门外。开卷有益，绝非虚言。

在我的意识里，《读库》早已是一个媒体。盘点自己近几年经眼的图书，许多恰似《读库》的链接。刘勃的《小话西游》《读罢春秋不成歌》《歧途哭返说战国》，彼得·海斯勒的《江城》《甲骨文》《寻路中国》，吴念真的《这些人，那些事》《台湾念真情》，刘春的《一个人的诗歌史》系列，蔡小容的《小麦的小人书》，蔡春猪的《爸爸爱喜禾》，姜淑梅的《乱时候，穷时候》，等等，皆如此。经由《读库》，得见一个个丰富的心灵世界，乃至重新发明中的中文，幸甚。从另一个角度看，阅毕某些作者的单行本，感觉精华文字也不过是《读库》刊发的篇章，足见作者的信任，以及编者的眼光。

我们对一个城市的印象，往往基于生活在其中并与自己密切相关的人。因为老六与《读库》，大而无当的北京在不少读者心中温暖起来。虽说网络若比邻，老六也不愿介入引导读者，但我依然期待能有一个地面空间，办公之外，有读库全品种商品的展示销售，有读者定期不定期的聚会交流，成

为京城内外读者心灵地图上的地标。【20140118】

《读库 1401》

“祖宗祖宗，隔代便终，最后太公太婆所遗，不过两三幅遗像些许事迹流传，人生也到底空枉。一如以后的祖父母，将来的父母，还有再将来的我们，说来再空，不尽唏嘘。”

在《祖父的新屋》里，法殷洁以从容散淡而又细密的文笔，移步换景，追忆或重构了老派之家往昔堆满角角落落的日子与生活。毕竟，人乃家之魂，曾经的新屋已成如今的旧宅，只是自己过往岁月的一块印记，物是人非，宛若红楼遗梦。繁华散尽，并非全然是虚空吧，还有回忆，以及承载回忆的文字，隔代未终，超越时空。

在甲午年春节返乡期间，我慢慢地阅读了法殷洁的文章。其文信息丰富，自需细细消化，间隙，我也不时环顾童年远逝的院落，神思恍惚。老家的院子狭长，一头是早已不再住人的五间浑砖瓦房。房子是父亲在三十六岁时筹资盖的，水泥门槛上，还有他刻的“1980”几个数字。在当年，这是全家的骄傲，因为在此之前，街坊邻居盖房子，都是用青砖垒好边角搭好框架，然后在其中填充土砖的。父亲说，没用红砖，是因为那时根本就不让烧制，毛主席曾有最高指示，“备战备荒为人民”，而红砖房子不利于战备。

似乎是翻覆之间，起初自豪的对象便遭遗弃，只是存放一些杂物，即便漏雨，也懒得修整了。为祖父守孝三年期满，年前请春联和门神时，父亲居然忘了计算故居的门框。腊月二十八，张贴过半时，我才发现了这个问题。母亲让父亲再买，父亲说，去年国兴从郑州带回来的几副，一直收着，现在可以派上用场。我哭笑不得，那可是蛇年的，而且内容也太商业化了。不料，家人异口同音，认定过年就是图个气氛，红红的就行了，没谁会认真地近前去看。最终，故居门框上贴上了旧春联，横批是“吉星高照”，上联是“红枣飘香好想你”，下联是“金蛇献瑞喜迎春”。【20140130】

《读库 1402》

记录比摄影更重要，生活比艺术更重要。策展人宋群如是理解赵利文摄影作品展《一个人的城市记录：西安 1985—1995》：“在众多老照片中还原一个城市的过去，意义何在？我想，专业的城市研究者会发现，照片本身，就如同记忆的黑匣子，在照片人物的喜怒哀乐之下，有许多可以解读的信息，诸多细节所传递出的内容，还原出所在时代的生活形态，甚至是庞大的城市组织结构，因此，并非只是停留在照片所呈现的情绪上，更不只是怀旧。”老六在《读库》编发民间述史之作，或许也秉持如此理念。比如易卫东的

《成长课》。

易卫东老师目前在江西新余四中教书，是中学数学高级教师，出版有随笔集《学步集》。我与他在天涯社区因书结缘，未曾谋面，交情如水。2014 年 1 月 15 日，他发来《我的初中》《我的高中》和《我的高考》三篇文章，请我看看是否适合《读库》，如果可以，让我推荐给老六。之前有不少朋友将他们的文章给我看，不过，因为抒情或议论味道很浓，散文范儿十足，我就没让老六过目。认真读了他的文章，倒没发现这方面的问题，一些细节颇有新意，我感觉稍作调整、编辑，值得请老六审阅。在我的建议下，他将《学步集》里的《我的小学》与那三篇整合成一篇文章。我依照《读库》的编辑规范，对此文做了初步编辑，并从中挑了两句话，作为导语。此文名字，他有意定为“上学记”，我觉得虽然很适合，但毕竟何兆武先生用过了，便改为“成长课”。

因为有《读库》首届编辑魔鬼训练营的经历，《成长课》在《读库 1402》刊发后，我习惯性地对比此文几种版本的不同，暗自揣摩老六的编辑思路。显然，经他编辑，此文更干净更准确，也更具令人动容的力量。易卫东原文有一段文字，解析自己成长得失，为作参考，转引于此：

用现在的教育心理学的理论观察，我的青少年时期显然是有心理疾患的。心理疾患的成因主要有两个方面：政治运动导致弱势家庭成员社会化身份认同感缺失，在心智逐渐成熟的过程中情感的需要未得到满足。只是因为我娘是教学点复式班的民办教师这样一个机会，致使我提前入学，使自己一直生活在比我大两三岁甚至四五岁的同伴之中。在成年人的世界里，三四岁的年龄差距几乎没有影响，在童年和少年时期，三四岁的年龄差距却可以形成巨大的心理压力：在理解、记忆和逻辑推理能力等智力上你不一定有优势，在体力上你是明显的弱势。在我的中小学阶段，课间同学们所有竞技性的游戏，我都无力参与，至今唯一具有的体育技能是游泳，也许是游泳不必与别人身体碰撞的缘故。无力参与就会失去兴趣，失去兴趣就会没有技能，没有技能就会引发自卑缺乏自信，没有自信的人格是不健全的。现在许多家长宁愿交巨额的低龄费都要让孩子早入学，真不知所为何来，我遇到同事的孩子要低龄入学的，总是劝他顺其自然，揠苗助长不是好事。在与同学的交往中，体力的竞技我选择逃离，智力的竞技我或许还略占优势，但是社会政治强加的原罪感使你无法获得身份认同，幼小的心灵里先是切身体会到歧视和欺辱，后来是担心会有歧视和欺辱，乃至会假想歧视和欺辱，这样谨慎的自我保护带来

的是心理的自闭。我的父母和老师，在我最需要的情感教育上，显然是失职的。【20140428】

《读库1403》

“我在课堂上基本不讲天赋，因为天赋属于极少数人。我经常强调，经过训练，每个人的写作能力都会有不同程度的提高。”《咱们学生》的作者艾苓，是姜淑梅的长女与写作老师。母亲的写作经历，是她这个观点的生动体现。母女先后亮相《读库》，是为佳话。

2013年5月27日，作为新闻人物与采访对象，姜淑梅走进了由艾苓主持的绥化学院文学与传媒学院新闻班新闻采访实践课。不久，我便在绥化学院2011级新闻一班和二班的集体博客里，看到了同学们上传的报道习作，以及艾苓的评点。我对这种形式颇感新鲜。

艾苓的“上课记”，记述她教书育人的思考与行动，以及新一代普通人身上的阳光与阴影，读来让人心生暖意。她说：“个人感觉，《咱们学生》跟以前的作品比，接地气了。回到学校教书快九年了，最近写了一些教学笔记，我还想继续写下去。”的确，写作要回归内心的真实，要有当下性，沿一条最近的路，从最近处说起。身为她近二十年写作历程的见证者，我也有同样的认知与期许。【20140711】

《读库 1404》

没读过的，都是新的。比如《生而有罪》，中文版单行本初版于 1995 年，比一些读者的出生年份还要久远，若非《读库 1404》择其精华刊出，依然游离于我的视野之外。作者的无结构访谈，为读者思考许多问题提供了另一个视角。

纳粹分子及其子女离我们太远，阅读过程中，我有时不自觉地将其替换为日本军国主义分子及其子女。与斯特凡妮类似的想法，在我们的邻邦应该具有代表性。作者在后记中写道："许多人抱怨说，他们希望和解，却得不到受害者及其后人的尊重和接受。他们不明白，和解只能是一种请求，受害者有权接受或拒绝。一旦人们没有感恩戴德地立即握住他们的手，他们就觉得受到了伤害。"

我以前读过到冯骥才先生的《一百个人的十年》。虽然他构想的这项文学工程虎头蛇尾，而且成书篇章里的主人公少有良心不安者，但他在这方面的耕耘仍值得尊敬。特转引其观点："推动'文革'悲剧的，不仅是遥远的历史文化和直接的社会政治的原因。人性的弱点，妒忌、怯弱、自私、虚荣，乃至人性的优点，勇敢、忠实、虔诚，全部被调动出来，成为可怕的动力。它使我更加确认，政治一旦离开人道精神，社会悲剧的重演则不可避免。"

刊于《读库1402》的《果蔬吟》,《读库1403》的《稻米歌》与《读库1404》的《阡陌行》,是老六蓄念已久的成果。

在六周年读者现场会上，谈到占据《读库1104》三分之二篇幅并引发争议的《小革命》专题，老六说，相对其他文章，它不够好看，也不够解渴，里面介绍了二十一个领域，其实有六个就足够了，效果可能更好，但由于它是《中国时报》连续做了好几年的专题，便整个接受它和它的瑕疵，它也是不可逆了，不可能往回找了。

但显然，老六对此耿耿于怀。在八周年读者现场会上，他透露，当年有机会执行大选题时，他将资源枯竭城市这个题目放到了旁边，先做了台湾现代农业，因为相比前者，后者给我们的启示和警诫作用更多。由绿妖采写的这三篇考察笔记，专注于台湾现代农业的前世今生，宏观与微观兼具，客观与主观并行，可谓《小革命》的升级版。【20140927】

《读库1405》

艾苓的《咱们学生》在《读库1403》刊发后，我将其推荐给自己所在的杂志社的主编，《小小说选刊》从中选载了五题。与同事聊到这一系列作品，一致认为某些篇章较弱，细节不够，或缘于作者与主人公们接触不深，加之文体所限，未做虚构充实所致。

阅毕李白滔的《告别演出》，看到她笔下大学专业老师的表现，倒觉得艾苓与学生打成一片，算是认真负责的了。老六说，无名高校的学生是大多数，比清华、北大的学生更丰富，他们的故事更具标本意义——老师亦然。李白滔老师已经完成“告别演出”，艾苓老师仍在面对“咱们学生”，祝福她们。

“可能对孩子来说，世间万物都有一个标准答案，抄袭只不过是寻找标准答案的过程。”李白滔的推断，很大程度上就是现实。有同事的作品入选中高考语文试卷，被编写为现代文阅读理解试题，他试着作答，然后对照标准答案，结果啼笑皆非。作者如此，读者更好不到哪儿去。儿子马骁升入初中后，数次考试，语文阅读理解一如既往，连连失分。“做这种题是有巧的”，最终，我们听从其他家长的建议，为他报了个语文辅导班。

为一探究竟，我与儿子一同走进课堂。所谓的“巧”，不过是死记硬背辅导老师总结出来的条条框框，届时照方抓药即可。比如文章首段的作用有：“开门见山，开宗明义；开篇点题，点明中心；创设情境，渲染气氛；设置悬念，吸引读者；为下文……（可填相应的内容）作铺垫；总领全文，引起下文。”列位看官，请回答：我这一节文字最后一段的作用，是篇末点题、画龙点睛，总结全文、点明中心，拓展延伸、发人深思，首尾呼应、照应开头，还是深化中心、深化主旨？【20141201】

《读库 1406》

数年前，天涯社区“闲闲书话”举办了个同题征文，题目为《每个人的故乡都在沦陷》。现在看来，“沦陷”二字有些夸张，但不可否认，乡村早已不是田园诗般的想象图景，变得面目全非，让出门在外的游子无处安置心灵。有人感叹，乡村都是用来离开的，回不去的，也是用来凭吊的。我想，我们回不去的，我们凭吊的，或许不是现实的乡村，而是逝去的时光。

沉湎于怀旧情绪自然无可厚非，可是，认识如今的乡村更为重要，一定意义上，读懂乡村，就读懂了中国。吴晓雅的《村人》，由外及里，由点及面，今昔比照，描摹了故里人物与风物的变与不变，读来未免走神，思绪飘移。

在我的故乡，民政部门规定，去世者必须火化后方能下葬。乡邻对此政策十分不解，说是战乱年景，挨枪子死了，也能落个全尸呢。由于没有配套的公墓，村人将亡者骨灰放入棺材，依旧埋在自家田地。不愿将故去亲人火化的人家，只得放弃应有的仪式，趁着天黑匆匆偷埋了事。

2010 年 3 月 2 日，祖父马作生无疾而终，享年八十七岁。父亲主持操办了祖父的葬礼。在筹划期间，我提议放露天电影，被家人给否了，而家人请戏班子的想法，也被村人耻笑。

过来人说，现在家家户户都有电视，没几个人对露天电影与唱戏感兴趣，而葬礼的关键是聚来人气，如今时兴请流动舞台团队来演出。

乡间的舞台表演不过唱歌跳舞而已，分为“荤”“素”两种，区别在于子夜时分的表演露不露“三点”，费用相差两百元。有的人家为了热闹，还会请来两个团队，上演对台戏，争夺观众。最终，为避免场面失控，父亲确定请一个表演团队，选择“素”类演出。

3月5日，晚上八点，灵棚对面音乐响起，姑母烧了纸，说：“伯，看戏吧。”【20141221】

后记·来日方长

2015年4月2日，我收到钟叔河先生为《读库偷走的时光》题名墨宝。是日，我挽结《读库1502》校读任务，将校读笔记发给杨雪。

之所以请钟老题写书名，缘于他与老六相知，也缘于在我心里，他是在出版史与阅读史上留下深刻印记的人物。2010年4月24日，老六与杨葵在北京彼岸书店举办讲座，交流探讨编辑业务方面的种种心得。在回答现场提问，谈到与沈昌文先生同级别的老编辑时，老六说："还有钟叔河先生，那才是真正的大策划编辑，他能意识到整个国家的走向，做《走向世界丛书》。"

能请到钟老题名，契机是之前我与他曾有一面之缘。2014

年10月，我赴湖南株洲，参加第十二届全国民间读书年会。此行我带了部分与会代表的书，有自己买的，也有受朋友之托，只为请其题签留念，其中就有钟老的著作。但他因身体缘故未能到场，实为遗憾。会后，我经停长沙，于10月27日下午，与王稼句先生一行同赴念楼，在与钟老聊天之余，得偿所愿。

由钟老的题签，可见他的严谨：在《知堂序跋》上，他在自己的印章前注明“编者”；在《儿童杂事诗图笺释》上，他写的是“正笺”，并为此书不是自己所赠表示歉意。“书是思想的窗口”，正如他在《书前书后》上的题词一样，题签无疑也是一位作者心灵世界的窗口。

除此之外，我还有意外的收获。本届读书年会，我带了读库2014年出品的笔记书 *Read & Write*，请与会嘉宾和代表题词。当日，我请钟老写一句有关读书的话。他先抄录了一首周作人的读书诗：“未必花钱逾黑饭，依然有味是青灯。偶逢一卷长恩阁，把卷沉吟过二更。”兴犹未尽，他又作如下笺注：“‘黑饭’即鸦片，‘长恩阁’则是傅节庵氏藏书楼也。甲午霜降后二日，马国兴君过长，抄呈此首供君一赏。”

返郑后，我给钟老寄去《我曾经侍弄过一家书店》。不久，我收到他的回信，其中说：“我不上网，亦少出门。这几天断续翻看了寄下的书（眼病无法久看小字），方知你‘侍弄过一家书店’，并和我只见过几次却可算相知的沈昌文、未见过一次亦可算相知的张立宪有过文字的因缘，心生忻羡。封一上那张藏书票构图很有意思，也很有趣。你还将那图样印到了名片上，即此亦可窥见你爱书爱书写的心思了。”

因为钟老在信中提及与老六“未见过一次亦可算相知”，且我的小书脱胎于《读库》刊发的同名文章，而此名即为老六所拟，我随后将此信内容转呈老六。阅毕，他回复：“惭愧，钟老对读库一直勉励有加，希望能够不负所望。”

“希望能够不负所望”，老六此言，我很熟悉。2005 年 12 月 22 日，在冉云飞先生的博文《有理想的人终将蒙福》之后，他是这么说的；2008 年 9 月 16 日，在收到我投去的《流水行云：事关〈读库〉》之后，他也是这么说的。转眼，读库已十年矣。“不负所望”，这是我对他最深刻的感受。

《流水行云：事关〈读库〉》在豆瓣网读库小组连载了三年多以后，2011 年 12 月 17 日，读友“Rita”在其后回应：“如此记录。等待出书。”起初，我并不在意，觉得这一系列失之于琐碎，未必有什么出版意义。后来想想，手头与读库相关的文字已累积不少，或可汇为一册，分为三辑：《读者》一辑，收入《读库》及相关图书的观感；《作者》一辑，收入书店生活系列文章；《编者》一辑，收入魔鬼训练营学习笔记等文字。

2014年底，经过认真思考，我正式决定写一本事关读库的书，并着手搜集整理相关资料。此前，《我曾经侍弄过一家书店》单行本面世，致使我原来的设想变得残缺，而时隔三年，我对其也不再满意。与读友几番头脑风暴之后，我从二十余个备选名字里，选择“读库偷走的时光”作为书名。我先后放弃了日记体、书信体、对话体，确定以一组文章来呈现。全书仍分三辑：《心经》一辑，存档我多年来关于《读库》的阅读与学习笔记；《流年》一辑，讲述我身为读者、作者、编者，十年来与读库交往的幕后故事；《人间》一辑，梳理我与《读库》部分作者的书缘与情缘。

由此可见，《读库偷走的时光》并非读库官方的传记，只是一份私人化的记录。在八周年读者现场会上，老六说，虽然当下拥有的记录手段最多，但产出却是最少的，这个靠他一个人做不了，需要借助大家的自觉。在我的意识里，读库也是当下的一部分。“《读库》每期都在记录，读库本身也需要记录。”就像读友“汤朗圈”说的，希望我的文字能有一点价值，至少起到抛砖引玉的作用。“长短并非重要，发生才近乎时间的本质。”正如读友惠继超所言，我在写作过程中，回望那些读库偷走的时光，幸福感充溢身心。

之前看欧逸文讲座文字版，在《纽约客》的采写规范里，我对信息核实制度印象深刻。《读库偷走的时光》虽非新闻报道，也不是学术著作，但我先后与相关人士联系，或核实信息，或征求意见，并约请张满弓、李建新、王彦艳等师友审校书稿。对各位的贡献，我在此谨致谢意。

2004 年 5 月，在广西桂林举办的第十四届全国书市上，我与董曦阳结识。此后，我们时常深入交流。他也认同老六的编辑理念，对读库颇有感情。2015 年初，得知我在写《读库偷走的时光》，他表达了出版的意愿。书稿完成后，我赴京与他会面，就内容调整、物质呈现等环节均达成了共识。将此书托付给他，我很安心。一切昔日因，皆成今日果。

读库小组由读友“sara7”创建于 2005 年 11 月 29 日。为纪念小组成员达到六千六百六十六人，2010 年 3 月 25 日，她发起话题“你一旦做起事情来，会发现你说的那些话特别虚妄”，其中有这么一段话：“六哥回说：‘来日方长。’一句话，把我内心里的‘小’抓住了。忘了忘了，忘了自己本是一个普通读者；忘了忘了，喜欢是因为从六哥的贱兮兮里看见了自己；忘了忘了，忘了这一切不仅是读库给我的，也是我给自己的。六千六百六十六不是里程，只是过程。”

是的，来日方长，读库十年，离百年老店还远着呢。

让我们互相敲打，一起熬到老之将至。

感谢读库。

感谢老六。

图书在版编目（CIP）数据

读库偷走的时光 / 马国兴著 . —厦门：鹭江出版社，2015.11
ISBN 978-7-5459-1004-9

Ⅰ. ①读… Ⅱ. ①马… Ⅲ. ①散文集—中国—当代
Ⅳ. ① I267

中国版本图书馆 CIP 数据核字（2015）第 229556 号

DUKU TOUZOU DE SHIGUANG

读库偷走的时光

马国兴 著

出版发行：海峡出版发行集团
鹭 江 出 版 社

地　　址：厦门市湖明路 22 号　**邮政编码：**361004

印　　刷：北京盛源印刷有限公司

地　　址：北京市通州区漷县镇后地村
北街 300 米工业园内　**邮政编码：**101109

开　　本：889mm × 1194mm　1/32

插　　页：4

印　　张：10.5

字　　数：184 千字

版　　次：2015 年 11 月第 1 版　2015 年 11 月第 1 次印刷

书　　号：ISBN 978-7-5459-1004-9

定　　价：45.00 元
